KB052355

축   제
여 행 자

축 제
여 행 자

한지혜

영국
글래스턴베리
페스티벌

독일
옥토버페스트

미국
뉴멕시코
열기구 축제

이탈리아
유로 초콜릿
페스티벌

Glastonbury Festival
Oktoberfest
New Mexico Balloon Fiesta
Euro Chocolate Festival
Rio Carnival
La Tomatina
Sapporo Snow Festival
New Year's Eve
Pillow Fight Day
Halloween Parade

브라질
리우 카니발

스페인
라 토마티나

일본
삿포로
눈꽃 축제

미국
뉴욕 타임스퀘어
새해맞이
카운트다운

민음인

**Glastonbury
Festival**

Oktoberfest

New Mexico
Balloon Fiesta

Euro Chocolate
Festival

Rio Carnival

La Tomatina
(Stoke Travel 제공)

Sapporo
Snow Festival

New Year's Eve

차례

즐 거 운 인 생 이 있 는 곳

레오나르도 다빈치는 "잘 보낸 인생은 길다."고 했다. 하지만 몇 년 전 아프리카 사하라 사막에서 우연히 만난 일흔두 살의 니콜은 내게 "인생은 풀잎에 맺힌 이슬같이 짧으니 즐기며 살라."고 말했다. 칠십 대에 홀로 사하라 사막을 걷는 멋진 프랑스 여성과 레오나르도 다빈치의 생각은 왜 이토록 다른 걸까? 니콜이 '인생은 짧다.'고 한 것은 성에 차지 않는 인생을 살아왔음을 애써 에둘러 표현한 게 아닐까?

아이러니컬하게도 그녀는 내가 만난 세상 누구보다 행복해 보였다. 그녀의 따사롭고 해맑은 미소는 살아온 날들은 물론 현재 딛고 삶에 눈곱만큼도 그늘이 없음을 고스란히 보여 주었다. 길고 긴 미소의 여운을 남긴 채 노을을 보겠다며 성큼성큼 사막의 산으로 걸어가던 니콜의 뒷모습이 왜 그리 야무지고 든든해 보이던지. 그날 그녀는 험한 사막의 나침반이자 내 삶의 한 자락을 토닥이는 동반자가 되어 주었다.

다빈치와 니콜의 말은 사실 똑같다. 그저 관점이 다를 뿐이다.

추억이 많은 사람은 아마 다빈치의 편에 서리라. 반면 니콜은 이 아름다운 세상을 다 보고야 말겠다는 의욕을 부여잡은 까닭에 인생이 짧게 느껴지는 것이다.

니콜의 말대로 즐기며 사는 건 꽤 욕심나는 인생이다. 내가 니콜의 나이가 되었을 때 추억 보따리가 내 주위에 산더미처럼 쌓여 있는 상상을 하니 저절로 입이 벙긋해진다. 그래도 무조건 따라쟁이가 되고 싶진 않다. 난 니콜의 말

을 살짝 비틀어 '인생을 즐기며'를 '인생을 즐겁게'로 바꾸었다. '즐긴다' 는 말은 'have fun'의 단순한 즐거움부터 'enjoy'가 주는 음흉한 뉘앙스까지 방대한 상상거리를 주지 않는가. 계산기 두드리지 말고 느끼는 대로 순수하고 즐겁게 살면 인생이 길어지지 않을까?

지 금, 즐 거 운 가 ?

　사람에게 즐거움을 주는 대상은 제각각 다르다. 물론 그 가치도 천차만별이다. 어떤 이는 고가의 가방을 사면서 환호성을 지르지만 나는 그에 버금가는 돈을 비행기 표에 들이밀면서 기뻐 난리다. 가방과 여행을 비교하는 것이 호떡과 고양이의 조합만큼이나 우스울 수도 있다. 어쨌든 친구들이나 내가 느끼는 즐거움의 가치는 똑같다. 낯선 공기 속으로 나를 밀어 넣고 대지의 생소한 기운에 휩싸이면 묘한 즐거움이 내 몸을 타고 흐른다.
　나는 인생의 즐거움을 대부분 여행에서 맛봤다. 뮤지컬 배우로서 무대에서는 시간을 제외한 모든 시간을 낯선 길 위에서 보냈으니 족히 1년의 반을 나

그네로 살아온 셈이다. 길을 떠나면 호흡이 편안해지고 내가 보였다. 나는 어디에서 무엇을 하든 아주 천천히, 계획 없이 움직이며 지구의 구석구석을 훑었다. 남보다 느려도, 나보다 남들이 앞서 나가도 나는 발걸음을 재촉하지 않고 오히려 느긋하게 어슬렁거렸다. 급할 게 뭐 있는가.

호스텔, 기차 안, 그리고 잠시 쉬어 가는 벤치에서는 온갖 여행자가 삶의 기쁨과 슬픔을 뭉텅뭉텅 쏟아 냈다. 마치 내가 다큐멘터리의 한가운데에 있는 듯한 착각에 빠질 정도로 그들의 소중한 경험은 잊기 힘든 기억 무더기였다. 내가 가 보지 못한 곳에 대한 이야기, 살아오면서 깨달은 그들의 다양한 감정과 통찰은 나에게 커다란 선물이었다.

그 느낌을 그대로 독자에게 전달하고 싶은 마음 간절하다. 내 이야기가 잠시라도 삶의 짐을 내려놓고 쉬어 가는 나무 그늘이 되고 즐거움을 주었으면 좋겠다. 니콜의 편에 선 이들에게는 인생의 작은 즐거움을, 다빈치의 편에 선 이들에게는 긴 인생을 만들어 줄 하나의 추억을 선물하고 싶다.

그냥 통한다는 것

여행이란 기쁨, 슬픔, 당혹, 아픔 그리고 인생철학(?)을 누군가와 경계심 없이 나누는 여정이다. 여행자들끼리 나누는 이야기는 서로의 경험 속에 또 다른 경험으로 들어앉으면서 온갖 잡뼈를 넣고 푹 고은 곰국처럼 진한 맛으로 살아난다. 여행 안내서에 나오는 명소들을 하나씩 볼펜으로 표시하며 찾아다닌 뒤, 마치 그 나라의 모든 것을 느끼고 경험한 것처럼 착각하는 숙제 같은 여행은 싫다. 그보다는 소소한 것에서 잔잔한 감동을 받고 잠시나마 그곳 사람들의 삶에 속하며, 그들과 함께 호흡하는 그런 여행을 원한다. 이 책을 읽으면서도 여행의 그런 맛을 느꼈으면 싶다.

그래서 보여 주기로 했다. 내 눈으로 본 것을 그대로 말이다. 우리 함께 그냥 통해 보자. 무료할 것도, 두려울 것도, 불편할 것도 없다. 다만 상상의 영토에 조금만 땅을 내주고 즐거움을 누릴 준비만 하면 그만이다.

우리가 함께 가는 곳은 설산의 아름다움이 매력을 발산하는 곳도 아니고, 에펠 탑과 센 강이 보이는 로맨틱한 곳도 아니다. 그렇다고 실망하지 마시라. 더 멋진 세상이 우리를 기다리고 있다. 그곳에 가면 입 안에 머금은 탄산음료가 폭발하듯 가슴속에서 기쁨의 탄성이 솟구쳐 오른다.

이 표정이다!

정말 즐겁지 않으면 도저히 나올 수 없는 표정이 아닌가. 어찌나 재밌고 신이 났던지 웃느라 턱이 얼얼할 지경이었다.

2009년 8월의 스페인, 날씨는 살이 타들어갈 듯 건조했고 연일 뜨거운 바람이 호흡을 가쁘게 했다. 여기에다 기온이 40도를 훌쩍 넘어서면서 털옷을 온몸에 휘감은 듯 땀을 뒤집어썼다. 하지만 나는 그런 상황에서도 이토록 행복하게 웃을 수 있었다. 우연과 절묘한 타이밍으로 다이내믹하게 이어지던 배낭여행에서 나를 열정의 세계로 안내해 준 레즈비언 커플 덕분이다. 그들의 재미있는 이야기를 따라 내가 찾아간 곳은 열정적인 붉은색으로 뒤범벅이 된 '토마티나' 축제였다.

그곳에서 삶을 꾸려 가는 사람들은 시끌벅적하게 토마토를 던지는 축제를 즐기며 자연이 내리는 고초를 신나게 이겨 내고 있었다. 온몸이 토마토로 범벅이 되도록 난장판을 벌이며 즐기고 나자, 사람들이 호스를 들고 나와 우리의 몸과 마음을 씻어 주었다. 난 지난날의 욕심과 이기심을 으깨진 토마토와 함께 흘려보냈다. 그때까지 나는 축제에는 왁자지껄한 즐거움만 있다고 생각했다. 내가 틀렸다. 축제에는 즐거움 이상의 따듯함과 하나됨 그리고 무엇보다 사랑이 있다.

낯선 곳으로 가자면 약간 마음의 준비가 필요하다. 우린 지금 평범한 패키지 여행이 아니라 용기와 도전, 때론 모험이 필요한 배낭여행을 할 참이다. 배낭 하나 짊어지고 지구촌 여기저기에서 벌어지는 축제의 장으로 가 보자는 거다. 그 축제를 경험하고 나면 나만의 즐겁고 긴 인생을 위한 멋진 추억을 찾아 나서고 싶은 마음이 강하게 솟을 것이다.

하루에도 몇 번씩 가 보고 싶은 곳, 흥겨움과 기쁨이 가득한 곳, 풍경과 사람이 하나가 되는 곳, 저마다 내밀한 이야기를 품고 있는 곳, 즐거운 인생이 있는 곳. 그곳이 바로 축제의 장이다. 자, 그 축제의 마당 속으로 뛰어들어 보자.

한지혜

영 국
글래스턴베리
페스티벌

Glastonbury Festival

96시간 동안 멈추지 않는
자유의 심장박동

보험회사에 다니고 있어요.
그저 평범한 회사원이죠.
그래서 왔어요, 글래스턴베리로.
진정한 나를 찾기 위해서.

매년 글래스턴베리에 온다는 한 남자

Freedom

'자유'라는 건 내 인생에서 가장 아이러니컬한 단어다. 끝없이 좇다가도 손에 넣으면 어쩔 줄 몰라 다시 무르고 싶은 것. 아무에게도, 다른 무엇에도 구속받지 않고 싶으면서도 은근슬쩍 어딘가에 한 발을 매어 두고 싶은 것. 그게 내가 아는 자유다.

'다 내려놓고 훌쩍 떠나고 싶다.'는 생각, 아마 숱하게 해 봤을 거다. 지금 하는 일이 즐거워 미칠 지경이라 떠나고 싶은 마음이 전혀 없다는 사람을 나는 아직 한 번도 못 봤다. 문제는 그야말로 엄청난 용기를 짜내 자유를 찾아 떠나 더라도 그 해방감과 짜릿함이 한순간으로 끝나 버린다는 데 있다. 대개는 여행 이 채 끝나기도 전에 일상으로 돌아갈 걱정과 오지 않은 미래를 떠올리며 슬그 머니 자유와 헤어지고 만다.

어쩌면 우린 영원한 자유를 누리기엔 너무 영민한지도 모른다. 사회라는 테두리 안에 촘촘히 박혀 톱니바퀴로 살아가는 인간에게 영원한 자유는 그저 희망에 불과하다. '영원히'가 아니라면 '잠시'라도 해 보자. 짧은 순간이나마 자 유를 만끽하면 뻑뻑하던 삶에 기름칠을 할 수 있다. 일탈을 꿈만 꾸지 마라. 모 든 것을 내려놓고 온전히 나 자신으로 돌아와 짧지만 달콤한 자유를 느껴 보라. 그것은 짧아서 더 진하고 달콤하다. 난 그 자유의 느낌을 사랑한다. 하루 종일 하이힐을 신고 돌아다니다가 저녁에 시뻘겋게 변해 버린 발가락을 측은하게 내려다보며 족욕할 때의 느낌이 그렇지 않을까. 어쨌든 난 영원한 자유보다 가 끔의 일탈이 주는 자유가 훨씬 더 맛있다.

자유를 노래하는 사람들

어릴 때, 아빠의 앨범을 들여다보다 장발에 기타를 들고 있는 아빠를 보고 깜짝 놀란 적이 있다.

"아빠! 아빠 머리가 왜 이래요?"

"어허허, 그때는 그게 유행이었어. 근데 장발이 경범죄에 속해서 걸리면 머리를 깎아야 했지."

"정말? 말도 안 돼. 그런데 아빠가 기타도 칠 줄 알아요?"

"지금은 다 까먹었어. 그러고 보니 기타를 잡아 본 지가 꽤 오래됐네."

이어 깊은 한숨을 토해 내면서 아빠가 중얼거렸다.

"그때는 기타를 치며 모든 걸 노래했지."

최근에는 국내에서도 많은 음악 페스티벌이 열리면서 음악 팬들이 즐거운 비명을 지르고 있다. 그동안 다양한 방법과 형태로 음악을 즐길 기회가 많지 않았던 탓이다. 재즈, 록, 어쿠스틱 등 여러 장르의 음악을 자연을 품은 야외에서 즐기는데다 좀처럼 만나기 어려운 해외 아티스트까지 한자리에서 만날 수 있으니 어찌 즐겁지 않겠는가.

몇 년 전 이안 Lee Ang 감독의 영화 「테이킹 우드스탁 Taking Woodstock」을 보고 나서 나는 록 페스티벌이 단순한 음악 공연의 차원을 넘어선다는 것을 알게 되었다. 베트남전과 인종 차별, 혼란스러운 이데올로기가 지배하던 1960년대의 젊은이들에게 음악은 유일한 위안거리였다. 시대의 아픔을 끌어안고 방황하던 이들에게 음악 페스티벌은 자유를 마음껏 느끼게 해 주는 탈출구였던 셈이다. 이런 까닭에 수많은 젊은이가 음악을 통해 평화나 반전 메시지를 전하는 뮤지션과 함께 축제에 몸을 맡겼다.

한곳에 정착하기를 거부하고 욕심 없이 그저 순간을 즐기던 당시의 젊은이들을 가리켜 히피라고 부른다. 물론 자유를 잘못 해석해 나체로 돌아다니고, 약에 취해 무법자처럼 행동하던 히피들을 사회의 골칫거리로 보는 시각도 만만치 않았다. 그런데 흥미롭게도 인간을 억압하는 사회 규제를 벗어던지고 자유에 대한 갈망을 음악으로 승화시킨 유명한 밴드들이 그 시절에 많이 탄생했다.

그 뮤지션들은 우드스탁에서 젊은이들의 마음을 대신해 뿜어 내듯 노래를 불렀고, 관중과 하나가 되어 하늘을 보며 자유를 외쳤다.

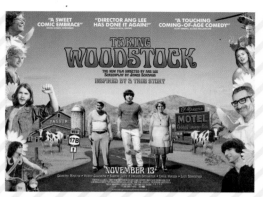

티켓을 사수하라

　영화 속의 한 장면처럼 진흙구덩이 속에서 음악에 대한 열정을 불사르는 사람들과 목청껏 외쳐 대는 내 모습을 상상하니 가슴이 두근두근 뛰기 시작했다. 국경과 나이, 성별을 뛰어넘어 함께 노래하면서 자유의 열기에 휩싸이는 그 짜릿함!

　나만의 자유를 만끽하는 순간에 모든 오감을 뒤흔드는 음악은 내게 더없이 성스러운 존재다. 내가 여행할 때마다 마지막까지 꼼꼼히 MP3 충전 상태를 챙기는 건 바로 그래서다. 내 눈을 호강시키는 황홀한 광경이나 전율이 밀려오는 순간, 적합한 음악을 재생하는 것은 나에게 큰 기쁨이다. 여행지에서 돌아와도 그때 그곳에서 들었던 노래를 들으면 눈을 감고 언제든 순간 이동을 할 수 있다. 음악은 원하는 순간에 내 오감을 자유롭고 행복한 시공간으로 보내 주는 타임머신이다.

자유와 음악이 공존하는 곳! 나는 당장 인터넷 검색에 들어갔다. 세상에, 일 년 내내 세계 곳곳에서 그토록 많은 음악 페스티벌이 열리고 있을 줄이야. 도대체 어떤 것이 내 가슴을 가장 뜨겁게 달궈 줄까? 눈이 어지러울 정도로 구석구석 모든 것을 찾아 주는 검색 엔진의 노력은 가상했지만, 내겐 확신을 줄 믿음직한 도움이 필요했다.

입소문보다 더 확실한 게 어디 있겠는가. 나는 즉시 나보다 음악 페스티벌에 훨씬 더 익숙할 다른 나라 친구들에게 메시지를 보냈다. 바쁘게 살고 있을 친구들에게는 좀 미안했지만 궁금한 걸 어쩌랴. 다행히 누가 먼저랄 것도 없이 수십 통의 메시지가 도착하는 데 채 이틀도 걸리지 않았다. 하나같이 자기네 나라에서 열리는 음악 축제에 가 보지 않으면 '평생' 후회할 거란다. 이런! 후회를 줄여 보겠다고 온갖 연줄을 뒤졌는데 혹 떼려다 혹 붙인 건 아닌지. 사람의 마음 추는 어느 쪽으로든 기울게 마련이라는 말을 상기하며 나는 하나하나 꼼꼼히 훑어 내려갔다. 헉, 40년이 넘은 역사적인 록 페스티벌 글래스턴베리 Glastonbury! 나는 눈길이 확 꽂히는 그 단어를 다시 한 번 음미했다.

"글. 래. 스. 턴. 베. 리."

좋아, 여기다! 내 가슴을 뜨겁게 달궈 줄 곳은 바로 글래스턴베리 페스티벌이 열리는 영국이다! 축제를 소개하는 공식 홈페이지에 들어가니 입장 티켓은 이미 매진이었다. 맙소사, 마음이 조급해진 나는 그 축제를 추천한 영국인 친구 헨리에게 메시지를 보냈다.

"헨리, 글래스턴베리에 꼭 가고 싶은데 티켓이 매진이래. 혹시 티켓을 구할 방법이 있을까?"

그는 곧바로 답변을 보내 왔지만 내용은 절망적이었다.

"미안해, 엘리. 지금 티켓을 구하는 건 불가능할 거야. 티켓은 1년 전에 미리 판매하는데 지난 9월에 다 끝났어. 티켓 판매를 시작하면 하루 만에 몇만 장이 매진되거든. 나도 겨우 구했어. 네가 오는 줄 알았으면 네 것까지 샀을 텐데.

아쉽다. 내년을 기약해 보는 게 어때?"

내년이라고? 그 말은 내 귀에 들어오지도 않았다. 문득 지난 겨울의 빨간 목도리가 떠올랐다. 사흘간 매일같이 매장에 가서 살까 말까 고민하다 그냥 돌아왔는데, 다음 날 다시 그곳에 가자 빨간 목도리는 다 팔리고 없었다. 내가 매일 눈팅만 하는 꼴을 지켜보던 직원은 "정말 사고 싶던 목도리"라는 내 말에 어이없다는 표정을 지었다. 이후로 난 아직까지 그렇게 예쁜 빨간 목도리를 찾지 못했다. 아, 꿈속에서 그 빨간 목도리를 하고 있는 내 모습까지 볼 정도였는데 너무 아쉬웠다.

이제는 빨간 목도리를 하고 한 손에는 티켓을 쥐고 있는 내 모습을 꿈속에서 보게 생긴 거다. 방법이 없을까? 글래스턴베리 페스티벌은 나에게 빨간 목도리와 똑같은 존재가 되어 버린 것일까?

암표? 입장권도 없이 런던까지 날아가 세 시간 동안 버스를 타고 글래스턴베리로 가는 건 무모하지 않을까? 축제장 앞에서 선글라스에 트렌치 코트를 입고 이리저리 뛰며 음흉하게 "암표 사요, 암표 사요."를 속삭이는 나를 상상하자마자 끔찍했다. 할 수 없이 며칠간 매진앓이를 하고 '내년을 기약해야 하나 보다.'라고 포기할 즈음, 헨리에게 새로운 메시지가 날아왔다.

"엘리, 좋은 소식이야! 네가 너무 아쉬워하는 것 같아서 좀 알아봤는데, 다음 달에 취소된 티켓을 다시 판매. 그런데 수량이 많지 않아서 서둘러야 해. 런던 시간 기준 0월 0일 0시부터 홈페이지에서 판매하니까 잊지 마! 그날 나도 도와줄게. 행운을 빌어."

먹장구름이 잔뜩 낀 하늘에서 한줄기 빛이 나를 향해 내려오고 있었다.

시간은 미끄럼을 타듯 죽죽 흘러갔고 드디어 티켓 추가 판매의 날이 되었다. 한국 시간으로 저녁 5시. 나는 이미 티켓을 사수하기 위해 완전 무장을 마친 상태였다. 내 앞에는 랩톱 세 대와 도우미 두 명이 있었고, 죄 없는 동생까지 휴대 전화에 신경을 곤두세우며 컴퓨터 앞에 묶여 대기 중이었다. 이 정도면 두 장도 아니고 티켓 한 장 구하는 건 일도 아니라며 나는 거만하고 여유롭게 얼음을 동동 띄운 콜라를 홀짝거렸다.

티켓 판매 5분 전, 나는 전쟁터로 뛰어들었다. 하지만 잔뜩 무장을 하고 그 싸움판에 뛰어든 건 나뿐이 아니었다. 전 세계에서 수천 명이 동시에 접속하는 통에 사이트는 곧바로 얼음이 되었다. 결제 창은 뜰 생각도 하지 않고 다시 처음 페이지로 넘어가길 반복

했다. 거만함과 여유로움은 어느새 싹 밀려나고 그 자리에는 조급함과 애절함이 들어와 있었다. 20분이 지나도 페이지가 계속 처음으로 돌아가자 나는 시뻘게진 얼굴로 도무지 믿을 수 없는 현실 앞에서 망연자실했다. 다 팔려 버린 걸까?

동생에게 전화하자 동생도 같은 처지였다. 행여나 헨리가 나를 도와주려 일요일 아침 9시부터 미친 듯이 클릭을 하지 않았을까 싶어 메시지를 보냈지만 답이 없었다. 어찌나 미련이 남던지 나는 계속해서 얼음장으로 변해 버리는 사이트 앞을 떠나지 못했다. 그렇게 15분을 더 멍하니 앉아 넘어가지도 않는 페이지에 대고 마우스를 반복적으로 눌러댔다.

"또로롱."

이게 무슨 소리야! 갑자기 '또로롱' 소리가 청명하게 들려오더니 얼음이 되어 움직이지도 않는 창 밑으로 메시지가 도착했다는 표시가 떴다. 헨리였다.

"엘리, 티켓 샀어! 아무래도 영국에서 접속하는 게 빠를 것 같아서 내가 준비하고 있었지. 티켓 샀으니까 슬퍼하지 마. 넌 이제 비행기 표를 알아보는 게 좋겠어. 두 달 후야. 보고 싶어!"

오, 맙소사. 내가 들은 그 청명한 소리는 아마 천사의 마법이었을 것이다.

"오~예!"

나는 소리를 지르며 방방 뛰었다. 그 빨간 목도리를 손에 넣었어도 그토록 기쁘진 않았을 터였다. 나는 즉각 런던행 비행기 표를 예약했다. 두 달 후, 나는 역사적인 글래스턴베리 페스티벌에서 마음껏 자유의 노래를 부를 수 있으리라.

엘비스, 스팅, 보브 딜런, 로비 윌리엄스, 라디오헤드 등 세계 최고의 가수와 밴드들이 거쳐 간 축제. 지금도 뮤지션들이 꼭 한 번 공연하고 싶어 하는 무대, 글래스턴베리 페스티벌. 이 축제는 전설의 기타리스트 지미 헨드릭스Jimi Hendrix가 세상을 떠난 다음 날, 그를 추모하기 위해 소규모로 열린 행사를 계기로 지금까지 40년째 이어져 오고 있다. 중간에 재정적인 문제로 잠시 중단된 적도 있지만, 주최자는 '전쟁을 없애고 평화를 지키자.'는 취지를 앞세워 여러 단체에 재정적 도움을 요청했고 덕분에 축제를 계속 열 수 있었다.

축제의 취지에 맞게 축제 기간에 열리는 자선 행사 기금과 수익금의 일부는 아프리카 어린이들을 돕는 데 쓰인다. 축제가 열리는 수십만 제곱미터의 농장을 소유한 주최자 마이클 엘비스Michael Elvis는 매년 축제를 열기 위해 애쓰면서 농장을 관리한다. 사람들에게 자유를 선물하고 그 수익금을 좋은 일에 쓰기 때문인지 축제장 곳곳에는 "고마워요 엘비스Thanks Elvis"나 "농장이 좋아요I love farm" 같은 문구가 붙어 있다. 이 축제는 농장 관리를 위해 5년에 한 해씩 쉰다.(2012년에는 축제가 없었다.)

글래스턴베리 페스티벌은 닷새 동안 열리고 공연은 나흘 동안 밤낮없이 이어진다. 이 축제에는 약 13만 5000명이 참가하는데 수십만 제곱미터에 달하는 농장은 여러 개의 캠핑장과 공연 무대로 나뉘어 있다. 농장의 넓이가 어마어마한데도 그 둘레는 높은 장벽으로 둘러싸여 있고 안전을 위해 티켓을 소지한 사람 이외에는 외부인의 출입을 엄격히 금지한다. 그래서일까? 닷새간 사회와 철저하게 분리된 채 진행되는 글래스턴베리 페스티벌에는 다른 축제와 달리 특별한 뭔가가 있다.

비 행 기 공 포 도 이 겨 내 는 역 마 살

2011년 6월 21일 저녁, 나는 뉴욕 JFK 공항에서 런던 히드로 공항으로 날아가는 비행기에 몸을 실었다. 여섯 시간 반만 날아가면 유럽에 도착할 수 있다는 것이 뉴욕의 장점이라면 장점이다. 뉴욕에서 유럽으로 가는 시간이 뉴욕에서 LA로 가는 시간과 같다는 사실이 놀랍지 않은가!

엄마는 내 사주에 역마살이라도 낀 모양이라고 투덜대지만, 역설적이게도 나는 비행기 타는 걸 끔찍이 싫어한다. 이런 말을 하면 사람들은 농담인 줄 알고 그냥 웃어넘긴다. 그러나 비행기 안에 있는 내 모습을 생중계한다면 분명 여느 리얼리티 쇼보다 흥미진진하리라. 비행기가 이륙하기 위해 활주로에 대기할 때 창밖을 내다보는 내 얼굴에는 핏빛이라곤 개미 손톱만큼도 남지 않는다. 비행기가 이륙하는 순간 내 몸은 비행기와 함께 공중으로 뜨고, 어쩌다 난기류(터뷸런스)를 만나면 눈에 눈물이 그렁그렁해진다. 그 두려움을 견디다 못해 낯선 옆 사람의 손까지 움켜쥘 정도다. 여기서 더 나아가면 그 손을 부여잡고 내 멋대로 기도라도 할 판이다. 믿거나 말거나 내가 세상에서 가장 부러워하는 사람이 비행기 이륙 전에 잠드는 사람이다. 내 비행 공포증을 털어놓으면 모두들 외친다.

"그렇게 비행기 타는 게 싫은데, 왜 여행을 다녀!"

나도 잘 모른다. 비행기 타는 걸 그렇게 싫어하면서도 여행을 좋아하는 이유는 내가 언젠가 알아내야 할 나만의 숙제다.

드디어 비행기가 이륙했다. 내 심장 펌프질로 비행기 엔진을 돌릴 수도 있을 만큼 심장이 쿵쾅거리기 시작했다. 남들이 탄성을 내지르는 뉴욕의 멋진 야경은 나랑 상관없는 얘기다. 눈부신 도시가 구름에 가려져 보이지 않을 만큼 비행기가 높이 오르고 나서야 간신히 호흡이 누그러지니 말이다. 비행기 안에서 잠을 이루는 건 내겐 불가능한 일이다. 그런 까닭에 밤에 출발하는 비행기에 오르면 하룻밤을 꼴딱 새고 말지만 그 대신 아름다운 일출을 구름 위에서 감상할 수 있다. 하늘에서 보는 일출의 장관을 그 무엇에다 비교할 수 있으랴.

그렇게 나는 하늘에서 태양을 맞이하며 점점 런던에 가까워지고 있었다.

얼마 후, 비행기가 두터운 구름을 통과하자 런던 시내가 보이기 시작했다. 런던 아이London Eye(템스 강변에 위치한 자전거 바퀴 모양의 회전 관람차), 빅 벤Big Ben(영국 국회의사당의 대형 시계탑), 런던 브리지London Bridge(런던 시내를 흐르는 템스 강 위에 세워진 다리), 버킹엄 궁도 보였다. 2년 만에 다시 찾은 반가운 런던이지만 그 여행에서 런던을 본 것은 비행기 위에서가 전부였다. 입국 수속을 밟고 짐을 찾으니 아침 10시, 이제 공항으로 마중 나오겠다고 한 헨리를 찾으면 된다. 설레는 마음으로 입국장 안에 들어서니 헨리가 여행사 직원마냥 '엘리 앳 글래스턴베리ELLY at Glastonbury'라고 쓴 종이를 들고 장난스럽게 서 있었다. 나는 그의 모습보다 우리의 인연이 신기해 절로 웃음이 나왔다.

그를 다시 만난 건 겨우 몇 개월 만이다. 우리는 유럽 배낭여행을 하다가 스페인의 토마티나 축제에 가기 전 여행자들과 함께한 캠핑장에서 처음 만났다. 내가 남은 2개월의 유럽 여행을 런던에서 마쳤을 때 우리는 다시 만났고,

그로부터 1년 뒤 카메라맨인 그가 한국에서 열린 F1을 취재하러 왔을 때 또 만났다. 이후 8개월 만에 다시 만난 게다.

비록 함께한 시간은 짧아도 여행 중에 만난 인연은 끈끈한 추억으로 연결돼 있다. 대개는 다시 만나기 어려울 거라고 생각하지만, 내 경우에는 오히려 한국에서 바쁜 생활 탓에 만나지 못하는 친구들보다 더 자주 만난다. 내겐 엄청 거대하고 무겁던 배낭이 그가 훌쩍 짊어지자 왜 그리 작아 보이던지.

공항을 나서자 런던 아니랄까 봐 추적추적 비가 내리고 있었다. 우리는 북쪽으로 향했다. 글래스턴베리는 영국 북쪽에 있는 작은 마을이다. 런던에서 글래스턴베리까지는 세 시간 반 정도 걸리는데, 우리는 곧장 그곳으로 향하지 않고 런던과 글래스턴베리의 중간에 있는 헨리의 부모님 집으로 향했다. 그곳에서 버밍엄에 사는 헨리의 두 친구와 만나 멋진 농장 안에 있는 부모님 집에서 하루를 묵고 다음 날 아침에 출발할 예정이었다.

페스티벌은 모레부터 시작이지만 글래스턴베리의 캠핑장은 내가 런던에 도착한 날 개방했다. 좋은 자리를 차지하기 위해서는 바로 떠나는 게 나았으나 헨리 친구들의 직장일 때문에 우리는 하루를 농장에서 묵기로 했다. 비행기 안에서 한시도 긴장을 늦추지 못해 한숨도 못 잔 나에게는 다행스러운 일이었다.

어떤 책에서 영국을 제대로 보려면 런던을 나와 시골에 가 봐야 한다는 글을 읽은 적이 있는데, 소박하고 아름다운 영국의 시골을 보니 그 말이 이해가 갔다. 6월의 영국은 언덕과 언덕을 연결하는 가느다란 이차선 아스팔트 도로를 제외하고 모두 푸른색으로 뒤덮여 있었다. 마치 동화에서처럼 푸른 언덕에는 하얀 울타리가 둘러쳐 있고 그 안에 있는 새하얀 양들이 나를 아는 듯 뚫어져라 쳐다보았다. 내가 잠이 오지 않을 때마다 상상하던 아름다운 풍경 그대로. 저기 어디쯤에 혹시 거짓말쟁이 양치기 소년이 있지 않을까.

조금 지나니 번들거리는 고동색 털과 탄탄한 근육을 자랑하는 말들이 까만 꼬리를 휘날리며 차와 함께 달렸다. 이건 뭐 영화 속 한 장면이다. 그 장면을 빛내기 위해 이제 막 도시에서 도착한 영화 속 여주인공이 창문 밖으로 머리를 내밀고 말에게 외친다.

"이랴! 이랴!"

온몸을 들썩이며 말에게 알아들을 수 없는 이상한 말을 마구 외쳐 대는 나를 보고 헨리가 물었다.

"엘리, 너 말 처음 봐?"

BBC 라디오에서는 벌써부터 글래스턴베리 페스티벌을 생중계하고 있었다. 모두들 이번 축제의 멋진 라인업Line-up에 흥분한 분위기였다. 작년에는 공연이 예정된 유투가 축제 시작 며칠 전에 사고로 출연을 취소하는 사태가 있었다. 그때 실망했던 사람들은 올해 유투의 이름이 적힌 라인업을 보고 다시 축제장으로 몰려들었다.

유투뿐 아니라 콜드플레이, 비욘세, 비비 킹은 물론 이름만 들어도 감탄사가 터져 나오는 유명 뮤지션들과 무려 500개 이상의 밴드가 스테이지 스무 곳에서 나흘간 아침부터 밤까지 쉴 틈 없이 공연할 예정이란다. 생중계하는 페스티벌의 내용을 듣고 있자니 내 마음이 차보다 더 빨리 달리기 시작했다.

한 가지 좋지 않은 소식도 들려왔다. 밤새 비가 내려 농장이 온통 진흙투성이가 되었단다. 부피가 커서 넣다 빼기를 반복하다 헨리의 간곡한 당부로 결국 챙겨 온 장화가 그토록 고마울 줄이야. 앞으로 나흘간만 제발 비가 오지 마라. 마른 땅에서 마음껏 축제를 즐기고픈 이 마음을 하늘은 알려는지.

Muddy, Muddy and Muddy

영국의 시골은 지극히 평화로웠다. 황송하게도 나는 헨리 부모님의 따뜻한 환대와 함께 맛있는 식사를 대접받았다. 아무것도 보이지 않을 만큼 캄캄한 시골 밤하늘에 수없이 반짝이는 별을 보면서 나는 오랜만에 자연의 품에 푹 안겼다.

에너지를 제대로 충전하고 난 다음 날, 나는 내 에너지만큼이나 강렬한 알

람 소리에 잠이 깼다. 일부러 알람을 맞춰 놓은 이유는 축제에 몸을 내맡기기 전에 따뜻한 샤워를 길게 즐기고 싶었기 때문이다. 앞으로 닷새 동안 그 따뜻한 물방울의 느낌을 조금도 맛볼 수 없으리라. 가끔은 귀찮기까지 했던 그 소소한 일을 그처럼 즐길 수 있다는 게 새삼스러웠다. 맘껏 즐겨라. 앞으로 닷새 동안은 노^{No} 샤워다!

밖으로 나오니 헨리와 어제 처음 만난 헨리의 친구 에드, 닐이 먼저 나와 있었다. 에드는 나를 보자마자 끊임없이 박지성을 입에 올리며 축구 마니아다운 모습을 보였고, 닐은 강한 스코틀랜드 악센트로 내 귀의 집중력을 한껏 높여 놓았다. 그들의 머리도 촉촉한 것을 보니 모두 나와 같은 마음이었나 보다. 네 명의 촉촉한 머리들은 서둘러 차 두 대에 짐을 나눠 실었다. 기름 값을 아끼기 위해 차 한 대로 같가 하는 생각도 해 봤지만 어림도 없었다. 대형 텐트, 큰 배낭 네 개, 의자 네 개, 여기에다 가면서 구입할 식량과 거인 세 명이 함께 타기엔 역부족이었다.

우리는 헨리 부모님의 배웅을 받으며 드디어 흥분의 도가니 속을 향해 내달렸다. 도중에 우리는 식량을 구입하기 위해 큰 슈퍼마켓에 들렀다. 물, 물티슈(우리의 샤워 수단), 손전등, 공기 매트리스, 과자, 빵, 시리얼, 비스킷, 술, 콜라 등이 주요 품목이었다. 식량은 주로 건조하고 오래 먹을 수 있는 것으로 골랐고 알코올은 맥주보다 좀 미지근해져도 상관없을 위스키를 선택했다. 이번이 세 번째 참가라는 닐과 에드 덕분에 우리는 장보는 시간을 많이 줄일 수 있었다. 그들이 우리의 생계를 대비하는 동안 헨리와 나는 우연히 장난감 코너를 지나치다가 엉뚱한 것에 눈길이 꽂혔다.

"헨리, 이것 좀 봐!"

"오, 이거 스카이 랜턴 아냐?"

"맞아, 우리 가서 이거 띄우자. 소원을 비는 거야!"

"그럴까? 재미있겠다. 좋은 생각이야!"

축제에 참가하는 사람들이 몰려들어 차가 밀릴 거라고 예상했지만, 어찌

된 일인지 도로는 뻥 뚫려 있었다. 그것이 오히려 우리를 더욱 조급하게 만들었다. 혹시 사람들이 이미 자리를 다 차지하고 있는 게 아닐까. 축제장으로 다가갈수록 빗방울은 더 굵어지고 있었다. 하긴 그곳은 날씨 하면 한숨부터 나오는 영국이긴 했지만 그래도 하늘이 야속했다. 일기 예보는 내일까지 줄기차게 비가 내릴 거란다.

두 시간 반 정도를 달려 우리는 마침내 글래스턴베리 페스티벌 장소에 도착했다. 예상대로 풀밭은 이미 사라지고 온통 진흙투성이였다. 주차를 관리하는 스태프들은 우비와 장화로 무장했고 그들의 입에서는 차가운 김이 나오고 있었다. 좋지 않은 징조다. 나는 차 안에서 슬리퍼를 벗고 장화로 갈아 신었다. 어기적거리며 차 밖으로 나온 우리는 축제장 안으로 들어가기 위해 몸에 짐을 얹기 시작했다.

이런, 짐이 너무 많았다. 도중에 구입한 식량까지 몽땅 갖고 들어가기엔 역부족이었다. 할 수 없이 일단 자리부터 잡고 다시 가지러 나오기로 했다. 우

린 각자의 배낭을 메고 손에 휴대용 의자를 들었다. 그때 에드가 내 몸체만 한 부피의 짐을 차에서 꺼냈다. 그것이 바로 어제부터 에드가 자부심에 가득 차 열 명도 잘 수 있다던 일명 '럭셔리 텐트'였다. 에드는 그 거대한 물체를 운반하기 위해 카트까지 꺼냈다. 오, 아주 기막힌 아이디어였다. 바닥이 진흙만 아니었어도!

질척거리는 땅만 아니었다면 짐이 그토록 무겁게 느껴지지 않았을 터다. 글래스턴베리 축제에서 장화나 부츠는 필수품이라고 하던 헨리의 말을 그제야 실감했다. 만약 장화를 신지 않았다면 아마 열 걸음도 걷지 못하고 내 신발은 사라져 버렸을 것이다. 등짝에서는 짐이 우리를 짓누르고 진흙에 빠진 발은 좀처럼 나올 생각을 하지 않았다. 한 걸음 한 걸음이 지독하게 힘들었다. 그 찹쌀떡처럼 쫀득쫀득한 진흙이라니.

그런데 주차장과 가장 가까운 캠핑장만 해도 거리가 1.5킬로미터나 떨어져 있었다. 그곳에 과연 자리가 있을까. 거대한 텐트를 실은 카트는 남자들 셋이 돌아가며 끌었다. 그런데 최고의 아이디어였던 카트는 진흙에서 최악의 아이디어로 전락하고 말았다. 진흙에 처박힌 바퀴는 제대로 돌아가지 않았고 그냥 진흙을 잔뜩 매단 채 힘으로 밀고 가는 수밖에 없었다. 난 여자라는 이유로 카트 끌기 로테이션에서 제외되었다. 좀 미안했지만 체면을 차리며 일손을 거들기엔 등짝에 실린 배낭과 손에 든 의자가 내던지고 싶을 만큼 무거웠다. 그렇다고 텐트 카트도 끌지 않으면서 징징거릴 수야 없지 않은가. 나는 힘겨웠지만

용감한 척하며 푹푹 빠지는 발을 애써 움직였다.

문제는 가장 가까운 캠핑장은 고사하고 거의 모든 캠핑장이 꽉 찼다는 것이었다. 수만 평의 농장에 있는 스무 개 캠핑장을 두 시간 이상 돌아다녔지만 텐트를 칠 공간이 보이지 않았다. 우리는 한 걸음을 더 옮기기가 힘겨울 정도로 지쳐 갔고, 그 모든 짐을 지고 자리가 있을지 없을지도 모르는 곳을 일일이 탐색해야 한다는 사실에 슬슬 짜증이 나기 시작했다. 하는 수 없이 두 팀으로 나눠 남은 여섯 개의 캠핑장에 가 보기로 했다. 그렇게 한 시간쯤 지나자 에드에게 연락이 왔다. 파일론 그라운드 ^{Pylon ground} 캠핑장에 텐트를 칠 만한 자리가 남아 있다는 거였다. 목적지가 보이니 짐이 한층 가볍게 느껴졌다.

파일론 그라운드는 이름처럼 여기저기에 커다란 전기 탑이 들어선 캠핑장이었다. 가까이 가니 징~ 하며 전기가 흐르는 소리가 크게 들려왔다. 하지만 상황이 상황인지라 그 소리마저 새소리처럼 정겹게 느껴졌다. 우리는 텐트를 칠 자리에 무거운 짐을 몽땅 내려놓고 5분 동안 의자를 펴고 뻗어 버렸다. 물론 세 시간 반 만에 찾은 닷새간의 보금자리에 몸을 적응시킬 필요도 있었다. 우린

대체 축제장의 어디쯤에 있는 것일까. 지도를 쫙 펼치고 파일론 그라운드를 찾으니 정확히 우리가 주차한 곳에서 가장 먼 대각선 끝이었다. 맙소사!

"이 망할 놈의 폴은 어디 있는 거야?"

겨우 한숨을 돌리는데 에드의 푸념이 들려왔다.

후다닥 서로의 눈을 마주친 우리는 눈길을 에드에게로 돌렸다.

"무슨 소리야? 폴이 없다니……."

"폴을 못 찾겠어. 텐트는 있는데 폴이 없어. 3주 전에 쓰고 분명 넣어 놨는데."

큰소리치며 자부하던 열 명이 잘 수

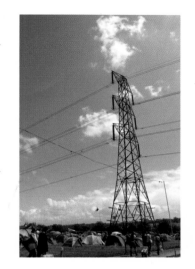

있다는 럭셔리 텐트에 문제가 생긴 것이다. 에드는 당황했다. 아니, 우리 모두가 당황했다. 하지만 괜찮은 척하며 아무 말 없이 모두들 텐트 밑을 샅샅이 훑었다.

폴은 어디에도 없었다. 혹시 차 안에 떨어뜨린 건 아닐까? 에드는 폴을 텐트 가방에서 한 번도 뺀 적이 없다고 했다. 이게 영화의 한 장면이었다면 어딘가에 덩그러니 홀로 남은 폴이 관객에게 '클로즈 업' 되고 영화 속 등장인물들은 아! 하며 아쉬운 탄성을 내질렀겠지. 제기랄! 텐트를 끌고 오느라 얼마나 개고생을 했는데. 텐트는 우리에게 조금도 보답할 마음이 없었나 보다. 모두들 할 말을 잃었다.

어쩌지? 우리는 이미 글래스턴베리에 와 있었고 세 시간 반 만에 찾아낸 캠핑장에 텐트를 덩그러니 깔아놓고 세우지 못하고 있었다. 혹시 주변에 폴이 남는 사람이 없을까 하는 생각도 해 봤지만 각자 짐도 많은데 10인용을 위한 여유분의 폴을 갖고 있을 턱이 없었다. 옆에 텐트를 친 사람들이 우리를 한참 지켜보더니 안돼 보였는지 말을 걸었다.

GLASTONBURY FESTIVAL 2011

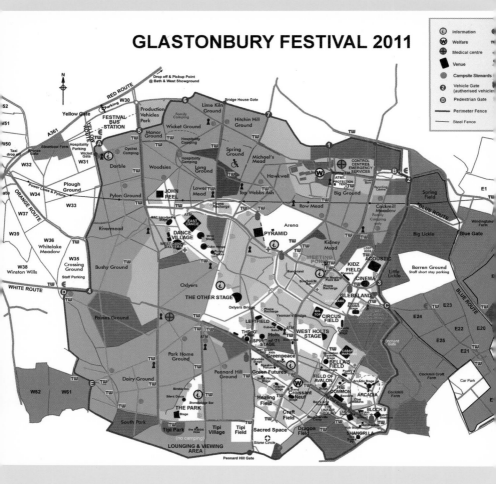

"보아하니 텐트에 문제가 있는 모양인데. 저기 가면 텐트 파는 가게가 있어. 좀 비싸긴 하겠지만 진흙 위에서 자는 것보다야 낫지 않겠어?"

그 말을 듣기가 무섭게 에드와 닐은 곧장 가게로 향했고 나와 헨리는 텐트 터를 사수하느라 남아 있었다. 30분 후, 두 사람은 네 개의 상자를 들고 왔다. 1인용 텐트 네 개.

우리는 문을 안으로 서로 마주보게 한 뒤 작은 사각형 공간을 남기고 텐트를 세웠다. 텐트는 아담하다 못해 자그마했다. 세상에, 내 작은 키가 위안이 되는 날도 있다니. 아마도 키다리 사내 세 명은 다리를 굽히고 새우잠을 자야 하리라.

무기력하게 펼쳐져 있는 10인용 럭셔리 텐트가 밉살스러워 보였다. 공기를 불어넣어 매트리스를 깔자 비좁긴 해도 비와 진흙을 피할 수 있다는 생각에 마음이 좀 편했다. 텐트 밖으로 고개를 삐죽 내미니 친구들은 제각각 텐트 속에서 살림살이를 정리하느라 여념이 없었다.

'그래, 뭐 10인용 텐트는 뼈다귀를 잃고 널브러져 있지만 잘 데가 있는 게 어디야!'

좁고 형편없긴 해도 닷새 동안 지친 내 몸을 감싸 줄 소중한 공간이 아닌가.

보금자리를 마련하고 나니 비로소 우리가 글래스턴베리 페스티벌에 왔다는 게 실감 나기 시작했다. 공식적인 축제는 내일부터 시작이지만 이미 여러 작은 공연이 비트 소리로 분위기를 띄우며 축제의 시작을 알리고 있었다. 우리는 나흘간의 축제 일정을 살피고 지도를 펼쳐서 꼭 봐야 하는 공연과 보고 싶은 공연을 정리했다. 나흘 내내 아침 9시부터 그날 밤 자정이 지날 때까지 공연이 끊임없이 펼쳐질 예정이었다.

밴드 공연 외에도 수백 개의 연극, 퍼포먼스, 서커스 공연이 동시에 진행되었다. 마음 같아서는 단 하나의 공연도 놓치고 싶지 않았지만 내 몸이

수백 개가 아닌 이상 다 볼 수는 없었다. 좋아, 그렇다면 모든 장르를 경험하는 쪽으로 방향을 틀어 보자. 인기가 많은 유투, 콜드플레이, 비욘세 등은 매일 밤 10시에 가장 규모가 큰 피라미드 스테이지^{Pyramid Stage}에서 공연할 예정이었다. 여기에 한층 더 재미를 더해 주는 것은 언제 어느 무대에서 튀어나올지 모르는 스페셜 게스트다. 상상치도 못할 만큼 유명한 뮤지션들이 깜짝 무대를 열기로 이름난 스페셜 게스트. 부디 내가 보고 있는 무대에 나오기만 간절히 바랄 뿐이다. 제! 발!

무언의 007 디스코

해가 기울기 시작하자 사방이 금세 컴컴해졌다. 칠흑 같은 어둠이 찾아오면서 전깃불 하나 없는 진짜 캠핑장이 모습을 드러냈다. 모두 똑같이 생긴 수백 개의 텐트가 늘어선 캠핑장에서 과연 우리의 텐트를 찾아낼 수 있을까. 공연을 즐기고 밤에 돌아오는 사람들 중, 다른 사람의 텐트에서 잠드는 사람이 있을지도 모르겠다는 생각에 슬며시 웃음이 났다.

우리는 애써 우리의 위치에 눈도장을 찍고 랜턴과 약간의 위스키를 병에 담아 비트 소리를 향해 움직였다. 캠핑장을 나와 무대가 있는 넓은 공간으로 나서자 어둠 속에서 오리같이 뒤뚱거리며 진흙 위를 걷는 사람들이 보였다. 멀리서 보면 어둠 속을 걸어 다니는 좀비로 착각할 수도 있겠다 싶다. 좀 더 다가가서 보니 상황은 더 심각했다. 진흙에 미끄러지는 사람, 진흙 속에서 신발을 잃어버린 사람, 이미 진흙투성이가 되어 어둠과 잘 분간이 가지 않는 사람 등 난리도 아니었다.

장화를 신긴 했지만 장화도 쫀득한 진흙 속에서는 맥을 추지 못했다. 비가 잠시 그쳐 진흙이 굳으면 장화가 진흙에 빠져나올 생각을 하지 않았다. 샤워한 지 채 하루도 지나지 않았는데 내 몸을 진흙 속에 빠뜨릴 수는 없지 않은가. 나는 중심을 잃지 않으려 애쓰며 천천히 걸어갔다. 이미 종아리에는 딴딴한 알통

이 자리 잡은 듯했다.

비록 궂은 날씨와 진흙 때문에 혼란스럽긴 했지만 몇십 년간 이어져 온 축제인지라 그 속에는 제 나름대로 질서가 있었다. 자원봉사자들은 곳곳에서 축제 참여자들을 친절하게 도왔고 최대한 불편하지 않을 방도를 제공했다. 나에게는 처음 겪는 혼란스러움이었지만 그들에게는 그것이 매년 있는 작은 재미에 불과한 모양이었다.

큰 공간으로 나가자 많은 무대에서 공연이 한창이었다. 그들은 베이스를 빵빵거리며 무대에서 멋지게 음악을 연주하고 목청이 터져라 노래를 불렀다. 우리는 서서히 분위기에 녹아들면서 신나는 비트에 맞춰 고개를 끄덕이고 손으로 박자를 맞추며 무대들을 하나씩 구경했다. 그때 한 무대가 내 눈길을 잡아끌었다. 그곳에서는 화려한 조명이 쏟아지는 가운데 DJ가 열심히 몸을 흔들며 턴테이블을 돌렸고 사람들은 신나게 춤을 추고 있었다. 그런데 신기하게도 내 귀엔 아무런 음악 소리도 들려오지 않았다. 뭐야, 내가 음악을 너무 크게 들어서 귀가 멍해졌나? 귀를 막았다가 다시 열어도 역시 아무 소리도 들리지 않았다. 리듬에 맞춰 신나게 춤을 추는 저 사람들은 대체 뭐야?

'이건 뭐지!?'

그 모습이 도무지 믿기지 않았다. 음악 페스티벌에서 음악 소리도 들리지 않는데 신나게 춤을 추다니 얼마나 말도 안 되는 일인가.

"너넨 음악 소리가 들려? 난 왜 아무 소리도 들리지 않지?"

닐이 대답했다.

"하하, 안 들려. 근데 저 사람들한테는 잘 들릴 거야. 자세히 봐. 사람들 귀에 빨간 불 보이지? 헤드폰이야. 헤드폰을 빌려서 끼면 저 DJ가 틀어 주는 음악이 들려. 영국에서 한때 도시 소음을 없애자는 취지로 이런 클럽이 많이 유행했었어."

자세히 보니 정말로 어둠 속에서 사람들 사이로 빨간 불이 왔다 갔다 했다. 그 획기적이고 신기한 아이디어에 이끌려 우리도 헤드폰을 받기 위해 줄을 섰다. 우리 귀에 빨간 불을 밝히자 커다란 음악 소리가 귀를 가득 메우기 시작했다. 이어 우리 앞에 새로운 세상이 펼쳐졌다. 우리는 DJ가 묻는 말에 소리쳐 대답했고 그는 그 대답에 보답하듯 퀸의 「자유롭고 싶어 I want to break free」를 틀었다. 사람들은 함성을 지르더니 곧 그 노래를 열창했다. 우리도 그 분위기에 휩쓸려 곧장 무언의 디스코 속으로 빠져들기 시작했다. 한창 열창하고 있는데 헨리가 손짓으로 말했다.

"엘리, 헤드폰을 잠깐 빼 봐!"

무슨 영문인지 모른 채 나는 헨리가 시키는 대로 헤드폰을 뺐다. 그러자 고요한 무대 앞에 모인 사람들이 열창하는 「I want to break free」가 들려왔다. 놀라웠다. 나는 그 노랫소리에 소름이 돋아 가만히 들으며 서 있었다. 그것은 퀸의 노래가 아닌 우리 모두의 노래였다. 퀸보다 노래를 더 잘 부르는 것은 아니었지만 그것은 사람들의 진심이 담긴 진짜 목소리였다.

"I want to break free."

나도 목청 높여 자유를 갈망하는 사람들의 아름다운 목소리 사이에 내 목소리를 보탰다.

Gentlemen in Glastonbury

일찍 일어났다고 생각했는데 눈을 떠 보니 벌써 아침 9시가 넘었다. 밤새 조금 추웠던 것을 빼면 불편함 없이 달게 잤다. 개운한 마음에 기지개를 쭉 켜니 갑자기 개운함은 저리 가고 온몸의 근육이 쑤시기 시작했다.

"헉, 아악!"

진흙 위를 걸을 때 내 몸에 새로 보금자리를 튼 근육들을 달래고 있는데, 친구들도 잠에서 깨어났는지 텐트 밖에서 바스락거리는 소리가 들렸다. 텐트 문을 열고 절뚝거리며 밖으로 나가 의자에 털썩 몸을 던졌다. 아침 공기가 상쾌했다. 그때 헨리의 텐트가 이리저리 요동을 쳤다. 한 덩치 하는 헨리가 작은 텐트 안에서 웅크리고 밤을 보냈을 생각을 하니 안되어 보였다. 우리의 기대를 저

버리고 진흙투성이로 뒹구는 럭셔
리 텐트가 왠지 더 밉살스러웠다.
헨리가 텐트를 열더니 고개를 빠끔
히 내밀었다.

"잘 잤어?"

그런데 헨리는 내 얼굴을 보고
도 인사에 대답하지 않고 다시 고
개를 텐트 안으로 처박았다. 헨리의
느닷없는 반응에 흠칫 놀란 나는 저
텐트 안에 누가 또 있는 게 아닌가
하는 음흉한 생각까지 들었다. 조금
뒤 헨리의 텐트가 다시 꿈지럭거리
는가 싶더니 헨리가 상자 하나를 들

고 나왔다. 헨리는 그 상자를 내 손 위에 척 얹었다. 나는 무슨 영문인가 싶어
가만히 들고 있었다. 헨리가 뚜껑을 열자 그 안에 쓰인 글자가 선명하게 눈에
들어왔다.

"HAPPYBIRTHDAY."

컵케이크 위에 알파벳이 하나씩 쓰여 있었다.

"생일 축하해!"

헨리의 뒤를 이어 에드와 닐이 텐트 밖으로 고개를 쏙쏙 빼내며 말했다.
그날 아침 내가 들은 첫마디이자 그들의 첫인사였다. 아침 인사보다 더 일찍 받
은 축하의 말에 당황한 나는 벌어진 입을 다물지 못했다. 벌써 23일이구나! 이
틀간 심신이 정신없이 휘둘린 탓에 나는 날짜를 잊고 있었다. 뉴욕에서 밤 비행
기를 타고 다음 날 런던에 도착한 뒤, 시차 적응도 채 못한 상태에서 무거운 짐
과 텐트에 치였으니 그럴 만도 하지 않은가.

어찌나 고마운지 눈물이 핑 돌 뻔했다. 케이크를 어떻게 구했느냐고 묻자
어머니께서 만들어 주셨다고 했다. 정작 헨리는 엉뚱한 일로 투덜댔다. 케이크

영국
글래스턴베리
페스티벌

를 감춰서 들고 오느라 알파벳 T가 망가졌다나 어쨌다나. 그때 내 머릿속에 먼저 떠오른 생각은 어제 주차장에서 그 엄청난 짐을 지고 올 때 케이크까지 챙겨 왔다는 사실이었다. 나 같으면 어제처럼 무거운 짐을 들고 오는 짜증나는 상황이라면 케이크 따위는 생각지도 않았을 터다. 그것도 감동인데 망가진 것에 미안해하는 헨리를 보니 더욱 감동이었다.

촛불도 노래도 없었지만 그 특별한 인연들이 특별한 곳에서 챙겨 준 특별한 생일 축하는 절대로 잊지 못할 것 같다. 우리는 사이좋게 알파벳을 하나씩 나눠 먹으며 아침 식사를 해결했다. 아, 꿀맛도 그보다 더 맛있지는 않으리. 컵 케이크는 만들어 주신 분이나 챙겨 온 친구들의 마음처럼 달콤했다.

"너에게 줄 선물이 있어."

케이크의 달콤함에 취해 맛을 음미하느라 정신이 없는데 그들이 또 한 번 나를 놀라게 했다. 그것도 서로의 눈을 마주치며 기대해도 좋다는 표정들이다. 아니, 케이크도 모자라 선물까지 있다고? 영국 남자들은 왜 이리 젠틀한 거야! 나는 놀란 표정으로 김칫국을 너풀너풀 넘기고 있었다. 내가 부담스러워할 테니 비싼 건 아닐 테고. 책인가? 아니지 그보다는 가벼울 거야. 귀고리? 열쇠고리? 아니면 티셔츠? 열심히 머릿속으로 선물 꾸러미를 그리고 있을 때였다.

"넌 쉬고 있어. 우리가 차에 가서 나머지 물건들을 가져올게. 생일날 힘들게 할 수는 없지. 갔다 오는 데 두 시간 정도 걸릴 테니까 그동안 푹 쉬고 있어. 그게 우리의 선물이야!"

순간 상상 속 선물 꾸러미는 바람결에 휙 날아가 버리고 대신 오아시스 같은 그들의 말이 자리를 잡았다. 아, 그들은 진정 영국의 젠틀맨이었다. 그 마음 씀씀이에 잠시 내 머릿속에 그려댔던 생각이 부끄러웠다. 미안한 마음에 물었다.

"정말이야? 정말 내가 여기 있어도 괜찮아?"

"Absolutely! 당연하지!"

"너무 멀리 가지 말고 여기서 책도 보고 음악도 들으면서 쉬고 있어. 넌 휴대 전화도 없잖아. 혼자 돌아다니면 훌리건들이 잡아갈지도 몰라."

그들은 푹푹 빠지는 다리를 옮기며 진흙 길을 따라 반대편에 있는 주차장으로 터벅터벅 걸어갔다.

나는 친구들의 뒷모습이 보이지 않을 때까지 그들을 바라보고 있었다. 글래스턴베리에서 맞은 그 생일에 나는 아주 소중한 젠틀맨들을 선물받았다.

신이시여, 내 방광을 떼어 가소서!

매번 참을 수 있을 만큼 참았다. 내 방광이 가득 차 식은땀이 한 방울 정도 날 때까지 참다가 더는 어찌하기 힘든 순간이 되어서야 화장실에 갔다. 남자보다 여자가 화장실에 더 자주 간다는 사실을 그때 알았다. 친구들이 한 번 갈 동안 난 세 번을 가야 했으니까. 맥주는커녕 물도 견딜 수 있을 만큼만 먹었다. 하지만 닷새 동안 한 번도 안 갈 수는 없지 않은가.

캠핑장에는 수많은 화장실이 있었고 하루에 두 번 미화원들이 대거 동원

영국
글래스턴베리
페스티벌

돼 화장실을 청소했다. 그래도 한 사람당 하나씩 화장실을 갖고 있지 않는 한 10만여 명이 사용하는 화장실은 금방 더러워질 수밖에 없었고, 여기에는 남녀 공용이란 것도 한몫했다.

화장실은 '타디스^{tardis}'와 '롱드롭$^{long-drop}$', 두 종류가 있었다. 타임머신의 모형에서 이름을 따온 타디스에는 지붕과 물을 내리는 변기통이 있었다. 롱드롭은 지붕이 없는 그야말로 재래식 화장실이었다. 롱 드롭에 들어가면 구멍 밑으로 모든 것을 볼 수 있었고 빠지지 않게 조심해야 했다.

난 당연히 지붕이 있고 변기통이 있는 타디스 화장실을 선호했지만 첫날만 그랬다. 다음 날부터는 그곳에 들어가지 않았다. 분명 사람들이 일부러 그러지는 않았을 터다. 숨을 참다 참다 모자라 당황해 아무데나 그렇게 쏟아 냈을 것이다. 이 시대에 태어나 교육받은 사람들이 일부러 그랬을 리는 없다. 엎친 데 덮친 격으로 캠핑장의 모든 곳이 진흙이라 화장실에 들어가면 진흙과 오물을 구분할 방도가 없었다. 그냥 다 밟는 수밖에. 둘째 날, 타디스에 들어가 물을 내리려다 손잡이 위에 덩그러니 얹힌 뭔가를 본 후, 축제가 끝날 때까지 다신 타디스에 들어가지 않았다.

롱드롭에는 처음 들어갔을 땐 당황스러웠지만 지붕이 뚫려 냄새도 더 잘 빠졌고, 밑으로 떨어지는 소리로 분비물의 거리도 예측할 수 있었다. 그렇게 나와 그곳 사람들은 새로운 환경에 하나하나 적응하고 있었다.

신기했다. 처음엔 모두들 불평하지만 본능적으로 주어진 환경에 적응하는 인간이란 존재가. 모두들 그 환경에서 조금 더 편한 각자의 요령을 찾아가고 있었다. 내 요령은 아침 일찍 일어나 화장실을 가는 것이었다. 이유인즉 아침 6시에 화장실을 청소하는 미화원이 다녀가는 덕분에 그 직후의 화장실이 그나마 갈 만했던 까닭이다. 그런데 내 요령인 줄 알았던 것이 금세 모든 이의 요령으로 되는 데는 채 하루도 걸리지 않았다. 사람들은 제각각 살기 위해 똑똑해지거나 약아진다. 결국 아침 6시 반부터는 화장실이 오히려 더 붐볐다.

두 번째 요령은 오랫동안 줄을 섰다가 내 차례가 와도 남자가 나온 화장실은 곧바로 들어가지 않는 것이었다. 남자들은 대부분 큰일을 볼 때만 화장실을 찾기 때문이다. 어느 날 눈이 부실 정도로 뽀얀 꽃미남이 들어갔다 나온 화장실에 들어갔다가 질식할 뻔했다. 그때 알았다. 얼굴은 얼굴이고 냄새는 냄새라는 걸. 양의 탈을 쓴들 늑대의 본능이 어디로 갈 것인가.

세 번째 요령은 숨을 길게 참는 것이었다. 사실 후각만 아니면 시각은 참을 만하다. 그러나 내 작은 몸에 폐가 절반 이상을 차지하고 있지 않은 이상 숨은 20초가 최대였다. 나는 화장실에 갈 때마다 스카프를 가져가 입과 코를 꾹막고 숨을 쉬었다. 더구나 모든 것을 앉아서 해결해야 하는 여자들은 다리 근육 또한 고생이었다. 물론 며칠간 진흙 위에서 생활하며 생긴 튼튼한 근육 덕분에 그다지 힘들지는 않았다.

마지막 요령은 밖에서 해결하는 것이다. 이름하여 노상방뇨. 어쩌면 얼굴을 찌푸리는 사람이 있을지도 모르지만 사실 나에게는 그게 최고의 화장실이었다. 풀 냄새가 나는 아늑한 공간이자 자연에 힘이 되기도 한다는 위로까지 안겨 주는 선택이 아닌가. 하지만 대낮에는 가능하지 않다. 그것은 밤에만 열리는 마법의 화장실이다.

노상방뇨에는 작은 룰이 존재했다. 그 짧은 기간에 10만여 명이 함께하는 작은 사회에 자연스럽게 기본적인 룰이 생기는 걸 보니 신기하고 재미있었다. 우선 남의 텐트 옆에는 절대로 하지 않는다. 또 휴지는 반드시 쓰레기통에 버린다. 그걸 가르쳐 주거나 말해 준 사람은 아무도 없었다. 그건 그냥 자연스럽게 생겨나 모두가 지키는 작은 사회의 룰이었다. 임시로 생긴 그 작은 공간에는 기본적인 욕구 충족과 더불어 인간다운 배려가 공존하고 있었다.

하늘 높이 두 손을 뻗어

둘째 날 밤, 비가 많이 내렸다. 이젠 뭐 축축한 옷, 신발, 텐트, 진흙을 불평 없이 받아들일 만큼 모두들 적응이 되었다. 3년 전에는 비가 너무 많이 내려 텐트가 죄다 떠내려갔다고 하던데 그때에 비하면 지금은 양반이라고 긍정의 주문을 넣으면서 말이다.

언뜻 젊은이들만 있을 것 같은 글래스턴베리 축제에는 남녀노소를 불문하고 자유를 느끼고 싶어 하는 온갖 사람들이 뒤섞여 있었다. 작은 헤드폰(글래스턴베리에서는 아이들의 귀를 보호하기 위해 유아용 헤드폰을 제공한다.)을 끼고 아빠에게 매달려 팔다리를 흔드는 아기와 느릿느릿 걸어 다니는 백발의 노인 커플도 눈에 띄었다. 그곳은 나이나 국경에 상관없이 자유를 노래하고 싶은 모든 이들이 함께하는 축제의 장이었다.

우린 그날의 하이라이트인 유투의 공연 현장에 있었다. 모두들 비를 맞으면서도 두 손을 높이 뻗고 열광하며 그들의 목소리를 가까이에서 느끼고 있었다. 아무리 진흙투성이가 된들 그 상황에서 뭐 불평할 게 있겠는가. 유투와 함께 지상 최대의 행복을 듬뿍 맛보고 있지 않은가. 마침 유투의 히트곡 중 하나인 「아름다운 날Beautiful Day」이 흘러나오자 사람들은 환호하기 시작했다. 비가 추적추적 내리면서 온몸이 젖어 부들부들 떨면서도 우리는 모두 그 순간을 아름답게 느끼고 있었다. 무려 7만 명 이상이 그 자리에 모였다.

그렇게 비를 맞으며 음악에 심취한 것은 우리뿐이 아니었다. 무대에 선 유투의 리드 싱어 보노도 지붕이 없는 무대 밖으로 나와 우리와 함께 비를 맞으

며 하늘 높이 손을 뻗었다. 누구도 보노의 얼굴을 보기 위해 애쓰지 않았다. 그저 빗방울이 무수히 떨어지는 하늘을 쳐다보며 그의 노래에 귀를 기울일 뿐이었다. 사람들은 그의 노래를 들었고 그는 우리에게 전율을 안겨 주었다. 그리고 우리의 전율은 그에게 고스란히 전해졌다.

음악과 함께 우리는 하나가 되었다. 그의 노래를 알든 모르든, 좋아하든 아니든 상관없었다. 그곳에 모여 같은 곳을 바라보며 같은 노래를 듣는 것만으로도 우리는 하나였다. 아, 마음이 뻥 뚫렸다. 내 몸이 어찌나 가볍게 느껴지던지 마치 하늘 위로 둥실 올라갈 것만 같았다.

하늘에서는 수많은 깃발이 펄럭이고 있었다. 깃발들의 축제라고 해도 좋을 만큼 각 나라의 국기부터 자신이 좋아하는 캐릭터, 문구, 색상, 사진이 휘날렸고 심지어 그 축제의 장으로 신혼여행을 온 커플들이 든 깃발에는 'Glasto honeymoon클래스턴베리 신혼여행'이라고 적혀 있었다. 어제는 태극기를 보고 반가운 마음에 앞뒤 잴 것 없이 얼른 달려갔다. 뜻밖에도 태극기의 주인은 한국인이 아닌 영국 여인이었다. 한국에서 4년 정도 살다가 영국으로 돌아왔는데, 한국이 그리워 유니언잭 대신 태극기를 가져왔다고 했다. 그러더니 팔에 새긴 한글 문신을 보여 주었다. 하나는 '사랑'이고, 다른 하나는 '자유'였다. 어제도 태극기를 보고 찾아온 두 한국인과 얘기를 했단다.

"태극기를 보고 찾아오는 한국인이 많아요. 참 정이 많고 나라 사랑이 지극한 사람들이죠."

그래서 그녀는 한국을 더 사랑할 수밖에 없다고 했다. 나만큼 한국을 그리워하는 사람을 만나니 순간 한국이 더 그리워졌다.

무수한 깃발 속에는 저마다 사연이 담겨 있었다. 그들은 추구하고 싶은 것, 사랑하는 것, 마음에 담아 둔 것을 그대로 표현해 하늘 높이 들어 올렸다. 우리는 정말 자유로웠다. 잠시 자기가 있던 자리에서 벗어나 음악과 함께 자기 생각을 하늘 높이 날려 보내는 그들은 진정 자유인이었다.

그곳은 자유의 공간이다. 생각이든 패션이든 아무런 제한도 규제도 없다. 해야 할 일도, 하지 말아야 할 일도 마찬가지다. 여자들은 머리에 꽃 머리띠를

둘렀고 남자들은 두건을 묶어 히피 스타일을 따라했다. 온갖 사회적 억압에 저항하던 히피들의 마음을 조금이나마 공감하고 싶어서다.

우리는 자유가 허용된 그 공간에서 순수하게 자기 자신과 만났다. 모든 신분과 사회적 위치에서 벗어나면 진짜 나를 볼 수 있다. 나를 억압하는 이성을 잠시 접어 두고 내가 얼마나 활짝 웃을 수 있는지, 내가 얼마나 감동의 눈물에 젖을 수 있는지 사람다운 나를 보는 것이다. 나 역시 그랬다. 든든한 젠틀맨들 덕분에 내가 받은 감동은 더욱 진하고 강했다.

거구의 서양인들 사이에서 고개를 들어 간간히 큰 브라운관으로 보노의 얼굴을 보고, 90도로 고개를 꺾어야 겨우 하늘을 볼 수 있는 작은 체구의 나를 보고 헨리가 말했다.

"엘리, 그 밑도 나름대로 운치가 있겠지만, 이 위를 봐야 돼. 내 무릎을 밟고 나한테 목마를 타."

내가 그들보다 아무리 가볍다 한들 헨리의 무릎에 진흙이 가득 묻은 발을 딛고 목마를 타기는 미안한 일이었다. 세 번째로 괜찮다고 거절하자 옆에 있던 닐이 나를 번쩍 들어 올려 헨리의 목에 턱 올려놓았다. 난 누구보다 키 큰 거인이 되어 앞을 바라보았다. 아, 어찌나 아름답던지 난 할 말을 잃었다. 자연의 멋진 광경에 버금갈 만큼 눈부시도록 아름다운 사람들의 물결이라니! 사람이 자연과 비교해도 무색하지 않을 정도로 아름다울 수 있다고 느낀 건 그때가 처음이었다.

내가 본 것은 무대의 인기 있는 가수가 아니었다. 하늘을 향해 손을 뻗은 사람들의 물결이 어찌나 아름답던지 순간 내 몸은 얼어붙은 듯 전율했다.

휴대 전화 노예들

셋째 날, 제법 텐트 생활에 적응돼 열 시간쯤 푹 자고 일어났다. 오늘은 아침부터 공연을 보러 다니지 않고 여기저기 기웃거리며 좀 게을러지기로 했다.

해가 진흙 위로 내리쬐었다. 간만에 뜬 해가 텐트를 말려 줘서 고맙긴 했지만 굳은 진흙 위를 걷는 건 더 힘든 수고였다.

간밤에 주인을 잃은 신발들이 사방에 흩어져 진흙 속에 파묻혀 있었다. 나 역시 장화가 무릎까지 오지 않았다면 신발이 덜렁 벗겨져 나갔을 터다. 대다수의 젊은 여행자는 아침에 바삐 'chill n charge칠 앤 차지'로 가느라 정신이 없었다. 유일하게 휴대 전화를 무료로 충전할 수 있는 곳이자 인터넷 사용이 가능한 곳이었기 때문이다.

사방이 캠핑장이라 플러그를 꽂을 곳은 어디에도 없다. 충전을 하려면 '칠 앤 차지' 앞의 긴 줄에 합류해 한 시간 이상 기다려야 한다. 칠 앤 차지는 쉬면서 충전하라는 말이지만 그건 이름뿐이다. 모두들 자기 휴대 전화에 코드를 꽂고 잠시도 휴대 전화에서 눈을 떼지 않는다. 사람들은 겨우 닷새도 휴대 전화 없이 살 수 없게 된 것인가. 휴대 전화가 없던 시절이 잘 기억나지 않지만 분명 더 단순했을 것 같다. 알 필요도, 알 수도 없어서 오히려 궁금함과 그리움으로 가득한 수많은 가능성이 존재하지 않았던가. 이젠 앎이라는 게 그리 어려운 것이 아니라서 그런지 별로 기대도 재미도 없다. 오히려 알아서 상처받는 일이 확 늘어난 듯하다.

에드는 매일 페이스북에 자신의 상황을 업데이트하느라 정신이 없었다. 에드의 친구들은 댓글로 그와 소통했고 에드는 그것에 만족스러워했다. 마치 평소의 내 모습을 보는 것 같았다. 내 삶에서 SNS는 중요한 인간관계 채널로 자리 잡았고, 내 상황을 업데이트하는 것은 대개 겸손한 척하는 자랑이다. 그 밑에 달린 댓글들은 내가 잘 지내고 있다는 사실을 확인해 주는 동시에 내게 만족을 안겨 준다. 그렇게 우리는 귀찮아도 무슨 의무처럼 자신의 흔적을 남에게 알리고 또 그들이 그걸 알아주길 바란다. 남에게 보여 주는 모습이 진짜 나일까? 남들 눈에 비친 내 모습이 진짜 나일까? 확신할 수 없다. 그런데도 나는 종종 남들이 정해 준 나로 살아가는 나를 발견한다.

미국에서 사용하던 휴대 전화는 그곳에서 작동하지 않았다. 나는 메일로 짧게 잘 도착했다는 소식을 전하고 휴대 전화를 배낭에 던져 버렸다. 그래도 첫

날은 습관적으로 자다가도 베개 밑에 손을 넣어 휴대 전화를 더듬거렸고 언뜻 진동 소리가 들린 것 같아 자꾸만 주머니에 손을 넣었다. 가끔은 내 생일에 사람들이 얼마나 축하 메시지를 보냈을지 궁금해 '칠 앤 차지' 앞에 줄을 서 볼까 하는 생각도 했다.

그런데 이틀이 가고 사흘이 가면서 이런저런 굴레를 벗어던지자 알고 싶지도, 알리고 싶지도 않았다. 다 내려놓자 그동안 내가 정말 귀찮은 짓을 하며 살았구나 싶었다. 물론 알고 있다. 내가 그곳에서 벗어나면 한 시간이고 두 시간이고 휴대 전화로 그동안 놓친 걸 보느라 정신없으리라는 것을. 그건 이 세상에서 어울려 살아가는 일종의 룰일지도 모른다. 하지만 글래스턴베리에서만은 그 모든 앎에서 벗어나 자유롭고 싶었다. 적어도 그것이 얼마나 편한 것인지 깨달았으니 그걸로 됐다.

2파운드짜리 셀프 샤워

머리와 몸은 비에 젖었다 말랐다를 반복하고 있었다. 강한 햇볕에 바짝 말리면 축축하고 눅눅한 느낌이나마 사라졌을 텐데 좀 마를라치면 하늘에서 또다시 빗방울이 툭툭 떨어졌다. 사흘째가 되자 제대로 떡이 진 머리에서 슬슬 냄새가 나기 시작했다.

여행을 하면서 알게 된 것 중 하나가 자기 몸에서 스스로 냄새를 맡기 시작하면, 이미 다른 사람에게 민폐가 될 만큼 냄새가 난다는 사실이다. 자기 냄새를 자기가 가장 늦게 알아차린다는 건 아이러니컬한 일이지만 그건 스스로 자기 냄새에 적응이 되었기 때문이다. 참, 사람답다.

다행히 나에게만 냄새가 나는 게 아니라 모두가 냄새를 몰고 다닌 터라 누구를 탓할 일도 아니었다. 오히려 나는 발 냄새가 나지 않는 것에 감사해야 했다. 에드는 자신의 발 냄새를 견디지 못해 부츠를 신고 자거나 아예 발을 텐트 밖으로 내놓고 잤다.

시간이 지나면서 우리는 점점 더 자신의 냄새와 실랑이를 벌이기 시작했다. 아침에 일어나면 가장 먼저 물티슈로 온몸을 닦아냈다. 그러나 나는 물티슈 냄새가 싫었고 거기에서 배어 나온 비눗기가 몸에 끈적이는 것도 싫었다. 아, 따뜻한 물에 온몸의 때를 씻어내고 싶었다.

필요로 하는 사람이 있으면 그걸 이용하는 장사꾼도 있게 마련이던가. 우리의 심리를 상업적으로 유혹하는 곳이 생겨났다. 어느 순간 그곳에 천막을 친 작은 미용실이 개설됐는데 20파운드 (약 3만 5000원)를 내면 작은 물주머니에 호스를 연결해 간단하게 머리를 감을 수 있게 해 주었다. 우리는 모두 찬물에 머리만 감는 데 4만 원 가까이 쓰는 것은 말도 안 된다며 머리를 절레절레 흔들었다. 그런데 미리 예약하지 않으면 들어가지 못할 정도로 그 미용실은 매일 여성 고객으로 북적거렸다.

사실 샤워 시설이 전혀 없었던 것은 아니다. 우리가 텐트를 친 캠핑장에서 반대쪽으로 40분 정도 걸어가면 작게나마 샤워 공간이 마련돼 있었다. 나와 에드는 어제도 그제도 40분을 걸어 샤워장에 갔다. 그렇지만 샤워 시설은 이미 그 주위의 캠핑장에 텐트를 친 사람들로 가득 찼고, 세 시간을 기다려야 겨우 3분 동안 샤워를 할 수 있다고 했다. 왕복 한 시간 반에 세 시간을 기다리라고? 우린 그렇게까지 시간을 투자해 샤워를 하고 싶은 마음은 없었다. 적어도 어제까지는 그랬다.

그 다음 날, 그러니까 사흘째가 되자 더는 참을 수가 없었다. 물티슈 냄새도, 머리에서 나는 냄새도 정말 역겨울 정도로 싫었다. 어떻게 해서든 샤워를 해야겠다는 생각이 간절했다. 그렇다고 다섯 시간을 투자할 수는 없었다. 좋아, 단돈 2파운드를 투자해 한번 씻어 보자.

나는 어제 사 온 1.5리터의 생수를 조그만 플라스틱 컵에 따랐다. 그런 다음 샴푸로도 쓸 수 있는 샤워젤을 컵에 꾹 짰다. 거기에 혹시 샤워를 할 수 있지 않을까 하는 마음에 챙겨 온 샤워 스펀지를 담그니 비누 거품이 부글부글 일어났다. 나는 수영복을 안에 입고 겉에는 젖어도 상관없는 큰 민소매 티를 걸치고는 텐트 밖으로 나왔다. 누가 보거나 말거나 우선 거품이 가득 묻은 스펀지를 이용해 티셔츠 속으로 팔을 뻗어 몸을 구석구석 닦았다. 몸에 물기가 닿고 바람을 맞으니 금세 닭살이 돋았지만 어쨌든 나는 깨끗해지고 있었다.

그렇게 비누를 묻힌 스펀지로 몸을 잘 문지른 다음, 새 컵에 물을 조금씩 담아 비눗기를 씻어 냈다.

생각보다 잘 닦이고 개운했다. 머리를 감으려니 물이 조금 모자라 하는 수 없이 생수 하나를 더 열어 반을 사용했다. 나는 개운하게 셀프 샤워를 마치고 머리에 수건을 감아 올렸다. 얼굴에 로션도 발랐다. 민망하게도 이웃 텐트에 있는 사람들이 내가 샤워하는 모습을 가만히 지켜보고 있었다. 내가 무슨 선녀도 아니고 나체도 아닌데 왜 그렇게 물끄러미 쳐다보는지.

그런데 이게 웬일! 조금 지나자 사람들이 죄다 텐트 안으로 들어가 수영복을 입고 나오기 시작했다.

그러더니 나를 보며 엄지손가락을 치켜세웠다. 그들도 나처럼 더는 참기가 힘들었나 보다. 이튿날에도 사람들은 아침에 그 간단한 샤워를 했다. 일명 '셀프 샤워'는 우리 캠핑장에 서서히 전파되었고 여기저기에서 셀프 샤워를 하는 사람을 쉽게 볼 수 있었다. 궁하면 통한다더니 그건 지금 생각해도 정말 기발한 아이디어였다. 나도 축제장 한구석에 천막 하나 치고 싼값에 장사라도 할 걸 그랬나?

축제가 나흘째이자 마지막 날로 접어들었다. 다양한 공연은 쉴 새 없이 진행되었고 우리는 일정을 잘 짜지 않으면 좋은 기회를 놓칠 것 같아 머리를 굴리느라 바빴다.

그날 아침, 우리 넷은 이웃 텐트 사람들에게서 어제 보러 간 공연장에서 깜짝 게스트로 나온 라디오헤드를 봤다는 말을 듣고 배 아파 죽는 줄 알았다. 그 누구보다 보고 싶던 라디오헤드를 놓치다니! 언제 어디서 누가 나올지 모르니 그저 우리에게 운이 없었나 보다 할 수밖에.

신기하게도 사람들은 그 모든 즐거움을 좇아 거기까지 왔으면서 절대 서두르지 않았다. 잔뜩 욕심을 내면서 여기저기 옮겨 다니며 모든 것을 보려고 하는 사람도 없었다. 이런 것이 진정한 여유이자 여행이 아닐까. 느림과 여유로움의 미학을 보여 주기라도 하듯 사람들은 휴대용 의자를 무대 앞에 펴놓고 눈을 감은 채 음악을 감상하기도 했다. 심지어 그 왁자지껄 속에서 명상을 즐기거나 책을 읽는 사람도 많았다.

밤에 열린 인기 있는 밴드들의 공연도 물론 좋았지만, 나는 비가 추적추적 내리는 오후에 펼쳐진 재즈 공연이 가장 기억에 남았다. 비를 맞으며 재즈 소리에 몸을 싣고 감성에 흠뻑 젖을 때의 느낌은 최고였다. 헨리는 전형적인 영국의 포크 록 밴드인 멈포드 앤 선스의 공연을 최고로 쳤다. 그는 그들의 열정적인 컨트리풍 연주가 글래스턴베리 축제와 잘 어울렸다며 찬사를 퍼부었다. 그렇게 마지막 날을 앞두고 우리 넷은 각자 자신이 느낀 가장 좋은 순간을 추억으로 꼭꼭 담아 두었다.

마지막 날이니 우리도 새로운 것 좀 접해 보자는 생각에서 살사를 가르쳐 준다는 쿠바 텐트로 향했다. 살사는 배우기가 쉽지 않았지만 우리는 박장대소를 터트리며 열심히 따라했다. 한때나마 라틴 댄스의 강렬한 맛에 흠뻑 빠져든 것이다.

배를 이리저리 돌려 가며 근육이 뭉치기 직전까지 몸을 흔들어 댄 우리는

할리우드 사인처럼 'Glastonbury'란 사인이 세워진 언덕으로 올라갔다. 그 농장에서 가장 높은 언덕으로 올라가니 비로소 그곳이 얼마나 넓은지 실감이 났다. 우리는 그곳을 가득 메운 축제 인파를 한눈에 내려다보며 깊은 숨을 내쉬었다. 즐거움과 자유가 가득한 그 축제가 곧 끝난다는 게 아쉬웠기 때문이다.

간만에 여유로운 오후를 보낸 우리는 마지막 밤을 장식한 열정적인 비욘세의 무대 앞에서 고래고래 소리를 지르며 자유를 즐겼다. 몸은 쓰러질 것처럼 피곤했지만 마지막 밤이 아쉬웠던 우리는 다시 샹그릴라^{Shangri-la}로 향했다. 그곳은 모든 공연이 끝나는 밤에만 열리는 농장 한구석의 또 다른 공간으로 빌딩에 처박힌 택시, 불타오르는 빌딩, 귀신이 나올 듯 으스스한 집, 추락한 비행기 등이 마치 영화 세트장처럼 생생하게 꾸며져 있었다. 일렉트로닉 음악을 공연하는 DJ들이 턴테이블을 돌리는 바와 클럽들이 밀집된 그곳은 오감을 뒤흔드는 별세계였다.

만약 늦은 밤에 멋모르고 거기를 찾아간다면 그곳이 그냥 푸른 농장의 한구석이라고는 상상조차 못할 것이다. 입을 쩍 벌리고 정신없이 구경하던 우리는 비트에 맞춰 뜨거운 불을 뿜어 내는 어느 야외 무대에 자리를 잡았다. 사방으로 빠르게 돌아가는 조명과 쩌렁쩌렁 울리는 기계음에 우리의 몸은 저절로 들썩였다. 우리는 텐트에서 가져온 위스키를 한 모금씩 나눠 먹고 몸에 남은 마지막 에너지를 음악에 맞춰 다 쏟아부었다. 축제에 참가한 거의 모든 사람이 샹그릴라로 모여든 듯 그곳에서는 엄청난 인파가 열정을 불사르고 있었다.

마치 땅이 아래위로 흔들리는 것 같았다. 몹시 피곤한데다 한 모금 들이킨 위스키의 영향으로 그렇게 느낀 것인지도 모른다. 하지만 박자에 맞춰 몸을 흔드는 몇만 명을 보고 있노라니 정말로 땅도 박자에 맞춰 흔들리는 듯했다. 우리의 몸 어딘가에는 그 축제에 참가한 사람이면 반드시 지녀야 할 표시처럼 진흙이 묻어 있었고, 머리는 마음처럼 부스스하게 하늘로 치솟았다.

약한 조명에 슬쩍슬쩍 비치는 부슬비가 우리의 해방감에 무게를 더해 주었다. 그 밤이 지나면 우린 다시 세상으로 돌아갈 것이다. 세상과 분리된 그 자유로운 땅에서 우리는 마지막 밤을 신나게 보내고 있었다. 나도 눈을 감고 몸을 흔들면서 그 순간에 몰입했다.

사람들은 대개 과거를 곱씹고 미래를 각오하면서 살아간다. 그러느라 현재의 느낌은 낡아빠진 물건만큼이나 관심에서 멀어지고 만다. 왜 우리는 현재의 소중함을 그토록 쉽게 간과하는 것일까? 고개를 들어 하늘을 보니 차가운 빗방울이 내 얼굴로 떨어지면서 착착 감겼다. 내 숨은 그 어느 때보다 편안하게 안정되어 있었다. 그 순간에는 내 머리도 마음도 텅 비었다. 텅!

사실은 과거나 미래보다 현재의 내 모습이 훨씬 더 심플하다. 단지 우리가 그걸 깨닫지 못할 뿐이다. 현재에 좀 더 집중하면 많은 것을 놓치지 않고 있는 그대로 느낄 수 있지 않을까. 내 옆에서 신나게 몸을 흔들던 헨리와 에드, 닐 그리고 그곳에 모인 모든 이들은 그때 내 현재였다. 그들에게서 뿜어져 나오는 그 해방감을 나는 온몸으로 느꼈다. 글래스턴베리는 현재 딛고 있는 순간에 흠뻑 빠져들어 '지금'을 무수히 느낄 수 있는 곳이다.

불을 밝혀 날려 보낸 소원

우리는 지친 몸을 이끌고 40분을 걸어 텐트로 돌아왔다. 서서히 긴 밤의 끝자락이 보이고 희미하게 해가 떠오르려 하고 있었다. 잘 자라는 인사를 하고 텐트로 들어가려는데 헨리가 외쳤다.

"잠깐, 우리 스카이 랜턴 샀잖아! 마지막 날을 위해 남겨 둔 거 기억 안 나?"

이런, 스카이 랜턴! 하마터면 소원도 빌지 못하고 그냥 갈 뻔했다. 우리는 텐트로 들어가다 말고 졸린 눈을 비비며 스카이 랜턴을 꺼냈다. 알코올이 묻은 솜덩이에 불을 붙이니 훨훨 타오르기 시작했고 몸이 따듯해지면서 기분이 좋아졌다. 조금 지나자 종이가 부풀어 오르면서 내 키 반만 한 스카이 랜턴의 형체가 나타나기 시작했다.

사실 그곳에서 스카이 랜턴은 금지 품목이다. 텐트가 많기도 했고 무대 천막에 불이 붙을 수도 있다는 이유에서였다. 더구나 우리가 텐트를 친 파일론 그

라운드에는 수많은 전깃줄이 있었다. 그렇다고 기껏 챙겨 온 것을 사용하지 않을 우리가 아니었다. 잘 부풀려서 날리면 괜찮았다. 모두가 잠든 고요한 새벽에 우리는 아무도 몰래 활활 타오르는 랜턴을 사방에서 함께 잡았다. 순간 누가 시키지도 않았는데 우리 넷은 침묵 속에 파묻혔다. 우린 아무 말 없이 랜턴에 붙어 활활 타오르는 불을 그저 바라만 보고 있었다. 누군가는 자기만의 소원을 간절히 빌었으리라. 또 누군가는 지난 나흘간의 여정을 생각했을 수도 있다. 나는 가만히 불을 바라보며 나만의 공상 속으로 빠져들었다.

지난 나흘간 거칠 것 없는 자유의 세상 속에서 난 정말 행복했다. 세상이 나에게 던져 준 근심과 스트레스는 먼 나라 얘기였다. 웃기는 건 책임과 의무에서 잠시라도 벗어나고 싶어 자유의 공간으로 뛰어들었으면서 또 바라는 게 생겼다는 거였다. 샤워를 했으면, 화장실이 깨끗했으면, 축축한 몸이 바짝 말랐으면 싶었다. 그런 내 모순에 풀풀 마른 웃음이 피어났다.

순간 랜턴이 부풀어 위로 날아가려는 압력이 느껴졌고 우리 넷은 서로 눈을 맞췄다. 그 친구들과 함께한 멋진 추억이 이제 막을 내리려는 참이었다. 헨리가 말했다. "모두 소원을 빌었지? 자, 간다. 하나, 둘, 셋!"

우리 넷은 셋! 소리에 맞춰 하늘 높이 팔을 들었다. 잠시 제자리에 떠 있던 랜턴은 서서히 하늘로 올라가기 시작했다. 떠오르는 랜턴을 보고 있자니 어린 아이처럼 심장이 두근두근 뛰었다. 우리의 소원을 실은 랜턴은 반짝반짝 빛을 내며 새벽하늘을 밝히고 있었다. 우리는 숨을 죽인 채 그 빛이 아주 작아져 보이지 않을 때까지 오랫동안 소망을 지켜보았다. 텐트로 돌아온 나는 곧 그리워질 불편한 매트리스에 누워 눈을 감고 소원을 되뇌었다.

지치지 않고 이 넓은 세상을 눈과 마음에 담게 해 주소서!

London to JFK

그렇게 소망을 하늘로 띄워 보낸 우리는 닷새간의 보금자리를 정리하고 짐을 꾸렸다. 주차장으로 돌아가는 사람들의 발걸음은 무겁기도 하고 가볍기도 하다. 축제가 끝난 것은 아쉽지만, 편안한 집으로 돌아가는 것은 또 다른 즐거움을 주니 말이다.

우린 차에 몸을 싣자마자 앞만 보고 문명으로 달려갔다. 세 시간을 달려 런던에 도착한 내가 제일 먼저 한 것은 샤워였다. 그처럼 체계적으로 샤워를 해본 건 그때가 처음이리라. 일단 몸을 세분화해 한 군데씩 깨끗하게 씻어 냈다. 머리를 감는 데만 거의 30분 넘게 시간을 들였다. 묵은 때를 벗겨 내고 개운한 마음으로 거울을 보자 선글라스를 썼던 자국이 선명하게 도드라졌다. 선글라스를 쓴 곳을 제외하고 온통 새까매진 걸 보니 지난 닷새가 얼마나 즐거웠는지 새삼스러웠다.

일상으로 돌아오자 이것저것 편한 게 한두 가지가 아니다. 그동안 내가 편리함의 고마움을 모르고 살았구나 싶었다. 오랜만에 밥다운 밥을 먹고 푹신한 소파에 앉았지만 나는 채 10분도 버티지 못하고 곯아떨어졌다.

다음 날 아침 5시 반, 나는 안개가 짙게 낀 런던에서 큰 배낭을 메고 지하철역 앞에 섰다. 런던까지 와서 런던도 구경하지 못하고 돌아가는 것이 못내 아쉽기만 했다. 집 앞이 지하철역인데 굳이 역 앞까지 나오겠다는 좋은 친구, 헨리. 그가 아니었으면 그 모든 걸 누리고 느낄 수 없었으리라. 가슴 깊은 곳에서 우러나오는 고마움에 나는 헨리를 부둥켜안았다.

"고마워 헨리. 우리 또 만나. 세계 어딘가에서……."

아쉬웠지만 슬프지는 않았다. 그 친구를 어디선가 또 만날 걸 알기 때문이다. 그가 손을 흔드는 모습을 보며 나는 더 크게 손을 흔들었다. 그의 손 위로 보이는 하늘이 막 떠오르는 해에 예쁘게 물들고 있었다. 나는 발끝의 숨까지 그러모아 크게 숨을 내쉬며 하늘을 보았다. 내 몸이 한껏 가벼워져 날아갈 것만 같았다.

공식 웹사이트

www.glastonburyfestivals.co.uk

일정

매년 6월 셋째 주에 닷새 동안 열린다. 5년에 한 번씩 농장 관리를 위해 축제를 열지 않는데 2012년에는 축제가 없었다. 2014년은 6월 25일부터 29일까지.

티켓 판매

글래스턴베리 공식 웹사이트에 들어가면 티켓 판매 정보를 얻을 수 있다. 축제가 열리는 그 전해 10월에 티켓을 판매한다. 티켓 판매를 개시하자마자 매진될 가능성이 크므로 날짜를 정확히 체크해야 한다. 티켓 가격은 205파운드(2013년 기준, 약 35만 원)로 티켓을 사면 국제 우편으로 보내 준다.

티켓 등록

티켓을 사려면 등록번호Registration Number가 필요하다. 축제 공식 웹사이트에 들어가 미리 회원 가입을 하고 등록번호 확인 메일을 받아야 티켓을 구입할 수 있다.(확인 메일을 받는 데 이틀 정도 걸리니 미리 회원 가입을 하는 게 좋다.) 회원 가입 시 보안상의 문제로 정확한 주소와 얼굴이 나온 사진을 첨부해야 한다. 회원 가입은 언제든 웹사이트에서 할 수 있다.

런던에서 글래스턴베리까지 가는 방법

티켓을 구입할 때 런던이나 영국 주요 도시에서 출발하는 셔틀버스 티켓을 같이 살 수 있다.(런던에서 3시간 30분 소요.) 차가 없으면 이 셔틀버스를 이용하는 것이 편리하다. 런던에서 출발할 경우 왕복 £44, 편도 £35. http://www.nationalexpress.com 참조.

꼭 챙겨야 할 준비물

텐트, 장화, 우비, 침낭, 에어 매트리스나 담요, 손전등, 여분의 옷, 수영복, 비상약, 물티슈, 선크림, 모기약, 현금 등.

근교 여행지

글래스턴베리는 영국 남서부에 있다. 글래스턴베리 자체도 역사적인 의미가 있는 곳으로 하루 정도 시간을 두고 둘러볼 만하다. 주변 여행지로는 **런던**London(글래스턴베리에서 기차로 3시간 소요), 비틀스의 고향 **리버풀** ^{Liverpool}(글래스턴베리에서 버스로 3시간 30분 소요), 영국 고유의 자연환경을 간직하고 있는
레이크 디스트릭트 ^{Lake District}(런던에서 기차로 3시간 소요), 고대 로마의 흔적을 느낄 수 있는 **바스**^{Bath}(글
래스턴베리에서 버스로 1시간 소요) 등이 있다.

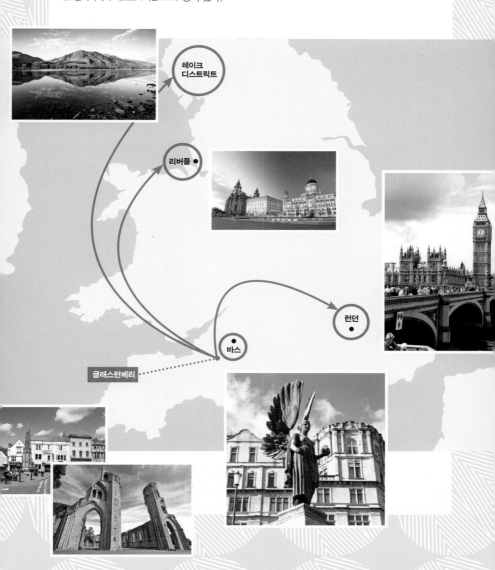

옥토버페스트에는
새로운 친구를 만나
구운 닭고기를 곁들인
맥주 한 잔에
속시원히 이야기를
터놓는 맛이 있다.

호르스트 제호퍼, 바이에른 주 총리

학교를 떠나 사회생활에 뛰어들면 가장 어렵고 힘든 것이 인간관계인 듯싶다. 사람과 사람이 더불어 산다는 건 당연하면서도 풀기 힘든 문제다. 내가 맞닥뜨린 사회는 사람과 사람, 사람과 직위, 사람과 사건이 뒤엉킨 관계를 지하철 지도처럼 그려 놓고 노선에 따라 대처해야 하는 곳이었다.

사람인지라 누구나 가끔은 지친다. 아무리 부지런히 흐름을 따라가려 해도 뒤처지는 사람은 꼭 있게 마련이다. 내가 그랬다. 특히 관계가 틀어져 스트레스를 받을 때는 아무도 없는 무인도에서 몇 달만 살았으면 싶었다. 실제로 나는 모든 관계에서 벗어나 하고 싶은 말, 하고 싶은 것을 마음껏 하려고 어디론가 훌쩍 떠난 적이 꽤 있다. 그렇게 떠나면 어느 순간 생각의 회오리가 나를 무섭게 휘감는다.

'이렇게 훌쩍 떠나 바람처럼, 나그네처럼 살면 내 존재는 단박에 잊힐 거야. 어느 곳에도 속하지 않은 나를 사람들은 곧 잊을 거야.'

누구의 기억에도 남아 있지 않은 사람은 살아 있으되 존재하지 않는다. 존재하지 않고 살아만 있으면 그가 하는 그 무엇에도 의미를 부여할 수 없지 않을까?

사람은 저마다 다른 존재이므로 그들이 더불어 살아가면서 마찰을 일으키는 것은 별로 황당할 게 없다. 관계가 삐걱거릴 때 우리가 가장 쉽게 의존하는 존재가 알코올이다. 술 한잔 기울이며 터놓고 이야기하면 대개는 마음이 풀어지는 까닭이다. 어쩌면 알코올이 만들어 내는 느슨함이 마음을 살짝 녹이는 것인지도 모른다. 난 애주가는 아니지만 알코올이 빚어 내는 분위기는 좋아한다. 마음을 털어놓고 정감을 주고받는 그 친근한 분위기 말이다. 가끔은 술 한잔이 거친 소음으로 가득한 사회생활에 부드러운 멜로디를 던져 주기도 한다.

독일 친구 바바라가 아니었다면 나는 옥토버페스트가 그저 마시고 취하는 맥주 축제인 줄로만 알았을 터다. 어느 날, 그녀의 휴대 전화 화면에서 예쁜 전통 의상을 입고 있는 그녀를 보았다.

"와, 이거 독일 전통 의상 아냐? 정말 예쁘다. 꼭 빨간 머리 앤 같아!"

"맞아, 디른들dirndle이라는 옷이야. 작년 옥토버페스트 때 찍은 거야. 그 축제가 시작되면 모두들 전통 의상을 입어. 여행객들도 예외는 아니지."

"옥토버페스트? 무척 가 보고 싶었는데! 커다란 맥주잔을 들고 전통 춤도 추고 친구들도 사귀고. 얼마나 재미있을까?"

"하하, 엄청 재미있지! 이때가 되면 사람들은 모두 들떠 있어. 뮌헨에 사는 사람들에게 옥토버페스트는 하나의 큰 소셜 이벤트야. 매년 한 번씩은 서로 얼굴을 보고 인사를 나누는 거지."

"소셜 이벤트? 그냥 다함께 맥주를 마시면서 좋은 맥주를 관광객에게 광고하는 그런 축제가 아니고?"

"물론 관광객에게 맛있는 맥주를 선보이고 즐기기도 하지. 하지만 뮌헨 사람들은 매년 열리는 그 축제가 사회생활에 굉장히 중요한 영향을 미친다고 생각해. 실제로도 그렇고."

옥토버페스트가 사회생활에 중요한 영향을 미친다고? 순간 내가 그동안 따라다녔던 회식 자리가 머릿속을 스쳐 지나갔다. 삼겹살과 함께하는 자리에서 선배들이 따라 주는 소주를 한 번에 들이키면 선배들은 좋아라 했지만, 사실 나는 속이 쓰리고 괴로웠다. 얼마간의 시간이 지나 선배가 된 나 역시 후배들에게 술을 따라 주며 똑같은 문화를 강요하던 기억이 떠올랐다.

그러니까 지금 바바라는 옥토버페스트라는 큰 버전의 회식 문화를 얘기하고 있는 건가? 내가 그동안 닦아 온 술자리 재주를 좀 더 큰 버전의 회식에서 한번 써먹어 볼까? 멋모르고 자신감은 충만해졌는데 도통 그 자리가 상상이 가지 않았다. 아, 옥토버페스트에 가 보고 싶다. 큰 맥주잔을 들고 술에 취해 돌아다니고 싶어서가 아니라, 술잔을 기울이며 친밀감을 쌓아 가는 축제의 한복판에 끼어들고 싶어서다. 그렇지만 난 독일인이 아니다. 그야말로 무너진 베를린 장벽보다 더 높은 장벽이 아닌가. 독일인이 아니고서야 어찌 그들의 사회생활에 참여해 볼 수 있겠는가.

뉴욕 영화 학교에서 만난 독일 친구 바바라와 나는 두 달간 뉴욕 곳곳을 누비고 다녔다. 그녀는 유난히 하얀 피부에 머리카락이 빨간색인데 멀리서 봐도 한눈에 뜨일 정도로 미모가 남다르다. 영화 학교에서 같은 반이 되어 처음 그녀를 본 순간, 그녀의 빼어난 미모에 '와, 정말 인형 같다.'라는 생각을 했다. 나는 그 신비로움에 끌려 먼저 말을 걸었다.

"안녕, 어디서 왔어?"

"독일."

"독일 어디?"

"뮌헨."

짧게 툭툭 끊어서 대답하는 그녀의 첫인상은 차가웠다. 어쩌면 그녀가 독일인 특유의 차가운 이미지를 고스란히 안고 있었던 건지도 모른다. 그녀는 나에게 어디서 왔느냐고 되묻지도 않았다. 할 수 없이 내가 또다시 말을 이어 갔다.

"난 한국에서 왔어. 한국, 서울."

그녀는 묵묵부답이었지만 나는 천연덕스럽게 조잘거렸다.

"나 독일에 가 본 적 있어. 베를린이랑 프랑크푸르트. 근데 뮌헨에는 가 본 적이 없네."

쉴 새 없이 떠들어 대는 내가 신기했는지 드디어 그녀가 입을 열었다.

"이름이 뭐야?"

이후로 우리는 단짝이 되었다. 첫인상과 달리 바바라는 잘 웃고 수다를 떨면서 적당히 남의 흉도 볼 줄 아는 밝은 친구였다. 겉모습만 보면 우린 정말 천양지차다. 우선 그녀는 키가 크고 나는 작다. 그녀의 피부는 눈부시게 하얗지만 나는 한국의 보통 사람보다도 더 까만 편이다. 그녀의 머리카락은 빨간색이고 나는 새까맣다. 그녀의 눈은 파란색이고 내 눈은 검은색이다. 정말이지 같은 구석이라고는 눈을 씻고 찾아보아도 보이지 않았지만 우리는 뉴욕에서의 여름을 신나게 함께 보냈다.

바바라가 독일에서 꽤 유명한 연예인이라는 사실을 안 것은 그로부터 한참이 지난 뒤였다. 반 친구의 생일 파티에 갔다가 친구에게 얘기를 들었던 것이다. 나는 집에 가자마자 컴퓨터 앞으로 돌진했다. 검색 버튼을 누르자 바바라가 유명 디자이너의 드레스를 입고 레드카펫을 밟는 모습이 화면을 가득 채웠다. 이런, 바바라는 정말로 유명 연예인이었다. 그녀가 말해 주지 않은 게 좀 서운했지만, 생각해 보니 내가 바바라였어도 '나 유명한 연예인이야.'라고 말하지는 않았을 것 같다. 아니, 그 사실을 미리 알았다면 우리가 그처럼 친해지지 않았을지도 모른다. 오히려 늦게 안 것이 다행이라는 생각이 들었다. 그녀에 대해 어떠한 편견도 없이 친한 친구가 되었으니까.

뉴욕의 뜨거운 여름이 지나고 두 달간 단기 과정으로 왔던 바바라가 독일로 돌아가야 할 날이 다가왔다. 나는 그녀가 좋아하는 m&m 인형을 건네며 작별 인사를 했다. 외딴 뉴욕에서 만난 가장 친한 친구를 보내려 하니 너무 슬프고 속상했다. 나는 그녀를 부둥켜안고 말했다.

"바바라, 우리 꼭 다시 만나자. 옥토버페스트 때 내가 갈게."

물론 바바라에게 한 약속을 지키기 위해 길을 떠난 것은 아니었다. 바바라를 볼 수 있어 더 기쁘긴 했지만 사실 나는 2년 전에 못 가 본 곳을 간다는 생각에 더 들떠 있었다.

2년 전 가을, 나는 아무 계획 없이 어슬렁거리며 90일간 유럽을 여행하고 있었다. 주머니 사정이 달랑거리면 배낭을 짊어진 여행객은 어쩔 수 없이 관광객이 많이 모이는 곳을 피한다. 관광객이 많이 모인다는 것은 그만큼 꼭 가 봐야 할 곳이라는 뜻이다. 하지만 여행의 막바지에 이르러 주머니가 바닥을 드러내면 관광객이 많이 모이는 곳의 바가지요금을 감당할 수가 없다. 이탈리아 베네치아에서 높은 물가에 치여 밥 대신 젤라토(아이스크림)로 배를 채우며 그 여행이 끝나는 날까지, 관광객이 많은 곳은 피하겠다고 다짐한 터였다. 그때 머릿속에 그리던 옥토버페스트 축제를 지우개로 쓱싹 지워야 하는 아픔을 맛봤다.

내가 옥토버페스트에 가려고 준비한다는 글을 페이스북에 올리자마자, 여러 나라의 친구들도 독일의 맥주 맛을 즐기러 날아갈 준비를 하는 중이라고 알려 왔다. 들뜬 마음이 가득 담긴 글들을 보니 내 마음도 둥실 떠올랐다. 나는 바바라에게 문자를 보냈다.

"바바라, 나 이틀 후면 뮌헨으로 날아가!"

Oktoberfest is

옥토버페스트는 맥주를 좋아하든 아니든 누구나 맛있는 음식, 흥겨운 음악, 시끌벅적한 사람 냄새를 즐길 수 있는 정감 넘치는 축제다. 공식 일정은 9월 셋째 주부터 약 16일간 독일 남부 뮌헨에서 열린다. 이 축제는 세계 3대 축제 중 하나이자 독일에서 가장 큰 축제로, 1800년대 초 바이에른 왕국의 왕자이던 루트비히 1세의 결혼을 축하하기 위해 닷새간 열린 축제에서 비롯되었다. 이후 독일의 맥주 회사들이 축제를 후원하면서 200년 넘는 역사를 자랑하는 세계인의 축제가 되었다.

뮌헨 시장이 그해에 처음 생산한 맥주를 선보이는 것으로 시작하는 이 축제를 즐기기 위해 해마다 세계 각지에서 600만 명 이상이 찾아온다. 축제 기간에 사람들은 700만 리터의 맥주를 마시고 50만 마리의 닭과 11만 개의 소시지를 먹는다고 한다. 이 축제를 위해 7,000명 이상을 수용할 수 있는 대형 텐트가 열네 개 설치되며 소형 텐트도 엄청나게 들어선다.

축제의 주인공이 맥주이므로 언뜻 밤새 술을 마실 거라고 생각할 수도 있지만, 맥주는 밤 10시까지만 주문을 받고 정확히 밤 11시에 문을 닫는다. 그러나 아침 9시부터 다시 맥주를 판매하기 때문에 맥주를 즐길 시간은 충분하다. 맥주는 한 잔에 약 10유로인데 무거운 잔을 들고 오는 웨이트리스에게 1~2유로의 팁을 주는 센스를 발휘하면 다음 잔을 시킬 때 훨씬 수월하다. 입장권은 따로 없어 예약은 필요 없지만 숙소는 예약 필수다.

　　뉴욕에서 프랑스를 거처 뮌헨 국제공항에 도착한 나는 지하철을 타고 뮌헨 중앙역으로 미끄러져 들어갔다. 창밖으로 보이는 뮌헨은 베를린과 달리 커다랗고 고풍스러운 건물이 깔끔하게 정리되어 있었다. 상처투성이로 거칠게 자란 아이가 베를린이라면 뮌헨은 부유한 집안에서 곱게 자란 아이의 느낌을 주었다.

　　옥토버페스트가 열리는 테레지엔 비제^{Theresien Wiese} 공원과 가까운 곳으로 호스텔을 잡았다. 가격이 비싼 것은 둘째치고 침대 하나 구하기가 하늘의 별 따기였다. 두 달 전에 예약했지만 그때 이미 여러 사람이 한 방에서 자는 도미토리 형태의 침대는 동이 났고, 싱글 룸이나 더블 룸은 간혹 빈방이 있어도 하룻밤에 50유로(약 7만 5천 원)가 넘어 도저히 감당할 수가 없었다. 운 좋게 도미토리에 침대 하나가 비어 예약할 수 있었다. 우선 하룻밤을 지낸 후 바닥에서라도 자게 해 달라고 부탁할 참이었다. 바바라는 룸메이트 세 명과 함께 살고 있어 아예 물어볼 생각조차 하지 않았다.

　　사람들이 바글거릴 거라는 예상과 달리 호스텔은 아주 조용했다. 호스텔 1층 바에도, 당구대에도, 거실에도 사람이라곤 그림자조차 보이지 않았다. 어찌 된 일이지? 옥토버페스트는 앞으로 일주일이나 더 있어야 끝나는데. 궁금한 마음에 체크인을 하며 직원에게 물어보았다.

　　"사람들 죄다 어디 갔어요? 왜 이렇게 텅 비었어요?"

　　"하하, 모두 옥토버페스트에 갔죠. 큰 텐트에 자리를 잡으려면 새벽 6시부터 준비해서 나가야 합니다. 지금이 오후 1시니까 아마 모두들 취해 있을 겁니다."

　　"새벽 6시에 가서 밤 11시까지 맥주를 마시는 거예요?"

　　"그런 셈이죠. 몸집을 보아하니 손님은 좀 쉬엄쉬엄 마셔야겠어요. 큭큭."

　　내 체구가 작아 분명 술을 잘 마시지 못할 거라는 놀림이었다. 참나, 내가 작으니까 마셔 봐야 얼마나 마시겠느냐는 거지? 작은 고추가 얼마나 매운지 모르는 모양이군. 이래 봬도 소맥에 단련된 사람이야, 왜 그러셔!

호스텔 직원의 말은 내 손톱 밑에 숨은 조그마한 승부욕과 발톱 끝에 감췄던 자존심을 단번에 끌어올렸다. 나는 무거운 짐을 바닥에 내려놓고 로비 끝에 있는 바에서 맥주 두 잔을 시켰다. 양손에 하나씩 잔을 들자 어찌나 무겁던지 들자마자 툭 내려놓았다. 바텐더가 픽 웃었다. 순간 없던 힘이 솟아올라 두 잔을 다시 번쩍 들고 로비로 가져왔다. 직원이 맥주를 보고 환하게 웃었다.

"당케 쉔^{고마워요}."

직원은 내 타오르는 자존심을 친절로 착각한 듯하다. 물론 나는 애써 친절을 가장하며 손을 부들부들 떨면서 무거운 잔을 들어 올렸다. 직원이 말했다.

"웰컴 투 옥토버페스트!^{옥토버페스트에 온 걸 환영해요}"

환영을 하거나 말거나 나는 큰 숨을 들이마신 후 잔을 입에 갖다 댔다. 꿀꺽꿀꺽 넘어가는 맥주가 여정의 목마름을 싹 해소해 주었다. 잔 끝으로 볼록하게 비치는 직원을 보니 한 모금만 마시고 잔을 내려놓았다. 주인의 오기와 독기에 밀려 내 목구멍은 맥주를 넘기느라 연신 위아래로 운동을 하고 있었다. 젠장, 목이 따갑고 숨이 차기 시작했다. 작은 잔이었으면 이미 다 마셨을 테지만 그 잔은 무려 750밀리리터나 됐다. 맥주가 목을 타고 내려갈수록 잔 끝으로 보이는 직원의 모습이 더욱 뚜렷해졌다. 그는 입을 벙긋한 채 나를 바라보고 있었다. 목이 어찌나 따갑던지 나는 숨이 멎을 것만 같아 결국 테이블에 탁 소리를 내며 잔을 내려놓았다. 반보다 조금 더 마셨다. 비록 다 비우지는 못했지만 직원은 감동한 표정으로 말했다.

"와, 당신 괴물이군요!"

그의 말에 뭔가 대꾸를 하고 싶었지만 갑자기 웬 술대포를 쏘냐고 몸에서 불만스럽게 트림을 내보내는 바람에 아무 말도 하지 못했다. 그저 엄지손가락을 치켜세웠을 뿐이다. 그도 나에게 엄지손가락을 들어 보였다. 이후로 그는 나를 볼 때마다 '몬스터'라고 불렀다.

스무 명이 함께 쓰는 큰 방 한구석의 이층 침대에 짐을 올려놓고 나는 곧바로 옥토버페스트로 향했다. 호스텔에서 도보로 15분 거리에 있는 축제장으로 가는 길에는 독일의 전통 의상을 제 개성대로 차려입은 관광객이 많이 보였다. 이런, 이 축제의 분위기를 제대로 즐기려면 의상부터 준비해야 하는 모양이군. 여자들의 전통 의상 디른들은 알프스 소녀 하이디가 입은 옷이고, 남자들의 전통 의상 레더호제Lederhose는 만화영화「톰 소여의 모험」에서 '톰'이 입었던 옷이다. 7부 가죽 바지에 셔츠를 입고 멜빵을 멘 후 목에 손수건을 두른 모습 말이다. 모두들 그런 의상을 입고 있으니 내가 만화영화 속으로 들어간 건 아닌지 하는 착각이 들 정도였다.

"옥토버페스트에 오신 걸 환영합니다."라는 문구를 크게 써 놓은 입구를 통과하자, 젊은 사람부터 백발의 부부까지 발 디딜 틈 없이 사람들로 가득한 옥토버페스트가 눈에 들어왔다. 롤러코스터를 비롯해 사람들의 비명을 자아내는 놀이기구들, 텐트라고 하기엔 너무 거대한 유명 맥주 브랜드의 텐트들과 그 텐트에 들어가지 못한 사람들이 가득 들어찬 작은 텐트들, 축제 의상과 기념품을 파는 가게, 특산품 사탕과 과자 가게 등 모든 것이 갑자기 한눈에 들어오면서 뱅글뱅글 어지러웠다.

먼저 큰 텐트들을 구경하기 위해 호스텔 직원이 준 지도를 들고 사람들 사이를 뚫고 지나갔다. 텐트마다 라이브 뮤직과 사람들의 웃음소리가 뒤엉켜 와자지껄한 분위기였다. 앞으로 나아가기 위해 마주친 사람들은 모두 함박웃음을 짓고 있었다. 옥토버페스트의 입장객은 독일인 외에 다른 나라 관광객이 전체의 약 15퍼센트라고 한다. 다른 축제에 비하면 외국인 관광객이 적은 편이다. 이는 독일인이 자기 나라 문화를 아끼고 거기에 적극 참여해 즐긴다는 방증이었다. 바바라의 말대로 이 축제는 독일인에게 중요한 소셜 이벤트인 것 같았다.

나는 지도에 큼직하게 번호가 매겨진 커다란 텐트들로 향했다. 큰 텐트에 들어가려면 예약을 하거나 새벽같이 줄을 서야 안에 테이블을 잡을 수 있다. 그

곳에 있는 동안 열네 개의 텐트를 모두 점령할 수는 없을 테니 나는 하나하나 돌아보고 내 취향에 맞는 곳을 찾아 내일부터 자리 사수에 들어가기로 했다. 텐트마다 각자 개성이 담긴 맥주를 선보이는 건 당연했지만 내겐 맥주 맛만큼이나 안주도 중요했다! 개중에는 맥주 맛보다 각 텐트에서 선보이는 안주 맛을 따라다니는 사람도 있다. 텐트 앞에는 커다란 인형이나 음식 모형이 걸려 있는데 그걸 보면 대충 어떤 안주가 유명한지 감을 잡을 수 있다.

축제 규모가 워낙 크고 사람들이 엄청나게 많아 그 안으로 비집고 들어가는 건 결코 쉽지 않다. 하지만 텐트마다 콘셉트가 달라 그것을 보는 것만으로도 상당히 재미가 있다. 가장 마음에 든 텐트는 '호프브로이 페스트할레Hofbrau Festhalle'였다. 세계적으로 유명한 그 맥주를 제공하는 텐트 안으로 들어가니 깜짝 놀랄 정도로 거대한 비어하우스가 눈에 들어왔다. 사람들은 긴 테이블에 다닥다닥 붙어 앉아 맥주잔을 들어 올렸고, 디른들을 입은 웨이트리스는 두 손으로 거대한 맥주잔을 세 개씩 들고 나르느라 분주했다. 맥주 한두 잔에 취해 기분이 좋아진 일부 사람들이 테이블 위로 올라가 춤을 추고 있었다. 난 아직 맥주를 한 잔도 다 마시지 못한 상태였지만 마치 술에 취한 듯 그들의 덩실거림에 덩달아 신이 났다.

그 텐트를 나와 옆으로 좀 더 걸어가니 축제장 한가운데를 장식하고 있는 텐트, '쇼텐하멜Schottenhamel'이 나왔다. 축제를 사전 조사할 때 가장 많이 보았던 텐트다. 이곳은 시장이 맥주의 첫 잔을 마시며 축제의 시작을 알리는 곳으로 유명하다. 다른 텐트들보다 더 붐비고 바빠 보여 당장이라도 그들 사이에 끼어 앉아 맥주를 한 잔 하고 싶은 마음이 굴뚝같았다.

본격적으로 축제를 즐기기 전이었지만 이 텐트 저 텐트를 구경하다 보니 빨리 디른들을 입고 축제에 뛰어들고 싶은 생각에 가슴이 쿵쾅거렸다. 크고 작은 텐트마다 분명한 개성을 갖추고 있기 때문에 축제에 오래 머물 예정이 아니라면 텐트의 팁을 미리 체크하고 가는 게 좋을 듯하다. 결국 사람들로 버글거리는 큰 텐트에 들어갈 엄두를 내지 못한 나는 뱅글뱅글 돌아가는 작은 바 한구석에 앉아 맥주를 시켰다. 그제야 잠시 나갔던 정신을 추스르고 축제의 장 한가운데서 맥주로 목을 축일 수 있었다.

"캬, 좋다!"

해는 아직 중천에 떠 있건만 이미 취기가 돌아 비틀거리거나 나무 밑에서 자고 있는 젊은 친구들이 많이 보였다. 한 잔씩 걸친 사람들은 반쯤 풀린 눈으로 해롱거리며 인사를 건넸다. 처음에는 웃으며 인사를 받아 주었지만 나중에는 술 취한 사람들 틈을 비집고 나아가는 것조차 힘들어 인사 따위를 받아 줄 여유가 없었다. 축제가 열리는 중앙으로 들어서자 길은 더욱더 붐볐다. 넘어질 듯 말 듯 몸을 겨우 가누면서 머리끄덩이를 잡고 싸우는 취객들도 보였다.

구경보다 내 자신을 보호해야겠다는 의식이 막 자리를 잡았을 때, 갑자기 뒤에서 누군가가 내 엉덩이를 찰싹 때렸다. 깜짝 놀라 뒤를 획 돌아보니 눈이 풀린 대학생 몇 명이 키득대며 도망갔다. 그중 한 명이 돌아보며 외쳤다.

"Nice Butt!예쁜 엉덩이"

내가 기분이 좋았거나 말만으로 끝냈으면 좋은 쪽으로 들렸을 수도 있으련만, 그땐 그렇지 않았다. 감히 어디다 손을 대느냐고! 화가 나서 째려보니 그들은 더욱더 자지러졌다. 화를 억누르며 '그래, 술 취한 사람들한테 화를 낸들 뭐하겠어.'라며 스스로를 달랬다.

함께 취할 게 아니면 몹시 붐비는 광장의 중앙을 벗어나는 것이 낫겠다 싶어 나는 천천히 밖으로 걸어갔다. 그 순간 뒤에서 또 누군가가 내 엉덩이를 때렸다.

다시 획 돌아보니 이번에는 아저씨 무리다. 그들은 박장대소하며 독일어로 뭔가 지껄였다.

"##$@$%!"

도무지 알아들을 수 없었지만 그게 무슨 상관인가. 나는 머리끝까지 치솟는 화를 억누르며 억지웃음과 함께 되받아쳤다.

"당케 쉔!!!!!!!!"

내 엉덩이는 모델처럼 예쁜 게 아니라 단지 오리궁둥이일 뿐이다. 술 취한

그들에게 내 엉덩이는 그저 두 개의 샌드백으로로밖에 보이지 않았나 보다. 언젠
가 바바라가 그랬다. 옥토버페스트 때가 되면 맘껏 술을 마시고 예의에 어긋난
짓을 해도 괜찮은 것처럼 행동하는 어리석은 사람들도 많다고 말이다. 그래서
뮌헨에 사는 보수적인 사람들 가운데 그 축제를 싫어하는 사람도 꽤 있다고 했
다. 그때만 되면 게을러지고, 아침부터 술에 취하고, 마치 모든 것이 허락되는
것처럼 행동하는 사람들 때문에 축제가 골칫덩이로 여겨지기도 한다는 것이다.
내 엉덩이를 북처럼 찰싹 때리고 지나간 예의 없는 사람들도 그중 하나일 듯싶
다. 누구에게 하소연하겠는가. 그들을 붙잡고 왜 내 엉덩이를 때렸냐고 물어보
면 아마 그들은 이렇게 대답할 것이다.

"에이, 왜 그래. 여긴 옥토버페스트잖아! 자, 화내지 말고 즐기라고, 즐겨!"

하긴 그곳 분위기는 엉덩이 몇 대 맞은 것 때문에 화를 내고 움츠리기엔 아까울 정도로 흥겹고 즐거웠다. 난 마음을 다잡고 좋은 것만 보려고 고개를 돌렸다. 곳곳에 전통 의상을 입고 전통 춤을 추는 커플, 노부부와 손녀가 함께 온 가족, 술김에 어깨동무를 한 친구들의 와자지껄한 웃음이 가득했다.

'그래, 쳐라 쳐! 내 엉덩이 한 대 쳐서 너희들이 즐겁다면 한 대 더 쳐도 좋다!'

디른들 쇼핑

옥토버페스트에서 평상복을 입고 있으면 마치 「스타트랙」에서 방금 튀어나온 듯 먼 미래에서 온 사람 같다. 어쩌면 평상복을 입고 있던 내가 더 눈에 띄어 내 엉덩이가 고통스러웠던 건지도 모른다. 여자들은 모두 디른들을 입고 있었다. 길거리에는 디른들을 파는 노점상이 즐비했고 옷을 파는 가게는 어디든 디른들을 걸어 두었다. 가격이 천차만별이라 싸게는 60유로(약 8만 6천 원)부터 몇백만 원에 이르는 디자이너의 작품까지 매우 다양하다고 한다.

축제에 오기 전에는 불편해 보이는 디른들을 살 마음이 결코 없었지만, 막상 축제장에 와 보니 도저히 입지 않고는 버틸 수 없을 것 같아 바바라와 함께 쇼핑에 나섰다. 다시 만난 바바라는 여전히 아름다웠다. 조금 있으면 그녀가 출연한 영화가 개봉될 예정이었고, 그녀는 옥토버페스트에서 그것을 홍보하느라 바쁜 시간을 보내고 있었다. 덕분에 나는 그녀가 초대받은 VIP 옥토버페스트 파티에 두 군데나 동행하게 되었다. 그건 그야말로 그녀가 말한 독일 사회를 가까이에서 들여다볼 기회였다. 그러니 무조건 예쁜 디른들을 구입해야만 했다. 돈 몇 푼 아끼겠다고 어찌 친구를 부끄럽게 하랴.

쇼핑도 하고 큰 성당이 멋지게 자리하고 있는 마리엔 광장^{Marien Platz}도 볼 겸 우리는 광장으로 향했다. 어리석게도 난 그녀와 뉴욕에서 마음껏 쏘다녔던

독일
옥토버페스트

시절만 생각했다. 사실은 내가 마리엔 광장에 가고 싶다고 말하는 순간 그녀가 멈칫했을 때 눈치챘어야 했다. 가게가 즐비한 광장에 들어서자 갑자기 사람들이 몰려들었다. 사방에서 바바라의 이름을 부르는 소리가 들려왔고 그들은 휴대 전화를 꺼내 수없이 버튼을 눌러댔다. 그 엄청난 반응에 나는 어찌할 바를 모르고 허둥댔지만 바바라는 익숙한 웃음으로 사람들을 대했다. 맙소사, 나는 그녀가 그곳에서 사람들의 관심을 받는 연예인이라는 사실을 깜박했다. 아니, 나는 그녀가 그토록 인기가 많은 줄 미처 몰랐다.

어쩌나 미안한지 뭐라 할 말이 없었다. 그리고 이국에서 온 친구가 보고 싶어 하는 것을 보여 주기 위해 번거로움을 감수한 그녀의 마음 씀씀이가 무척 고마웠다. 이미 몰려든 사람들의 모습에 궁금증을 느낀 사람들까지 합세하면서 우리가 가는 길은 더욱 북적거렸다. 사진 몇 장을 찍은 바바라는 내 손을 이끌고 군중 사이를 바람처럼 가르며 쇼핑몰로 들어갔다.

"미안해. 이런 일이 벌어질 거라곤 상상도 못했어. 이럴 줄 알았으면 그냥 조용한 데로 갔을 텐데."

난 여전히 실감이 나지 않아 멍한 상태로 말했다.

"괜찮아. 일일이 사진을 다 찍으면 빠져나오지 못할 수도 있어. 더 몰리기 전에 확 빠져나오면 돼."

미안하고 놀란 마음을 겨우 진정시키고 가게에 들어가 마음에 드는 디른들을 몇 개 골라 탈의실로 들어갔다. 그런데 이게 웬일! 원래 무릎까지 와야 할 치마가 발목까지 내려오는 게 아닌가. 가장 작은 사이즈를 입어도 어깨가 크거나 치마 밑단이 종아리 이상 올라가지 않았다. 아니, 이게 가장 작은 사이즈란 말이야? 이걸 어째. 내 속사정도 모르고 바바라는 밖에서 계속 재촉했다.

"엘리, 무슨 일 있어? 내가 도와줄까? 좀 나와 봐."

"어, 어……. 잠깐만, 금방…… 나갈게. …… 잠깐만……."

거울에 비친 내 모습은 마치 엄마 옷을 입고 엄마의 하이힐을 질질 끄는 어린아이 같았다. 갑자기 내 모습에 자신이 없어졌다. 성격상 나는 웬만한 일에는 기죽지 않는다. 만약 그녀가 평범한 친구였다면 오히려 커튼을 열고 당당하

게 말했을 것이다.

"으하하하하, 나 좀 봐! 치마 끌리는 거 봐. 엄마 옷을 입은 것 같지?"

한데 그 순간에는 혹시 나 때문에 바바라가 창피함을 느끼지는 않을지 걱정스러웠다. 내겐 그저 평범한 친구이던 바바라가 갑자기 유명 연예인이라는 타이틀을 달고 나타난 까닭이다. 아, 우정이 있던 자리에 슬며시 열등감이 똬리를 틀었다. 하는 수 없이 나는 발꿈치를 최대한 치켜들고 키를 키워 보았다. 간신히 탈의실 커튼을 열긴 했지만 발가락으로 중심을 잡으려 하니 자꾸만 뒤뚱거렸다. 난 자신 없이 웃으며 말했다.

"나 어때?"

나답지 않은 모습에 바바라는 큰언니처럼 함박웃음을 지으며 말했다.

"아, 정말 귀엽다."

그녀의 눈에 비친 내 모습은 분명 웃겼을 터다. 더 웃기는 건 그녀의 말이 거짓이라는 것을 알면서도 이상하게 마음이 누그러졌다는 것이다. 난 그녀의 웃음과 눈빛에서 우정을 느꼈다. 바바라는 내 뒤에 서더니 옷매무새를 고쳐 주었다. 다시 거울 속의 내 모습을 보자 그제야 자신감이 조금 살아나면서 크게 웃었다.

"나 좀 봐. 진짜 웃긴다. 엄마 옷을 입은 것 같아! 독일 사람들은 뭐 먹고 이렇게 큰 거야?"

"맞아. 커도 너무 커! 그치? 이거 예쁘다. 집에 가서 사이즈에 맞게 고쳐 줄게."

집에 도착하자마자 바바라는 디른들을 내 몸에 딱 맞게 고쳐 주었고 머리도 예쁘게 땋아 주었다. 우리는 예전처럼 함께 화장을 하며 수다를 떨었다. 바바라는 유명 디자이너가 만든 디른들을 입고 거울 앞에서 옷매무새를 고쳤다. 그때 거울을 멀뚱히 보던 그녀가 내게 말했다.

"엘리, 내 얼굴은 왜 이렇게 넙적하지? 너는 갸름한데. 난 꼭 남자 같아!"

나는 입을 앞으로 쭉 빼내 얼굴을 최대한 갸름하게 만든 바바라를 보며 피식 웃었다. 맞다. 그녀가 독일에서 아무리 유명한 연예인인들 그게 무슨 상관이랴. 내게는 누구보다 소중한 짝꿍인 것을.

아인 프로지트!

바바라가 정신없이 바빴던 첫째 날과 둘째 날에는 나 혼자 옥토버페스트를 탐험했다. 혼자 간다고 해서 절대 기죽을 일은 없다. 내가 용감해서가 아니다. 맥주 한잔이면 같은 테이블 사람들과 둘도 없는 친구가 될 수 있는 축제가 옥토버페스트니 말이다.

첫날에는 그새 친해진 호스텔 친구들과 새벽같이 나가 두세 시간을 기다린 끝에 결국 가고 싶던 '호프브로이 페스트할레'에 들어갔다. 밖에서 볼 때는 그러려니 했는데 막상 안에 들어가자 정말로 규모가 어마어마했다. 그 안에서 7,000명 정도가 앉아 맥주를 마시고 떠든다고 생각해 보라. 그 생동감이 사방으로 전해지는 건 당연하지 않은가. 군중 사이에서 내 얼굴보다 큰 잔을 들고 와장창 부딪치며 맥주를 마시는 기분은 그야말로 최고였다.

문제는 한껏 고조된 기분과 달리 아직 시차에 적응하지 못한 몸이었다. 내 몸은 아침부터 들어오는 맥주에 맥을 못 추고 오징어처럼 흐느적거렸다. 맥주 한두 잔에 눈이 반쯤 감긴 나는 하는 수 없이 친구들보다 일찍 호스텔로 돌아

가야 했다. 일찍 들어가는 건 아쉬웠지만 술에 취한 내 표정과 기분은 하루 종일 옥토버페스트를 즐기고 돌아오는 사람들과 별 차이가 없었을 것이다.

둘째 날에는 조금 늦게 나가는 바람에 큰 텐트에 들어가지 못했고 대신 작은 텐트를 선택했다. 옥토버페스트에 오자마자 독특한 모양으로 내 눈길을 사로잡았던 텐트였다. '바이젠 구겔후프Wiesn Guglhupf'라는 이름의 그 텐트는 '바'라고 부르는 게 더 어울릴 정도로 작았다. 그 텐트는 천천히 360도 회전을 했기 때문에 회전목마처럼 안에서 밖을 내다볼 수 있었다. 자리에 앉아 밖을 내다보는 사람들은 마치 놀이기구를 탄 아이처럼 신이 난 표정이었다.

가는 곳마다 사람들로 가득 차 엉덩이 들이밀 작은 자리조차 없는 것처럼 보였지만, 나는 그곳에 가기 전에 얻은 정보(돌아다니면 한두 명이 앉을 자리는 금방 난다는 것)에 기초해 텐트 안을 천천히 돌아다녔다. 그랬더니 정말 거짓말처럼 누군가가 자리를 내주었다. 큰 텐트에 비해 나이든 사람들이 많아서 그랬는지 그곳에서는 좀 더 차분하게 맥주 맛을 즐길 수 있었다. 밖에서는 여전히 옥토버페스트의 열기가 뜨거웠지만 작은 텐트 특유의 친절한 서버들 덕분에 나는 더 가족적이고 친근한 분위기 속에서 맥주를 마셨다.

바바라와 함께 간 옥토버페스트는 혼자 다닐 때와는 전혀 다른 느낌이었다. 그녀가 유명인이어서가 아니라 독일인이었기 때문이다. 그녀가 말한 그들의 '소셜 이벤트'는 철저하게 초대장 문화로 이뤄졌고, 독일의 많은 회사가 미리 큰 텐트나 작은 텐트에 자기네 회사 사람들이 들어갈 만큼의 테이블을 예약해 뒀다.

바바라와 함께 간 첫 번째 이벤트는 한 방송사가 주최한 것이었다. 우리가 도착한 텐트는 커다란 열네 개의 텐트 중 하나인 쉿첸 페스트첼트Schitzen Festzelt의 2층이었다. 그 텐트는 라이브 밴드 연주로 유명하다고 했다. 밤이 되면 전통음악을 연주한다는데 그럴 줄 알았으면 독일의 전통 음악 한두 곡 정도는 알아둘 걸 그랬다는 생각이 들었다. 2층은 예약한 사람들만 들어갈 수 있는 VIP 좌석으로 친구 덕에 2층에서 1층을 내려다보게 된 나는 괜히 어깨가 으쓱해졌다.

하지만 으쓱함도 잠시, 1층을 가득 메운 사람들이 맥주잔을 들고 함께 춤을 추는 장면에 넋이 나가 버렸다. 아, 어찌나 황홀하던지.

우리는 웨이트리스가 들고 온 맥주잔을 받아들었다. 우리 앞에는 당장이라도 산적들이 사냥을 마치고 돌아와 만찬을 즐기기라도 하듯 옥토버페스트의 전통 음식인 돼지고기와 소시지가 산더미처럼 쌓여 있었다. 한 손에 커다란 맥주잔을 들고, 다른 한 손에는 돼지다리를 들고 있는 사람들의 모습이 중세를 배경으로 한 영화의 한 장면처럼 보였다. 텐트의 한쪽에서는 계속해서 흥거운 연주가 흘러나왔고 사람들은 춤을 추기 시작했다. 밴드는 연주가 끝날 때마다 일명 '건배송'을 불렀다.

"아인 프로지트^{Ein Prosit_건배}, 아인 프로지트, 데 게뮤트리히카이트^{der Gemutlichkeit_편안함을 위해}!"

"아인스 츠바이 드라이 그수파^{Eins Zwei Drei G'Suffa_하나, 둘, 셋 마시자}!"

밴드의 음악 연주에 맞춰 건배송을 부르다 보니 5분에 한 번은 건배를 하고 맥주를 마시는 것 같았다. 배가 기름진 소시지와 맥주로 채워지면서 디른들은 팽팽해졌고 분위기는 한껏 무르익었다. 모두들 밴드가 연주하는 음악을 따라 목이 터져라 노래를 부르고 전통 춤을 추거나 건배송을 부르며 잔을 세게 부딪쳐 기분을 냈다. 밴드는 중간중간 관광객을 위해 세계적인 대중음악을 연주하기도 했다.

조금씩 올라오는 술기운에 처음에 감돌았던 그들끼리의 어색함 또 나와의 어색함은 온데간데없이 사라졌다. 나는 어느새 바바라의 동료나 그녀와 비즈니스 관계에 있는 사람들과 어깨동무를 하고 건배송을 부르면서 잔을 부딪쳤다. 조금 더 시간이 지나자 우리는 둥그렇게 둘러서서 함께 전통 춤을 추기 시작했다. 1층도 마찬가지였다. 그 어마어마한 텐트에 모여든 수천 명이 어깨동무를 하고 잔을 부딪치는 것만으로도 벅찬 감동이 밀려왔다.

내일이 되면 서로의 이름조차 기억하지 못할 수도 있다. 다시 얼굴을 보더라도 생각나지 않을 수도 있다. 하지만 그 순간만은 서로 웃으며 즐거운 시간을 보낼 수 있다는 것이 옥토버페스트의 묘미다. 사람이 기억나지 않으면 어떠랴.

독일
옥토버페스트

그 순간의 감동이 가슴속에 영원히 새겨질 터인데.

쓰디쓴 맥주 한 모금에, 옥토버페스트의 진한 분위기에, 모든 사람이 건드리면 쏙 들어갈 것처럼 물렁해졌다. 난 이미 마시멜로가 된 채 바바라에게 말했다.

"바바라, 나 취했어. 근데, 나 좀 찔러봐."

독가스가 흘러나오는 호스텔

숙소에 돌아와 두 시간 정도 자고 나면 눈이 떠지는 생활이 반복된 지 나흘째. 밤에 잠을 못 자니 하루 종일 골골거리기 시작했다. 오후 5시까지 겨우 버티던 눈꺼풀이 그 후에는 맥주가 조금만 들어가도 푹 주저앉아 일어날 생각을 하지 않았다.

그날은 결국 새벽에 일어나지 못했다. 호스텔 사람들이 새벽 6시에 일어나 7시에 나가 버린 후에야 겨우 잠이 들어 내처 오후 2시까지 잤다. 이건 고문이다. 밤새 뜬눈으로 모든 걸 겪는 것은 그야말로 고문이었다.

내가 잠을 못 자는 이유는 불면증 때문도 시차 때문도 아니었다. 나는 어디에서든 등만 대면 잠이 드는 뛰어난 능력의 소유자다.(물론 비행기 안에서는 예외지만.) 문제는 독가스에 있었다. 그곳에 가기 전 하루밖에 예약하지 못한 나는 호스텔 직원에게 미리 말해 두었다.

"저, 오늘밖에 예약하지 못했는데요. 앞으로 나흘 이상을 묵어야 하는데 방법이 없을까요?"

호스텔 직원은 자신 있게 말했다.

"걱정 말아요. 침대는 분명 생길 겁니다. 장담하죠. 내일이면 누군가가 짐을 싸고 예정보다 일찍 떠날 겁니다. 내일 정오에 다시 오세요."

직원은 마치 귀곡 산장에 나오는 주인처럼 이해할 수 없는 말을 던졌다. 어쨌든 문제가 해결된다는 말에 마냥 신이 난 나는 엄청나게 좋아했다. 그러나 시간이 지난 뒤 나는 사람들이 왜 예정보다 일찍 짐을 싸는지 알게 되었다. 떠난 이들의 이유이자, 내가 잠을 못 자는 이유는 독가스에 있었다. 성수기라 방에 침대를 더 끼워 넣었는지 크지 않은 방에 이층 침대 열 개가 다닥다닥 놓여 있었다.

침대와 침대 사이는 두 사람이 겨우 지나갈 정도였고 거기에다 그 사이에 여행자들의 짐까지 널브러져 있었다. 나는 여행을 다니면서 호스텔 투숙에 불만을 드러낸 적이 한 번도 없었다. 공용 샤워실이나 공용 화장실을 싫어하는 사람도 있지만, 난 오히려 방 안에 화장실이 없으면 냄새가 나지 않는다며 좋아했다. 거의 모든 호스텔에 남녀 공용 방이 있고 여자 전용 방은 간간히 있을 뿐이지만, 나는 그런 것에도 크게 신경 쓰지 않았다. 오히려 친구를 사귀기에는 여자 전용 방보다 남녀 공용 방이 더 낫기도 했다.

그때 내가 묵은 남녀 공용 방은 남자 전용 방이나 다름없을 정도로, 여자는 나와 내 옆 침대에 있는 남녀 커플 중 한 명밖에 없었다. 사실 그녀가 여자였다는 것도 나는 나중에야 알았다.

남자 열여덟 명과 여자 두 명이 자는 방은 밤이 되면 숨 쉬기가 답답할 정도로 이산화탄소 포화 상태로 돌변했다. 창문을 열어 놓으면 밤 공기가 너무 차 누군가가 금세 닫아 버렸다. 밤 10시에 축제가 끝나면 사람들은 방에 들어오자마자 자기 침대에 누워 곯아떨어졌다. 문제의 독가스는 밤 12시부터 뿜어져 나오기 시작했다. 맥주를 배에 가득 채우고 온 사람들이 맥주에 들어 있는 가스를 배출하기 시작하는 것이다.

처음에는 '부르르륵' 하는 거대한 방귀 소리에 그때까지 잠들지 않은 몇몇이 킄킄 웃기도 했다. 그걸 한두 명이 하면 웃고 말 수도 있지만 그 소리는 밤 12시부터 시작해 다음 날 새벽까지 끊이지 않았다. 소리뿐이라면 그나마 참을 수 있다. 그러나 그 지독한 냄새는 도저히 견딜 재간이 없었다. 진심으로 말하건대 나는 잠이 오지 않아 몇 번이나 가스가 새는지 세어 보기까지 했다. 평균 1분 30초마다 방귀 소리가 들려왔다. 때로는 두 명이 화음을 이루며 같이 뀌기도 했다. 곯아떨어진 친구들의 향연은 말로 표현이 안 될 만큼 고약한 냄새를 풍겼다. 어디 그뿐인가. 술 냄새에 몸에 밴 소시지 냄새까지 뒤섞여 정말이지 참을 수 없을 만큼 독한 냄새가 났다.

창문을 열어 보려고 안간힘을 썼지만 위로 들어 올려야 하는 창문은 잔뜩 녹이 슬어 도무지 열릴 생각을 하지 않았다. 하긴 그런 독가스에 녹이 슬지 않으면 그게 이상한 거지. 나는 최후의 수단으로 질식해 죽느니 숨 막혀 죽는 게 낫겠다는 생각에 침낭을 꺼내 번데기처럼 얼굴 위까지 지퍼를 잠갔다. 그렇지만 답답함을 이기지 못하고 5분 만에 얼굴을 빼 숨을 몰아쉬다가 몇 번이고 구역질을 했다.

방귀 악단의 소음 속에서 간신히 잠이 들라치면 바깥 복도에서 고래고래 노랫소리가 들려왔다. 옥토버페스트가 끝나고 방황하다가 늦게 도착한 마지막 한 명이다. 방문에 열쇠를 제대로 꽂지도 못할 만큼 취했는지 열쇠로 방문을 여는 데만 5분이 걸린다. 발자국 소리만 들어도 얼마나 취했는지 짐작이 갈 만큼 비틀거리더니 자기 침대를 찾느라 정신이 없다. 결국 그는 똑같이 생긴 침대들 중에서 자기 둥지를 찾지 못하고 바닥에 벌렁 자빠지더니 천둥같이 코를 골며 잠에 빠져 버렸다. 그 또한 두 시간 후부터 독가스를 발포하기 시작했다.

또 다른 친구는 자다가 화장실에 가고 싶었는지 신발도 신지 않고 비틀비틀 나가더니 그날 밤 들어오지 않았다. 잠 한숨 못 자고 방독면도 없이 독가스를 들이마시며 그 모든 사건과 상황을 지켜보던 나는 쓸데없는 걱정까지 하기 시작했다.

'화장실에 간 모양인데 왜 안 오지? 화장실에서 잠들었나?'

그것도 잠시, 방이 떠나가도록 코를 골던 사람이 갑자기 '컥' 하고는 숨을 쉬지 않으면 나도 숨이 막히는 듯해 불안했다.

'아니 왜 숨을 안 쉬는 거야! 추운데 누워서 심장마비라도 온 건가?'

참다 못해 일어나서 건드려 볼까 하면 그제야 '푸' 하며 다시 코를 골기 시작했다. 그렇게 동이 틀 때까지 이 신경, 저 신경 쓰다 보면 방 친구들은 한두 명씩 일어나 개운하게 기지개를 켰다. 그리고는 배에 있는 가스를 다 배출해 출출한지 아침을 먹으러 식당으로 내려갔다. 다크서클이 턱까지 내려온 나는 잠을 못 잤으니 먹기라도 해야 죽지 않겠다 싶어 터벅터벅 식당으로 내려갔다. 잠을 못 자면 입맛도 없는 법. 접시에 빵 한 조각과 잼을 담은 다음 계란을 뜨려다가 밤새 맡은 냄새가 생각나 얼른 내려놓고 오렌지 주스 한 잔을 들고 자리에 앉았다. 힘없이 빵에 잼을 바르고 있는데 어제 신발도 없이 방을 나가 돌아오지 않은 친구가 맨발로 식당에 들어왔다. 그리고는 개운한 얼굴로 하품을 한번 하더니 접시에 빵 세 조각, 계란, 시리얼을 듬뿍 담아와 한 입 가득 맛있게 먹는 것이 아닌가. 순간 나는 너무 화가 나 잼을 바르던 칼을 확 내려놓았다.

'난 너 때문에 잠 한숨 못 잤는데, 넌 어디서 퍼져 자고 와서 잘만 먹어?'

잠을 자지 못해 생긴 히스테리는 병적인 짜증을 불러일으켰다. 나는 도저히 안 되겠다 싶어 아침을 먹다 말고 그곳을 탈출하기로 했다. 식당에서 곧바로 호스텔 프런트로 가자 직원이 허겁지겁 달려오는 내 애절한 표정을 보고 물었다.

"왓츠 업, 몬스터!무슨 일입니까, 괴물"

"여기를 떠나야겠어요. 내일이랑 모레 방값 환불해 줘요."

호스텔 직원은 무슨 일인지 알겠다는 듯 또다시 귀곡 산장 주인 같은 의미심장한 미소를 지었다. 난 도망치듯 가방에 짐을 쑤셔 넣고는 돈을 환불 받고 인사를 했다. 직원은 누렇게 뜬 얼굴로 나가는 나를 보고 큭큭 웃더니 내 짐을 호스텔 문 앞까지 들어다 주고 잘 가라고 했다. 아, 뒤도 돌아보기 싫었다. 결국 예정보다 빨리 떠난 누군가 중 한 명이 된 나는 나보다 앞서 그걸 경험한 사람들처럼 목적지 없는 길을 한없이 걸었다.

일보 전진을 위한 반보 후퇴

계획 없이 허겁지겁 짐을 챙긴 내 체력은 금세 바닥을 드러냈다. 며칠 동안 잠을 못 잔 탓에 어딘가에 앉기라도 하면 그대로 잠이 들 것 같았다. 또 생각 없이 행동부터 해 버렸구나. 이왕 나올 거면 돈을 아낄 겸 아침이라도 먹고 나올 것이지. 잠시 숨을 돌리자 온갖 질책이 마음속으로 파고들었다. 갑자기 머

릿속이 텅 비어 버린 나는 커피 가게로 들어가 커피를 한 모금 마시고 나 자신
을 달랬다.

'아냐. 그대로 있었으면 오늘밤에 또 똑같은 고통을 겪었을 거야.'

독가스가 가득한 방에서 괴로워하는 내 모습이 스쳐 지나가자 정말 잘한
선택이다 싶었다. 더구나 그건 호스텔을 옮긴다고 해결될 문제가 아니었다. 싱
글 룸을 잡지 않는 한 옥토버페스트 기간 내내 어딜 가든 똑같은 문제를 겪을
터였다.

'일단 잠을 자야 돼. 나에겐 요양이 필요해!'

나는 잠시 축제의 도가니인 뮌헨을 벗어나는 것이 낫겠다는 결론을 내리
고 지도를 폈다. 뮌헨 주변을 둘러보던 내 눈에 체코 프라하가 쏙 들어왔다. 그
곳이라면 체력뿐 아니라 마음도 편히 쉴 수 있을 것 같았다. 나는 곧장 기차역
으로 가서 프라하로 가는 기차표를 샀다. 다섯 시간 후면 프라하다.

기차가 출발한 지 30분도 지나지 않았는데 도시는 보이지 않았고 군데군
데 작은 집과 넓은 들판이 나타났다. 2년 전의 프라하가 떠올랐다. 갈 곳 많은

세계에서 한 번 찾았던 곳을 다시 찾는 것은 아주 특별한 일이다. 물론 여행을 하다가 유난히 정이 갔거나 미처 다 보지 못한 아쉬움에 다시 찾는 경우도 있다. 나에게는 그런 곳이 몇 군데 있다. 여행을 하다 유독 정이 들어 그리움에 달려가는 곳 말이다. 이탈리아의 코모 호수, 프랑스 파리 그리고 뉴욕이 그렇다. 그리워서 다시 찾으면 여행지의 매력을 돋보기로 보듯 가까이에서 느낄 수 있다.

2년 전에 갔던 프라하를 다시 찾는 길에 내 몸은 한없이 피곤했지만 마음만은 설렜다. 계획 없이 갑자기 떠난 길이라 더 그랬는지도 모른다. 내 기억 속의 프라하는 아름다움을 세상에 드러내기를 부끄러워하는 곳이었다. 꾸밈없이 아름다우면서도 구석구석 아픔이 서려 있는 곳. 무뚝뚝하고 어두워 보이지만 여행자들에게 친절하기로 소문난 그곳 사람들.

나는 유럽 내 다른 지역에 비해 확연하게 싼 물가 덕분에 그곳에 좀 오래 머물렀었다. 그리고 그곳에서 난생 처음 동성애자에게 고백을 받기도 했다. 화들짝 놀란 표정으로 어색하게 난 레즈비언이 아니라고 했던 순간이 떠올라 나도 모르게 웃음이 났다.

체코행 기차를 타기 전, 나는 2년 전에 만난 친구들에게 급하게 메시지를 보냈다. 갑자기 떠난 여행이라 만날 수 있을지 모르겠지만 그들을 본다면 그때 그 시간으로 돌아갈 수 있을 것 같았다. 추억에 잠기다 보니 어느새 기차는 프라하에 도착했다.

가을에 찾은 프라하는 2년 전 여름의 프라하보다 훨씬 한산한 모습이었다. 나는 2년 전에 묵었던 호스텔에 짐을 풀었다. 분주한 뮌헨의 호스텔과 달리 그곳에는 사람이 없어 열 명이 쓰는 방에 고작 세 명만 묵고 있었다. 난 물을 만난 물고기처럼 2층 침대 하나를 점령하고는 짐을 풀었다. 오랜만에 아늑한 샤워를 하고 아무도 없는 호스텔에서 한숨 푹 자고 나니 메시지 하나가 들어와 있었다.

"와, 정말이야? 프라하에 온 거야? 일 끝나고 호스텔로 갈게! 맥주 한잔하자."

뭐야, 맥주라고? 여기서도 맥주를 마셔야 하나 싶었지만 그렇다고 체코 맥주를 빼먹을 수는 없었다.

2년 만에 만난 친구는 나보다 더 들떠 있었다. 자기 나라에서 지난 시절에 만난 여행자를 다시 만나면 일상에 찌든 자신이 여행하는 것 같아 에너지가 솟는다나 뭐라나. 갑작스러운 방문에도 그렇게 즐거워해 주니 내 마음도 즐거웠다.

"그런데 엘리, 연락도 하지 않고 갑자기 어떻게 온 거야?"

"사실은 옥토버페스트에 갔다가 잠시 이리로 요양 왔어. 체력이 바닥났거든."

"하하하, 잘 왔어. 나도 그 마음 잘 알아. 3년 전에 옥토버페스트에 갔는데 사흘 정도 지나니까 정말 힘들더라고. 잘 왔어. 프라하에서 푹 쉬다가 가."

그동안 나누지 못한 이야기, 여행담, 살아가는 일 등 이야기보따리를 풀다 보니 정말 2년 전으로 돌아간 것 같았다. 빈 잔이 몇 개 쌓일 때까지 시간 가는 줄 모르고 수다를 떨던 친구는 자기도 조만간 여행을 가야겠다고 말했다.

"엘리, 와 줘서 정말 고마워. 덕분에 중요한 것을 잊고 살았다는 걸 알았어. 너무 무료했는데 상큼한 에너지가 됐어. 우리 또 봐."

사람에게 받은 상처는 결국 사람을 통해 치유된다. 내 뜻밖의 여정은 친구에게 에너지를 주었고 바닥을 헤매던 내 체력도 친구 덕분에 빠르게 회복됐다. 그렇게 나는 나도 모르게 숨어 있던 관계의 실에서 힘을 얻었다. 우리는 언제가될지 모르는 미래의 만남을 약속하고 프라하의 추억을 만들었다.

프라하에서의 이틀은 그야말로 달콤한 요양이었다. 나는 푹 잤고 실컷 먹었고 많이 걸었다. 2년 전에 여행했던 곳을 다시 걸으며 당시를 추억하기도 했고 그때 놓친 것을 다시 찾는 재미도 맛봤다. 이틀이 지난 뒤 나는 짐을 꾸렸다.

또 하나의 추억을 담고

기차를 타고 다섯 시간을 달려 뮌헨에 도착했다. 내일 아침이면 뉴욕으로 돌아가는 비행기에 몸을 실어야 했기에 나는 한 번 더 옥토버페스트를 느껴 볼 참이었다.

먼저 바바라를 만나 작별
인사를 했다. 바바라는 패션쇼
가 있어서 내일 아침 일찍 뮌헨
을 떠나야 하는 상황이었다. 나
를 옥토버페스트로 데려간 그
녀는 목에 무언가를 걸어주었
다. 옥토버페스트의 곳곳에서
파는 진저쿠키(생강과자)였다.
커다란 하트 모양의 과자에는
'oktoberfest's princess**옥토버페
스트 공주**'라고 쓰여 있었다.

바바라와 길고 긴 작별인
사를 나눈 나는 옥토버페스트에

남아 그 여행의 피날레를 장식하기 위해 큰 텐트로 갔다. 자리가 없을 거라는
예상은 했지만 그래도 그곳의 분위기를 다시 한 번 느껴 보고 싶었다. 정신없이
두리번거리며 혹시 남는 자리가 있나 보고 있는데, 어디선가 반가운 한국말이
들려왔다. 소리를 쫓아가니 한국에서 온 여자 세 명이 앉아 있었다. 나는 반가
운 마음에 먼저 인사를 건넸다.

"어머, 한국 사람이세요?"

"네! 한국에서 오셨어요? 반가워요. 그런데 혼자 오셨어요?"

타지에서 한국 사람을 만나면 사막에서 물을 만난 것처럼 반갑다. 흔히 어
딜 가도 한국 사람을 만날 수 있을 거라고 생각하지만 실제로는 한인 민박을
가지 않는 한 한국 사람을 만나 이야기할 기회는 많지 않다.

"네, 저 혼자 왔어요."

"어머, 그러지 말고 여기 앉으세요! 앉아서 얘기해요."

나는 사양은커녕 냉큼 자리를 꿰차고 앉아 거대한 맥주를 하나 시키고는

통성명을 했다. 그 친구들은 한국에서 온 교환학생이었다. 외국에서 만난 한국 사람은 늘 그처럼 정이 많다. 유학 생활을 하면서 한국이 그리웠던 그들과, 타지에서 생활하며 한국을 그리워한 나는 그곳 축제에서 한국인을 만나 동족의 정을 나눴다. 우리가 어디에서 살든 나이가 몇 살이든 우리의 공통 관심사가 '한국'이라는 것 하나만으로도 마음이 편하고 푸근했다. 오랜만에 쓰는 한국말 그리고 그 한국말에서 오는 정감은 부딪치는 맥주잔과 잘 맞아떨어졌다. 이제 '프로지트'가 아닌 '건배'다.

"건배!"

고향에 대한 향수를 뒤로한 채 독가스 호스텔로 가니 나를 맞이하고 배웅했던 직원은 없었다. 대신 다른 직원이 내 얼굴을 알아보고 예정보다 일찍 돌아간 어느 여행자의 빈자리를 내게 넘겨주었다. 난 제대로 잘 수 있을 거라는 기대를 버리고 짐을 풀지도 않은 채 노트북을 들고 휴게실로 내려왔다. 아무도 없는 휴게실에는 남자 하나가 거의 눕듯이 앉아 있었고, 하루 종일 축제 속에서 옷매무새가 엉망이 된 디른들을 입은 여자 하나가 막 들어왔다. 느려 터진 인터넷을 겨우겨우 참아 가며 하고 있는데 청년이 긴 한숨을 내쉬며 말을 걸었다.

"휴……, 옥토버페스트에 온 지 며칠이나 됐어?"

초면인데 친구한테 물어보듯 친근하게, 아니 편하게 자신의 휴대 전화를 바라보며 묻기에 나는 처음에 나한테 묻는지도 몰랐다. 그래서 힐끔 본 다음 당연히 내가 아니겠거니 하고 다시 노트북에 집중했다.

"안녕? 너 바빠?"

이번에는 나를 쳐다보고 물었다. 그 친구 얼굴에서 낯익은 다크서클이 보였다.

"나한테 묻는 거였어? 미안, 난 줄 몰랐어. 온 지 좀 됐어."

그러자 그는 또 긴 한숨을 내쉬며 말했다.

"휴……, 그렇군. 혹시 스위스 가 봤어?" 뜬금없긴.

"응. 2년 전에 가 봤어. 근데 그건 왜 물어?"

"어때? 조용하고 공기 좋고 평화로워?"

아, 그제야 나는 질문의 의도를 깨달았다. 그 낯익은 다크서클은 이틀 전 내 얼굴에서 본 것과 흡사하지 않은가.

"너 이곳에서 탈출하고 싶구나? 그래서 고민하고 있는 거지?"

그는 대답하지 않고 그저 웃기만 했다. 그러더니 너라면 어디를 가겠느냐고 물었다. 나는 얘기가 길어질까 싶어 일부러 말하지 않았던 내 여정을 풀어놓았다. 그런 다음 2년 전의 기억을 더듬으며 그의 지도에 가 보면 좋을 만한 경로를 연필로 그려 줬다. 건방진 매력을 풍기던 그 친구는 지도에 그려 놓은 루트를 보며 말했다.

"이 루트 나쁘지 않네. 네가 이렇게 여행했단 말이지? 뭐, 좋았다면 이 여정을 한번 따라가 볼게. 네 추억들을 쫓아가 보지 뭐."

느릿한 말투로 말을 쏟아 내는 그 친구의 입에서 그런 얘기가 나올 줄은 몰랐다. 잠깐의 대화였지만 그의 마지막 말이 계속 머릿속을 맴돌았다. 그리고 내 추억을 쫓아 여행할 그가 어떤 추억들을 만들지 궁금했다.

모든 여행자는 각자의 추억을 만들며 여행하고, 또 다른 사람들의 추억이 깃든 곳에서 자기만의 추억을 만든다. 같은 곳을 여행해도 각자의 추억은 모두 다르다. 마치 지하철의 환승역처럼 우린 서로의 길이 겹치는 곳에 있지만 어디서든 서로 다른 추억을 품고 떠난다.

축제 정보

공식 웹사이트
http://www.oktoberfest.de/en

일정
매년 9월 셋째 주 토요일부터 10월 첫째 주
일요일까지. 2014년은 9월 20일에서 10월 5일까지.

입장료
무료

축제 시간
주중 오전 10:00∼오후 10:30, 주말 오전 9:00∼오후 10:30(바인첼트**Weinzelt**와 케퍼스 비즌-
슁케**Käfer Wiesn-Schänke** 텐트는 오전 1시까지 연다)

가는 방법
중앙역에서 걸어가도 되고 U4, U5를 타고 한 정거장을 간 다음 'Theresien wiese'에서 하차한다.

맥주 가격
9.50유로 정도(1L당)

주요 볼거리
- **시장의 첫 시음식**(축제 개막식): 축제 첫날(9월 셋째 주 토요일 정오) 쇼텐하멜 텐트
- **전통 의상 퍼레이드**Costume and Riflemen's Parade : 독일의 유명 인사를 많이 볼 수 있다. 9월
  셋째 주 일요일
- **텐트별 퍼레이드:** 텐트의 공식 홈페이지 참조

숙소
www.hostelworld.com을 이용해 예약하는 것이 좋다. 후기와 평점을 참고하면 축제장과의 거리
를 알 수 있다. 축제 기간에 대중교통을 이용하는 것은 불편할 수 있으므로 도보 거리에 있는 숙소
를 잡는 것이 좋다. 혼자 여행하는 여성이라면 축제 기간에 여성 전용 방을 예약하기를 적극 권한
다. 적어도 축제 두 달 전에 예약하는 것이 싸다. 4, 5박 이상을 예약해야 예약을 받아 주는 곳이 많
으니 참고.

꼭 챙겨야 할 준비물

디른들(전통 의상), 현금, 비상약(과음으로 두통이 올 경우를 대비)

근교 여행지

- **체코 프라하** Prague, Czech : 버스로 네 시간 반에서 다섯 시간이 걸린다.(유로라인 버스http://www.eurolines. com/en 편도는 약 39유로로 사이트 내 프로모션을 참고하면 싼 가격으로 표를 살 수도 있다. DB 버스http://www. bahn.com/i/view/USA/en 편도는 약 31유로로 유레일패스 소지자는 할인해 준다. 다만 현장에서 표를 구입할 때만 할 인해 준다.)
- **가르미슈, 추크슈피체** Garmisch, Zugspitze : 독일에서 가장 높은 곳이자 만년설로 유명하다. 뮌헨 중앙역 에서 가르미슈-파르텐키르헨Garmisch-Partenkirchen으로 가는 기차를 탄다. 편도 19유로. 한 시간 반이 면 도착. 내린 후 추크슈피체로 향하는 등산 열차(49.50유로)를 이용한다. 멋진 장관이 한눈에 내 려다보이는 곳이자 옥토버페스트의 피곤함을 풀기에 적합한 곳이다.
- **퓌센, 호엔슈반가우** Fussen, Hohenschwangau **성** : 동화 속에나 있을 법한 아름다운 성. 중앙역에서 퓌센으 로 가는 기차를 탄다. 유레일패스 소지자는 무료, 바이에른 티켓 싱글은 21유로로 두 시간이면 도 착한다. 퓌센 역에 내려 호엔슈반가우행 버스를 탄다.

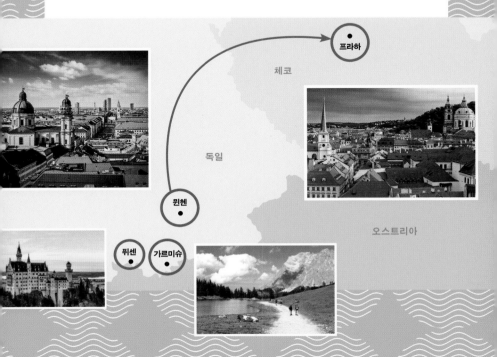

프라하

체코

독일

뮌헨

오스트리아

퓌센　가르미슈

미국
뉴멕시코
열기구 축제

New Mexico Balloon Fiesta

나 홀 간 빗 속 에 서 기 다 린
세 상 에 서 가 장 아 름 다 운 그 림

열기구 축제가
당신 생애의
위시리스트에
없다고요?
지금 바로 써 넣으세요!

캘리포니아에서 온 관광객

꿈을 실은 열기구

정확한 날짜는 기억나지 않지만 터키 카파도키아에서 형형색색의 열기구들이 하늘로 높이 떠오르는 모습을 본 적이 있다. 카파도키아가 워낙 동화 같은 풍광을 자랑하는 곳이라 강한 인상이 남기도 했지만, 그날 하늘로 찬란하게 떠오른 열기구들의 엄청난 위용에 난 넋을 빼앗겼다.

우리에게 열기구는 비행기보다 낯설지만 사실 열기구는 비행기가 발명되기 한참 전에 세상에 등장했다. 프랑스의 몽골피에 형제가 새처럼 날고 싶다는 인간의 꿈을 실현하기 위해 수백, 수천 번의 실험 끝에 1783년 세계 최초로 열기구 비행에 성공한 것이다. 이후 열기구는 많은 사람의 손을 거치며 기술적인 발전을 이뤘고, 현대식 열기구는 레저 스포츠를 위한 비행 용도로 자리를 잡았다.

열기구는 풍선 부분인 엔벌로프와 공기를 데우는 버너, 사람이 타고 장비를 싣는 바스켓으로 구성돼 있다. 독일이 통일되기 전 동독 사람들은 열기구를 이용해 서독으로 넘어가기도 했다. 또한 먼 곳을 여행하고 싶은 호기심 많은 사람들은 직접 열기구를 만들어 대륙 횡단을 시도했다.

어디에서 출발하든 열기구에는 한 가지 공통점이 있다. 바로 꿈을 싣고 있다는 것. 내가 볼 때 열기구는 인간의 꿈을 이뤄 주는 가장 낭만적인 수단인 것 같다. 언제부터인지 모르겠지만 나는 열기구와 모양에 무척 정이 갔다. 알록달록하고 거대한 풍선에 매달린 작은 바구니가 왜 그렇게 사랑스러운지.

뉴욕에서 나는 열기구를 몹시 사랑하는 사람을 만났다. 바로 슈퍼마리오 아저씨다. 게임 속 슈퍼마리오 캐릭터와 똑같이 생긴 그 아저씨는 우리 집 앞 레스토랑에서 일했다. 그 레스토랑은 한국의 밥집처럼 싼 가격에 전형적인 미국 음식을 파는 곳으로 학교 수업이 없는 날 늦잠을 자고 나면 나는 편안한 옷차림으로 그곳을 자주 찾았다. 언제나 손님으로 붐비는 그 레스토랑에 들어서면 나는 늘 가장 끝자리에 앉아 커피와 토스트를 시켰다. 아무리 바빠도 슈퍼마리오 아저씨는 단골손님에게 반갑게 인사를 했다.

"헤이, 왔어? 누가 괴롭히는 일은 없었고?"

"네, 잘 있었어요. 괴롭히는 사람도 없었고요."

"좋아. 혹시 누가 괴롭히면 말하는 거 잊지 않았지?"

낯선 뉴욕에 뚝 떨어져 그 레스토랑을 처음 찾아갔을 때부터 아저씨가 한 번도 잊지 않고 내게 해 준 말이다. 그저 인사치레일 수도 있지만 내겐 큰 힘이 됐다. 낚시광인 슈퍼마리오 아저씨는 주말마다 낚시 여행을 다녀온 이야기로 바에 앉아 밥을 먹는 사람들의 귀를 즐겁게 해 주었다. 얼마나 큰 고기를 낚았는지 열변을 토하다가 사람들이 자기 말을 믿지 않는 것 같으면 얼른 달려가 휴대 전화로 찍은 고기 사진을 보여 주기도 했다.

어느 날 찾아가니 아저씨는 커다란 열기구가 그려진 티셔츠를 입고 있었다. 티셔츠 사랑이 유난스러운 미국인들은 출신 학교에서부터 좋아하는 스포츠 팀, 취미 등 거의 모든 것을 티셔츠로 표현한다. 그리고 그 표현에 관심을 보이는 것은 소소한 예의일 수도 있지만 좋은 대화의 시작이 되기도 한다. 나는 여느 때와 마찬가지로 인사를 한 뒤 티셔츠가 무척 멋지다고 덧붙였다. 아저씨는 그 말을 기다리기라도 한 듯 큰 소리로 대답했다.

"정말 그렇지? 땡~~~큐!"

그 목소리는 식당에 있는 모든 사람이 들을 수 있을 만큼 컸다.

"난 열기구가 낚시 다음으로 좋아! 나중에 돈을 많이 벌거나 파워 볼(당첨금이 어마어마한 미국의 로또)에 당첨되면, 열기구를 사고 면허증(열기구를 띄우고 타려면 면허증이 필요하다.)을 딸 거야."

낚시 이야기를 할 때만큼 열기구에 열정을 보이는 아저씨가 어찌나 반갑던지! 나보다 몇 배나 더 열기구를 사랑하는 것 같은 아저씨는 자신의 꿈을 티셔츠에 담고 있었다. 나도 질세라 터키에서 본 열기구 얘기를 하며 나만의 소박한 열기구 사랑을 드러냈다.

"와우, 엘리. 여기 있는 모든 사람 앞에서 약속할게. 내가 나중에 열기구를 사면 너는 꼭 공짜로 태워 줄 거야! 정말 공짜로!"

사실 열기구를 한번 공짜로 태워 준다는 것은 그리 거창하고 대단한 약속

이 아니다. 하지만 슈퍼마리오 아저씨가 자신의 티셔츠에 그려진 꿈의 열기구에 나를 태워 주겠다는 약속은 멋진 일이었다. 행주로 테이블을 닦으며 열변을 토하는 아저씨를 보며 나는 잠시 열기구를 타고 콧수염을 휘날리는 아저씨를 상상해 보았다. 물론 그 옆에는 열기구를 공짜로 얻어 탄 나도 있고.

열기구 애호가답게 나는 미국에 큰 열기구 축제가 있다는 사실을 알고 있었다. 그러나 규모가 그 정도일 줄은 미처 몰랐다. 웹사이트에서 하늘을 가득메운 열기구를 본 순간, 나는 기겁할 정도로 놀랐다. 약 열흘간 열리는 열기구축제에서는 매일 700여 개의 열기구가 한꺼번에 하늘로 떠오른다. 이런, 내가도저히 그냥 넘길 수 없는 기회가 아닌가. 그것도 미국에서 열린다니 거기에 가보지 않으면 그 섭섭함이 천추의 한이 될 듯했다.

뉴멕시코 주 앨버커키에서 열리는 '앨버커키 열기구 축제'라! 그 정보를 확인하는 순간부터 내 마음은 콩닥콩닥 뛰었다. 다음 날 아침 나는 슈퍼마리오 아저씨의 레스토랑으로 달려갔다.

"아저씨, 앨버커키에서 열리는 열기구 축제 아세요?"

"당연히 알지! 식당 일이 바빠서 직접 가 보진 못했는데 친구가 축제 DVD를 선물해 줘서 가 본 것처럼 속속들이 알고 있어. 그런데 갑자기 왜?"

"다음 달에 축제가 열린다는데 가 보고 싶어서요."

"거기를 간다고? 와, 놀라운데! 아주 재미있을 거야. 내가 장담하지. 사진많이 찍어 와서 보여 줘!"

나보다 더 흥분하며 기뻐하는 아저씨를 보니 조금 미안한 생각이 들었다.

미국
뉴멕시코
열기구 축제

"네, 아저씨. 사진 많이 찍어 올게요. 와서 꼭 보여 드릴게요."
"오케이! 가서 괴롭히는 놈 있으면 당장 돌아와서 말해 주고!"

뉴멕시코 주의 앨버커키 열기구 축제는 열기구 파일럿들에게는 경기의 장이고, 여행객들에게는 하늘을 가득 수놓은 동화 같은 장면을 마음에 새길 멋진 기회다. 또 하늘을 날고 싶은 꿈을 부여잡고 있는 사람들이 죄다 모여드는 축제이기도 하다. 1972년 열세 개의 열기구로 시작한 앨버커키의 열기구 축제는 전 세계에서 열리는 열기구 축제 중 가장 규모가 크다. 미국 뉴멕시코 주 앨버커키에서 매년 10월 초에 열리며 약 800개의 열기구가 하늘로 떠오른다. 열기구 파일럿 면허증 소지자로 홈페이지의 지원서를 작성해 제출하면 누구나 열기구를 띄우는 데 참여할 기회를 얻는다.

축제 기간에는 하루에 두 번 경기가 열리는데 아침 경기는 일출과 함께,

저녁 경기는 일몰과 함께 이뤄져 그야말로 장관을 연출한다. 경기 내용도 풍성해 누가 멀리 날아가는지 겨루는 것을 비롯해 긴 기둥에 돈이 든 봉투를 매달아 놓고 열기구를 띄워 봉투를 잡는 사람이 상금을 갖는 이벤트 등 재밋거리가 쏠쏠하다.

열기구를 띄우는 경기에 참가하는 선수들은 열기구를 직접 조종하는 파일럿과 그들의 안전한 비행을 위해 경기 내내 무선으로 통신하며 차로 따라가는 선수로 나뉜다. 하늘에 뜬 열기구들의 아름다운 모습을 담으려 몰려든 사진작가들을 위한 열기구 사진 콘테스트도 있다.

이 축제는 약 9일간 열리는데 해마다 수백만 명이 가족이나 연인과 함께 참가하며 입장권은 매일 축제장 앞 혹은 공식 웹사이트에서 구입할 수 있다. 아침 비행은 5시부터 시작되고, 저녁 비행은 오후 4시쯤 지는 해를 바라보며 시작돼 어둠이 내린 뒤에도 반딧불처럼 반짝이며 이어진다. 그리고 매일 축제가 끝나면 불꽃놀이로 행사를 마감한다.

열기구를 직접 탈 기회도 있는데 가격은 350~500달러로 조금 비싼 편이다.(홈페이지 내 'Balloon Ride'에 가면 예약이 가능하다.)

크리스마스 할머니

미국 중서부에 위치한 뉴멕시코 주는 이름 때문인지 사람들이 종종 멕시코로 착각하기도 한다. 그 주의 가장 큰 도시 앨버커키로 가려면 유타 주의 솔트레이크시티에서 비행기를 갈아타야 한다. 미국에서 미국으로 가는 것인데도 뉴욕에서 앨버커키까지 걸리는 시간은 비행기로 총 여섯 시간에 이른다. 이런저런 상상에 젖어 있는 동안 하얀 로키 산맥이 눈앞에 나타나더니 이윽고 비행기가 솔트레이크시티에 도착했다.

뉴욕의 공항보다 훨씬 깨끗하고 조용한 솔트레이크시티 공항의 큰 창문 밖으로 보이는 로키 산맥이 굉장히 멋진 모습으로 다가왔다. 느긋하게 풍경을 감상할 틈도 없이 앨버커키로 가는 비행기 탑승을 알리는 소리가 나를 재촉했다. 아니, 근데 저 콩알만 한 비행기가 혹시 내가 탈 비행기? 아, 하필 이런 때 머피의 법칙이 딱딱 들어맞을 게 뭐람! 그 비행기는 내 비행기 공포증을 진정시키기엔 턱없이 작았다.

뉴멕시코 주에서 가장 큰 도시인데도 그토록 조그만 비행기가 뜨는 걸 보니 앨버커키가 다른 도시에 비해 작긴 작은가 보다. 비행기는 그리 높이 날지 않고 로키 산맥의 머리 위를 훤히 보여 주며 앨버커키까지 날아갔다. 솔트레이크시티 공항에서 그토록 멋져 보이던 로키 산맥도 작은 비행기 안에서는 그저 내 안전을 위협하는 거대한 바위일 뿐이었다.

앨버커키는 비행기가 그냥 산 위로 날아가 착륙했다고 해도 좋을 만큼 높은 산 위에 있는 도시다. 고도가 높아 평지보다 산소가 부족한 그곳에서는 심신이 빨리 지치는 까닭에 생활방식이 느릿하고 평온한 것으로 알려져 있다. 비행기 안에서 나는 한 시간 반 동안 엉덩이를 들었다 났다, 숨을 참았다 몰아쉬었다 하며 온갖 몸부림을 쳤다. 간신히 비행을 마치자 내 옆에서 불안하게 나를 지켜보던 할머니가 가만히 물었다.

"저기, 아가씨는 여기 학생이우?"

"아뇨. 여행 왔어요. 열기구 축제 보려고."

"음, 그거 보러 왔구먼. 혼자서?"

"네, 혼자 왔어요."

"제법 용감하네. 앨버커키는 처음이우?"

"네, 처음이에요."

할머니는 시애틀에 살다가 5년 전에 암 수술을 받고 그곳으로 이사했단다. 습기가 많은 시애틀보다 건조한 그곳이 건강에 좋다고 해서 옮겼는데, 그곳 사람들은 스트레스 없이 행복하게 살아간다고 자랑이 이만저만이 아니었다.

"혹시 이곳에서 뭘 먹어야 하는지 알고 있수?"

"엇, 유명한 음식이 있나요? 어떤 게 유명해요?"

"당연히 콩을 먹어야지! 여기에 오면 칠리(칠리라는 향신료를 콩이나 고기에 섞어 만든 요리)를 먹어야 한다우."

"네, 칠리! 꼭 기억할게요."

"아니, 그게 다가 아니라우. 레드 칠리와 그린 칠리가 있거든. 개인적으로 나는 그린 칠리를 좋아하지만, 매운 걸 좋아한다면 레드 칠리도 꼭 먹어 보구려."

"네, 둘 다 먹어 볼게요. 감사합니다."

"그리고……."

느릿느릿 계속 말을 잇는 할머니를 보자 지난번에 헬스장에서 만난 할머니가 생각났다. 헬스장의 작은 사우나실에서 쉬고 있는데 몸을 겨우 가누는 할머니 한 분이 들어와 이런저런 이야기를 시작했다. 처음에 할머니의 얘기에 호응해 주던 사람들은 말이 길어지자 곤혹스러운 표정이 역력했다. 결국 그들은 할머니의 말이 다 끝나기도 전에 양해를 구하고 모두 나가 버렸고 썰렁해진 사우나실에 나와 할머니 둘만 남았다.

"아이고, 내가 또 말을 늘어놨나 보네. 주책이지. 젊은 사람들 바쁜데……."

혼자 작게 내뱉는 그 말에 나도 모르게 숙이고 있던 고개를 들고 할머니를 바라보았다. 문을 바라보며 앉아 있는 할머니의 곁에는 외로움이 같이 앉아 있었다. 내가 움직이자 인기척을 느낀 할머니가 뒤를 돌아보았다. 인자한 미소를 짓는 할머니의 얼굴에 주름이 자글자글했다.

"그렇지? 내가 말이 많지? 나이가 들면 말할 사람이 없어. 가슴에 담고 있다가 이렇게 주책없이 쏟아 내는 거지. 허허……."

할머니의 쓸쓸한 웃음에 절로 쓴웃음이 나왔다. 뭔가 위로의 말을 해 주고 싶은데 생각만 그럴 뿐 내 입에서는 아무 말도 나오지 않았다. 어쩌면 나도 도망치듯 나가 버린 사람들과 똑같은 생각을 하고 있었던 건지도 모른다. 할머니의 쓸쓸한 웃음에 마음이 콕콕 찔렸으니 말이다.

앨버커키에서 내게 이런저런 말을 거는 할머니와 그 할머니의 모습이 언뜻 오버랩됐다.

"그러니까 레드 칠리도 먹고 싶고 그린 칠리도 먹고 싶으면, '크리스마스 주세요!' 이러면 되는 거라우. 알았수?"

크리스마스를 달라니, 얼마나 멋진 설명인가. 사실 이런 대화에서 무언가를 얻거나 배우는 쪽은 젊은 사람들이다. 나는 좋은 정보를 알려준 할머니를 따라 밝게 웃었다. 할머니는 열기구 축제에서 하늘에 수많은 열기구가 뜨면 얼마나 멋진지 얘기하면서 기회가 되면 꼭 열기구를 타 보라고 조언했다. 마음 깊은 곳에서 우러나는 진심이 느껴졌다.

얼마나 감사한지 짐을 찾는 곳에서 작별 인사를 하며 할머니를 안아 드렸다. 굽은 어깨와 가는 뼈가 느껴져 나도 모르게 아기를 안듯 살며시 안자 할머니는 나를 꼭 안아 주었다.

공항에 내리자마자 정겨운 음악이 들려왔다. 미국 원주민들(콜럼버스가 아메리카 땅에 발을 딛기 전부터 그곳에 거주하고 있던 사람들)이 피리와 북을 연주하며 앨버커키에 도착한 사람들을 반기는 소리였다. 흥겨운 음악과 함께 공항 천장에 매달려 뱅글뱅글 돌아가는 모형 열기구들을 보니, 축제의 땅에 제대로 왔구나 싶었다.

그러고 보니 문득 앨버커키를 소개하는 웹사이트에서 흘러나오던 음악이 떠올랐다. 날카로운 피리 소리가 마치 울창한 정글에 들어간 것 같은 느낌을 줘 조금 듣다가 소리를 줄였는데, 그곳에 도착해 보니 그 음악이 앨버커키

를 정확히 표현하고 있다는 생각이 들었다. 멕시코와 국경이 닿아 있고 스페인에서 건너온 사람들과 미국 원주민이 가장 많이 거주하고 있어 세 가지 문화가 뒤섞인 곳. 그 앨버커키가 품고 있는 특별한 매력이 느껴지자 갑자기 마음이 요동을 쳤다.

미국에서는 뉴욕과 샌프란시스코 같은 대도시가 아니면 자동차 없이 이동하는 게 굉장히 불편하다.

숙소에서 열기구 축제 장소로 가려면 자동차가 필요했다. 때가 때이니 만큼 렌터카 가격이 하늘 높은 줄 모르고 치솟았지만 나는 눈물을 머금고 작은 자동차를 빌렸다.

사실 미국에서 직접 운전한 것은 그때가 처음이었다. 나는 한국과 달리 유턴이 자유롭지 않고 정지 신호를 꼭 지켜야 하며 좌회전이 비보호인 것만 명심하라는 주변 사람들의 말을 떠올렸다. 그리고 어차피 이렇게 된 거 도도한 목소리로 침착하게 안내를 해 주는 내비게이션 안의 그녀를 믿어 보기로 했다. 긴장

감에 쭈뼛거리며 큰 도로로 들어서자 오른쪽에 듬직하게 서 있는 찬란한 로키 산맥과 나무 하나 없이 드넓게 펼쳐진 왼쪽의 지평선이 내 눈을 사로잡았다. 그제야 나는 왜 그곳에서 열기구 축제를 여는지 확실히 알게 되었다. 지평선과 로키 산맥 사이에 떠 있는 수많은 열기구를 상상하니 심장 박동 수가 갑자기 확 늘어나는 것 같았다.

앨버커키의 10월 날씨는 뉴욕보다 훨씬 따뜻했다. 호스텔에 짐을 두고 곧바로 열기구 축제가 열리는 곳으로 향하려다 바람 때문에 오후 축제 스케줄이 모두 취소됐다는 말을 들었다. 하는 수 없이 방향을 틀어 앨버커키의 올드 타운Old town으로 향했다. 과거 모습을 그대로 간직하고 있다는 올드 타운으로 들어서자 황토색 흙으로 지은 건물들이 모습을 드러냈다. 앨버커키를 색깔로 표현하면 '황토색'이라고 말할 수 있을 정도로 모든 건물이 황토색이었다.

도시의 한복판인데도 그곳은 원주민 문화를 놀라울 정도로 잘 간직하고 있었다. 즐비한 가게들은 대부분 입구 앞이나 지붕 밑에 '리스트라'라는 빨간 고추를 주렁주렁 매달아 놓았다. 리스트라는 뉴멕시코 주의 상징으로 문 앞에 걸어 놓으면 귀신을 쫓는 효험이 있다고 한다. 하긴 그 고추를 보기만 해도 매운 맛이 전해져 귀신이 얼씬도 못할 것 같다. 고추뿐 아니라 입구에 큰 모자를 매달아 놓은 멕시칸 레스토랑, 특산품인 고추를 파는 가게, 미국 원주민의 역사를 보여 주는 인디언 박물관 등이 눈에 들어왔다.

올드 타운 한쪽에 마련된 무대에서는 예쁜 무용수들이 머리와 몸을 꽃으로 장식하고 박자에 맞춰 춤을 추고 있었다. 내가 미국에 있는 건지 아니면 남미의 한 도시에 있는 건지 헷갈릴 정도로 미국 같지 않은 생소한 풍경이었다.

조금 걷다 보니 배에서 꼬르륵 소리가 들려왔다. 이참에 비행기에서 만난 할머니의 추천대로 이곳 고유의 음식을 먹어 볼까나. 나는 용기를 내 고추가 주렁주렁 매달린 멕시칸 레스토랑에 들어갔다. 메뉴판을 보니 화이타가 대표 메뉴라고 쓰여 있었다. 조금 있다가 멕시칸 복장을 한 웨이터가 다가왔다.

"화이타로 주세요."

"칠리는 무엇으로 드릴까요?"

"크리스마스요!"

Historic Route 66

뉴욕에서 지낼 때 나는 'US 66' 혹은 'Route 66'라는 표지판을 많이 보았다. 도로가 아니라 주말에 열리는 벼룩시장이나 길거리의 아티스트들이 그려 놓은 그림에서 말이다. 그런데 호스텔로 향하는 내게 내비게이션이 "Turn Right to the US 66오른쪽으로 돌아 US 66로 진입하세요"라고 말했다. 나는 그때서야 호스텔 이름이 'Route 66'인 이유가 66번 국도 위에 있어서라는 걸 깨달았다.

말로만 듣던 그 유명한 US 66를 내가 직접 달리고 있다는 사실이 믿어지지 않았다. 그 길은 미국 최초의 대륙횡단 고속도로로 동부에 있는 시카고와 서부에 있는 LA를 잇는 총 3,940킬로미터에 달하는 도로다. 오랫동안 미국인과 함께해 온 그 길은 'Mother Road도로의 엄마', 'Main Street of America미국의 중심 도로'라는 애칭으로 불리기도 한다. 특히 그 길은 미국 대공황 당시 빈곤을 견디지 못한 동부의 농민들이 서부로 새 삶을 찾아 떠날 때 이용한 길로 유명하다. 이제는 그보다 더 빠르고 안전한 도로가 많이 생기면서 이용하는 사람이 많지 않지만, 옛 정취가 듬뿍 밴 그 길은 여전히 미국인의 사랑을 받고 있다. 심지어 자동차 여행객에게는 동경의 대상이기도 하다. 그런 까닭에 도로 이름 앞에 'Historic^{역사적인}'이란 말을 붙여도 전혀 어색하지 않고, 도로를 안내하는 공식 사이트^{http://www.historic66.com}까지 있어 언제든 여행 정보를 얻을 수 있다.

그 감격스러운 길이 전해 주는 느낌을 좀 더 길게 느끼고자 20분 정도 더 달리니 'Route 66'라는 간판을 매단 허름한 모텔과 주유소들이 더는 보이지 않았다. 그 넓은 땅 위에 오로지 길게 뻗은 도로밖에 없었다. 순간, 이렇게 달리다가 날이 어두워져 되돌아오는 길을 잃는 건 아닐까 하는 생각이 들었다. 끝없이 이어진 길 위에서 갑자기 정체 모를 두려움을 느낀 것이다.

가도 가도 끝나지 않을 것 같은 길 위에서의 두려움을 나는 오래전에 느껴 본 적이 있다. '이 길에 정말 끝이 있을까' 하는 의심이 생겼던 그날, 나는 아프리카 모로코의 마라케시에서 사하라 사막으로 가고 있었다. 사막을 만난다는 생각에 흥분 속에서 떠났지만 길은 하루가 가고 이틀이 가도 매번 같은 풍경만 토해 냈다. 주변은 오로지 사막뿐이었고 몇 시간을 가야 겨우 조그만 슈퍼마켓 하나가 나타났다. 하루 종일 달려도 도무지 가까워지지 않는 앞산을 바라보며 쉼 없이 달리던 봉고차 안에서 나는 걷잡을 수 없는 고뇌에 빠져들었다.

떠날 때의 흥분은 먼지만큼도 남지 않고 슬슬 화가 나기 시작했다. 정말 사하라에 닿을 수는 있는 건지, 그 길의 끝이 과연 있기나 한 건지 알 수 없었기 때문이다. 차에서 보내는 길고 긴 시간 동안 내가 왜 그 길을 달리고 있는지 목적마저 흐릿해지고 있었다. 그때 알았다. 목적지가 보이지 않는 길은 두려움을 안겨 준다는 것을.

인생도 꿈도 그 끝이 보이지 않지만 우리는 보이지 않는 그 길의 끝을 향해 달려간다. 그러다가 어느 순간 의심한다. 이 길에 끝이 있을까? 이 길이 내게 맞는 길일까? 누구는 더 빨리, 또 누구는 좀 더 먼 길로 돌아간다는 차이가 있긴 해도 어느 길이든 분명 끝은 있다. 이틀 밤을 달려 겨우 사하라 사막에 도착했을 때 나는 비로소 모든 길에는 끝이 있다는 걸 배웠다.

Route 66를 달렸던 수많은 노동자도 자신의 초심을 수없이 의심했을 테지만 결국 저마다의 목적지에 도착했을 것이다. 그 숱한 흔적을 담고 있는 Route 66는 여전히 사람들의 꿈처럼 노을에 반짝거리고 있었다.

바람아, 멈추어 다오

해가 뜨지도 않은 새벽에 나와 벌벌 떤 지 이틀째다. 새벽 5시 반에 시작하는 일출 비행을 보려고 나온 건데 시간은 이미 6시가 넘었다. 해가 떠올라 하늘을 붉게 물들이고 있건만 비행을 준비하는 열기구는 하나도 없었다. 내 옆에 있는 많은 사람이 나처럼 벌벌 떨며 핫 초콜릿으로 얼어붙은 몸을 겨우 달래고 있었다. 그 곁에서 온몸에 열기구 배지를 달고 나온 지역 기상 캐스터는 실시간으로 날씨 상황을 전해 주었다.

열기구는 어제도 뜨지 못했다. 바람의 영향을 많이 받는 열기구는 바람이 조금만 불어도 안전상 비행이 불가능하다. 어제는 새벽 4시 반에 나와 8시까지

밖에서 떨다가 결국 아무것도 구경하지 못한 채 터벅터벅 호스텔로 돌아갔다. 그런데 오늘은 빗방울까지 가세하는 것이 아닌가. 축제를 구경하러 온 사람들과 열기구 비행을 위해 참가한 사람들 모두 하늘만 쳐다보고 있었다.

오늘로 축제가 시작된 지 벌써 닷새째인데 바람 때문에 아직 하루도 열기구를 띄운 적이 없어 축제가 비상에 걸렸다. 머릿속으로 온갖 상상의 나래를 펼쳤던 나는 이러다 장관을 못 보는 것은 아닌가 싶어 마음이 조여들었다.

사람들의 입김만 간신히 보이는 컴컴한 새벽, 또다시 해와 함께 떠오르기로 했던 5시 반 비행이 취소되었음을 알리는 안내 방송이 들려왔다. 뜨고 싶어 안달이 난 열기구와 열기구가 뜨기만 손꼽아 기다리는 수백 명 사이로 무심하게 빗방울이 떨어졌다. 트위터로 계속 현장 소식을 전하는 열기구 축제는 혹시 해가 뜬 후 날씨가 좋아지면 비행을 시도할 거라는 메시지를 내보냈다. 그건 그저 불투명한 약속에 불과했지만 '혹시나' 하는 생각에 누구 하나 발걸음을 떼지 못했다. 하지만 누가 봐도 절대 맑게 개일 것 같지 않은 날씨였다.

축제를 즐기러 왔는데 축제가 취소되면 무엇을 해야 할까? 하릴없이 앨버커키 소개 책자를 집어 들고 책장을 넘기던 나는 '세상에서 가장 긴 케이블카'라는 말에 눈길이 꽂혔다. 하늘에서 찍은 듯한 앨버커키의 멋진 모습도 새로운 발견이었다. 세상에서 가장 긴 케이블카를 타면서 이 멋진 광경을 볼 수 있다고? 내비게이션에 케이블카 터미널의 위치를 입력하자 겨우 7분 거리에 있었다.

'샌디아 피크Sandia Peak'라는 그 케이블카가 출발하는 터미널은 해발 6,560피트이고 정상까지 올라가면 1만 378피트나 된다. 그 정도라면 정상은 몹시 추울 터였다. 이미 아침에 벌벌 떨 각오를 하고 든든히 챙겨 입고 나왔기 때문에 따로 준비할 것은 없었다. 터미널에서 10분 정도를 기다렸다가 케이블카에 오르니 서른 명이나 되는 인원이 탑승하고 있었다. 한꺼번에 그렇게 많은 사람을 태워도 되는 건지 걱정이 되었지만 케이블카는 별일 아니라는 듯 유유히 움직였다.

유리창 너머로 앨버커키의 속살이 하나둘 눈에 들어왔다. 그러나 잡지에서 본 사진과는 사뭇 달랐다. 궂은 날씨로 구름이 잔뜩 끼어 풍광이 제대로 보이지 않았던 것이다. 그런 날씨에 사진과 판박이인 장관을 볼 수 있을 거라고 생각한 내 순진함을 탓할 수밖에. 뒤늦은 깨달음에 한탄하며 나는 꼼짝 없이 케이블카에 실려 그대로 올라갔다. 5분 정도가 지나자 산을 감싼 두꺼운 안개 때문에 거의 아무것도 보이지 않았다. 우린 안개의 장막에 가려진 상태로 그냥 공중에 붕 떠 있을 뿐이었다.

시간이 지나면서 점점 불안했던지 사람들은 조금만 덜컹거려도 누가 먼저랄 것도 없이 큰 소리로 비명을 지르며 불안감을 드러냈다. 케이블카를 운전하는 직원은 지겨운 듯 하품을 쏟아 냈고 노인들은 투덜대기 시작했다. 그렇게 15분을 더 올라가자 정상에 거의 도착했는지 케이블카의 속도가 줄어들었다. 문이 열리자 칼날 같은 바람이 코를 스쳤다. 옷을 몇 겹으로 껴입었건만 매서운 바람이 여지없이 속으로 파고들었다. 거센 바람에 밀린 사람들은 몇 발짝 나아가지 못하고 다시 케이블카에 올라탔다. 아무것도 보이지 않는 안개에 휩싸인 우리는 경치고 뭐고 언제 내려갈 거냐고 징징댔다.

서른 명 중 정상에 남은 사람은 단 한 명도 없었다. 내려오는 길에 안개가 조금 걷히자 잡지에서 본 사진과 거리가 먼 풍경이 조금씩 눈에 들어왔다. 세상에서 가장 긴 케이블카에 몸을 실었지만 그건 내게 그리 즐거운 경험이 아니었다. 그곳 날씨는 나에게 조금도 다정다감하지 않았다. 얼었다 녹기를 반복한 내 몸은 얼었던 채소가 녹아 흐물흐물해지듯 생기를 잃었고 나는 힘없이 호스텔로 돌아갔다.

"뭐 라 고 요? 청 소 를 하 라 고 요!"

매일 아침 4시에 일어나 차가운 새벽바람을 맞으며 열기구가 뜨기를 기다리다 실망하고 돌아오기를 며칠째. 호스텔에 돌아오면 곧바로 쓰러져 두세 시간 동안 단잠에 빠졌다. 그날도 변함없이 어두운 새벽에 일어나 바깥에서 몸을 부들부들 떨다가 돌아오자마자 얼어붙은 몸뚱이를 침낭 속에 쑥 넣고 잠이 들었다. 한창 꿈나라를 헤매고 있는데 갑자기 딱딱한 막대기가 옆구리를 푹푹 쑤

섰다. 깜짝 놀라 눈을 번쩍 뜨니 호스텔 주인 아주머니가 나를 올려다보고 있었다. 아주머니는 손에 들고 있던 빗자루로 나를 찌른 것 같았다.

"무슨 일이세요?"

"우리 호스텔에서는 침낭 사용이 금지되어 있어요. 그러니까 당장 일어나서 침낭을 가지고 카운터로 오도록 해요."

호스텔에는 어디에도 침낭 사용 금지라는 푯말이 붙어 있지 않았고 누구도 경고해 준 적이 없었다.

나는 사감 선생에게 혼쭐이 나 끌려가는 학생처럼 침낭을 몸에 둘둘 감고 잠이 덜 깬 상태로 카운터로 갔다. 그리고 사감 선생의 기세에 눌려 나도 모르게 변명 아닌 변명을 늘어놓았다.

"저는 몰랐어요. 너무 추워서 침낭을 꺼내 쓴 건데. 안 된다면 안 쓸게요."

궁색한 변명에 아주머니는 탐탁지 않은 표정을 지었다.

"당연히 안 되죠. 언제 체크아웃이지? 보자, 내일 모레군. 그때까지 압수할게요."

"아니, 그렇게까지 하지 않아도 되는데……. 지금 가방에 넣을게요. 안 쓸게요. 안 쓴다고요!"

"안 쓸 건데 왜 가져가려고 해요? 가는 날 아침에 찾아가요. 이름을 써서 여기에 놓을게요."

어이가 없었지만 더는 어떻게 해 볼 도리가 없었다. 그저 가는 날 잊지 않고 잘 챙겨야겠다고 다짐하고 돌아서는데 아주머니가 다시 불렀다.

"호스텔 규율을 어겼으니 벌을 받아야겠죠? 당신이 묵는 방에 오늘 다섯 명의 손님이 들어와요. 손님들이 도착하기 전에 방을 청소해 줘요. 저기 부엌 옆에 가면 청소 도구가 있어요. 다 하고 나서 나를 부르도록 해요."

"네!? 뭐라고요? 청소를 하라고요?"

"맞아요."

"저는 오늘 해야 할 일을 다 했는데요?"

"그러니까 벌이지요."

그 호스텔은 기존에 묵었던 호스텔과는 완전히 달랐다. 그곳에 가기 전에 숙소를 알아보니 거의 선택권이 없었다. 앨버커키에는 호스텔이 그것 하나밖에 없었기 때문이다. 호텔이나 모텔은 가격이 모두 100달러 이상이었고 나는 이동을 위해 렌터카를 빌려야 했기에 예산이 빠듯한 상태였다. 단 하나뿐인 호스텔 숙박 요금은 하루에 25달러라 그땐 예약에 성공한 것만으로도 행복했다. 미국의 전형적인 가정 집을 개조한 호스텔에 도착하자, 인도계의 주인 아주머니는 앞으로 묵을 닷새간의 숙박비를 현금으로 지불할 것을 요구했다. 같은 미국 내에서의 여행이라 현금을 준비하지 않은 나는 카드로 낼 수 있느냐고 물었다.

"휴……, 요즘 젊은 사람들은 테크놀로지 없인 살 수 없지. 대신 환불은 안 돼요."

아주머니는 투덜거리며 숙박비에 카드 수수료를 3달러나 붙여서 계산했다. 카운터의 책상 위에는 온통 테크놀로지를 빛내 주는 물건들이 나열되어 있었는데도 말이다. 아주머니는 침대를 배정해 주고 호스텔 규칙을 하나씩 말하기 시작했다.

"우리 호스텔은 손님이 주인 의식을 갖고 묵도록 하루에 한 가지씩 일을 해야 한다는 규칙을 정해 두고 있어요. 아침에 일어나 부엌에 가면 일거리 카드 Chore Card가 걸려 있을 거예요. 한 가지씩 선택해서 그 일을 한 다음 카드를 카운터에 가져오면 내가 검사할 거예요."

그야말로 황당한 규율이었지만 돈도 없고 닷새치 요금을 이미 지불한 터라 꼼짝없이 묶이는 수밖에 없었다. 일거리 중 최악은 화장실 청소였다. 아침에 조금이라도 늦게 일어나면 부엌에 덩그러니 화장실 청소 카드만 걸려 있었다. 모두들 화장실 청소를 면하려고 일찍 일어나 좀 더 쉬운 일거리 카드를 뽑아 갔다. 매일 아침 일찍 열기구 축제에 나가는 나는 늘 '부엌 싱크대 청소' 카드를 뽑았다. 그게 가장 쉬운 것 같았기 때문이다. 그런데 싱크대를 수세미로 열심히 닦다 보니 손님들이 모두 주인 아주머니를 위해 돈을 지불하고 청소를 해 주는 하인 같다는 생각이 들었다.

이건 아니다. 돈 없는 여행자들을 돈을 받아 가며 부려먹다니. 뭔가 조치가 필요했다. 나는 마음속에 꿍꿍이를 품은 채 아주머니가 벌로 내린 청소를 열심히 해 주었다. 아주머니는 내 순응에 만족했고 난 머릿속으로 커다란 반전을 계획하고 있었다.

어두컴컴한 새벽 아침, 나는 휴대 전화 화면의 불빛을 이용해 미리 챙겨 놓은 옷을 껴입었다. 우선 간단하게 세면을 한 뒤 나는 부엌으로 살금살금 들어가 벽에 걸린 '일거리 카드'를 몽땅 떼어 내 주머니에 쏙 넣었다. 그리고 여느 날처럼 열기구가 뜨기를 기대하는 여행자로 돌아가 호스텔을 빠져나갔다.

아마도 호스텔의 하인들은 오늘 일거리에서 해방될 것이다! 설령 부엌에 CCTV가 설치되어 있어 범인이 나라고 밝혀질지라도 난 그때 이미 앨버커키를 떠나고 없을 터다. 나는 차를 몰고 축제장으로 향하는 길에 놓인 쓰레기통에 카드들을 버렸다. 아주머니가 아침에 일어나 당황하는 꼴을 생각하니 절로 웃음이 났다. 난 깊은 호흡으로 내 죄를 정화한 뒤 오늘은 열기구가 뜨기를 바라며 축제장으로 향했다.

나중에 들은 얘기지만 그날 손님들은 일거리 카드가 없다는 이유로 일을 하지 않았단다. 아주머니는 그 사실을 오후쯤에 알아차리고는 당황하기보다 짜증을 냈다고 한다. 나중에 나는 호스텔로 돌아가 아주머니에게 환하게 웃으며 인사했고, 아주머니는 자신에게 순종하는 것으로 보이는 나를 반갑게 맞이했다. 아마 아주머니는 새로운 일거리 카드를 만드느라 카운터 앞에서 하루 종일 고생깨나 했을 게다. 나와 같은 방을 쓰던 인도네시아에서 온 레니가 그 뒷이야기를 전해 주었는데, 나는 그 사건의 주인공이 바로 나라는 말을 하지 않았다.

하나님, 속이 많이 불편하신가 봐요

내일이면 뉴욕으로 돌아가야 했기 때문에 나는 새벽부터 발을 동동 굴렀다. 작년 축제 때 사람들이 찍어 놓은 수백 개의 열기구 사진을 보며 아쉬운 입맛만 다신 지 나흘째. 나는 여전히 열기구가 뜨는 모습을 못 봤다. 연일 흐린 날

씨와 비를 쏟아 내는 하늘이 어쩌나 원망스럽던지. 슈퍼마리오 아저씨한테 보여 줄 열기구 사진 한 장 못 찍었는데 어쩌나.

사람들은 그런 일이 좀처럼 없었다고 했다. 날씨가 그렇게 훼방을 놓는 경우가 거의 없었다는 얘기다. 사실은 하루에도 몇 번씩 열기구가 떠올라 각종 경기와 이벤트를 보러 온 사람들을 열광의 도가니로 몰아넣어야 마땅했다. 안내 방송이 흘러나왔다. 역시나 기상 상태 때문에 오전 스케줄이 취소됐다는 내용이었다.

실망한 사람들은 고개를 절레절레 흔들었고 자신의 열기구를 떠우려 트럭에 온갖 도구를 싣고 대기 중이던 수백 명은 다시 시동을 걸었다. 열기구가 또 못 뜬다는 소식에 우울하다 못해 화가 났다. 날씨가 훼방을 놓을 것 같으면 축제 일정을 연기해서라도 날씨가 좋은 날에 사람을 불러 모아야 하는 것 아닌가? 어쩌면 그렇게 날씨가 내내 나쁠 수 있는지 분통이 터졌다.

축제장 한쪽에서는 온몸에 열기구 배지를 달고 나온 기상 캐스터가 날씨를 전하고 있었다. 매일 좋지 않은 날씨 소식만 전해 주어서인지 이제는 사람들을 마주하기가 미안한 기색이었다. 그는 현재 기상 상태가 좋지 않다는 소식을 차분하게 전달했다. 그러더니 내일은 해가 나고 바람도 불지 않을 것 같다고 소리 높여 말했다. 내일 뉴욕으로 떠나는 비행기가 오후에 뜨니까 날씨만 좋으면 아침 비행을 볼 수 있을지도 모른다. 아주 작은 희망의 빛에 화가 좀 가라앉았다.

날씨가 좋지 않아 축제 일정이 취소되면 아침 9시부터 다시 긴 하루가 시작된다. 희망의 빛 한 줄기를 생각하니 마침 햇볕이 내리쬐는 산타페가 떠올랐다.

햇 빛 가 득 한 산 타 페

"I'll open up the restaurant in Santa Fe! Sunny Santa Fe would be nice!" 난 산타페에 레스토랑을 열 거야! 아마 햇볕이 잘 드는 산타페가 좋을 거야!

- 뮤지컬 「렌트」 중 '산타페'

148

앨버커키에서 고속도로를 따라 두 시간 정도 달리면 산타페가 나오는데 그곳은 레니가 꼭 가 보라고 추천한 곳이었다. 흐린 앨버커키와 달리 뮤지컬 가사처럼 저 멀리 햇볕이 내리쬐는 곳으로 가면 산타페를 만날 수 있다.

산타페에 도착하니 앨버커키의 올드 타운에서 본 것처럼 황토색의 야트막한 건물들이 줄지어 서 있었다. 기념품 가게에서 여행할 때마다 모으는 작은 기념품 컵을 하나 구입하자 주인은 친절하게도 커다란 지도에 가 볼 만한 곳을 표시해 주었다. 일단 새벽부터 움직이느라 몸에 눌러 붙은 피곤을 털어 내기 위해 아담한 커피 가게로 들어갔다.

손님 하나 없이 한산한 가게에는 메뉴판이 이탈리아어로 되어 있었고 장식은 모두 이탈리아풍이었다. 한쪽에 놓인 작은 TV에서는 한창 사이클 경기를 중계하고 있었다. 커피를 한 잔 주문하고 주인 같아 보이는 여인에게 말을 걸었다.

"이탈리아를 무척 좋아하나 봐요."

"하하, 눈치챘네요. 난 이탈리아 사람이에요. 이탈리아에서 이사 왔죠."

"어쩐지, 카페가 온통 이탈리아식 같더라니!"

"보는 사람마다 다들 이탈리아가 그렇게 좋으면서 왜 이곳에 사느냐고 물어요."

"그러고 보니 나도 궁금한데요?"

"저기 화면 보이죠? 가장 앞에 달리고 있는 사람이 남편이에요. 사이클 선수죠. 은퇴한 이후 휴가를 왔다가 이곳이 맘에 들어 곧장 여기로 이사했어요."

"그럼 이곳이 이탈리아보다 좋다는 얘기군요."

"음식만 빼면요. 하하, 이곳으로 오면서 욕심을 버렸더니 더 행복해졌어요. 그럴 수 있는 곳이 바로 산타페죠. 이 정도면 충분한 이유가 되지 않을까요?"

가볍게 스쳐 지나가는 만남이었지만 난 그 '욕심'이라는 말에 깊은 무게를 느꼈다.

몇 년 전, 필리핀 마닐라에서의 일이다.

가까운 거리였지만 걷기엔 왠지 두려움이 느껴져 택시를 잡아타고 숙소로 돌아가는 길이었다. 그런데 택시가 신호등 때문에 멈추자 네다섯 명의 아이가 순식간에 택시로 달라붙었다. 택시 기사는 소리를 지르며 차에서 떨어지라고 했지만 아이들은 아랑곳하지 않고 창문에 달라붙어 나를 뚫어져라 쳐다보았다. 깜짝 놀란 나는 처음에 아이들을 바라보다가 눈길이 마주치자 고개를 돌려 버렸다. 돈 몇 푼을 주고 싶지 않아서가 아니었다. 그냥 그 자체가 너무 미안하게 느껴졌기 때문이다.

"돈을 받으려고 동정을 구하는 겁니다. 한 번 주면 고마운 줄 모르고 계속 달라붙을 거예요."

택시 기사의 말처럼 그들은 정말 동정을 구하는 걸까? 당시 난 꿈과 욕심을 착각하고 있었다. 가진 것에 감사할 줄 모르고 늘 더 큰 것을 갈구했다. 뭔가를 이루고 나면 그보다 더 큰 꿈을 꿨던 것이다. 그러다가 그 아이들의 눈빛을 보고 나서 많은 것을 생각하게 되었다. 사실 내가 꿈이라고 생각한 것은 욕심에 더 가까웠다. 사회는 언제나 더 크고 좋은 것을 가지라고 강요하고, 인간은 갈망하던 큰 것을 손에 넣으면 다시 더 큰 것을 향해 고개를 돌린다. 그 치열한 싸움은 숨 막히는 짓이다. 아니, 현재 자신이 갖고 있는 것에 대한 예의가 아니다.

가진 것을 누릴 줄 모른다면 그건 갖지 않은 것이나 마찬가지다. 맨발로 택시 창문에 달라붙어 부러움의 눈길로 나를 바라보던 그 아이들은 내가 얼마나 많은 것을 갖고 있는지 깨닫게 해 주었다. 꿈이란 그저 많이 갖고 남보다 높은 곳에 올라가는 게 아니라, 생각만으로도 마음을 들뜨게 하고 삶을 풍족하게 만들어 주는 그 무언가다.

이탈리안 가게에 욕심을 두고 나오니 갑자기 배가 고팠다. 더구나 앨버커키의 비구름이 산타페까지 쫓아왔는지 빗방울이 하나둘 떨어지기 시작했다. 어느새 오후 4시 반이다. 비를 피하려는 생각에 눈앞에 보이는 인도 음식점으로 불쑥 들어가니 테이블마다 하얀 테이블보가 깔린 고급 레스토랑이었다. 이런, 돈이 별로 없는데. 비싼 음식점인 것 같아 다시 나가려는데 웨이터인 듯한 아저씨가 급히 뛰어나왔다.

"어서 오세요! 죄송합니다. 아직 준비 중이어서 빨리 못 나왔어요."

마침 잘됐다 싶었다.

"아, 그럼 괜찮아요. 나중에 다시 올게요."

"아니 무슨 말씀을! 이리로 오세요."

하는 수 없이 자리를 잡았는데 다행히 메뉴는 생각보다 비싸지 않았다. 내가 혼자 밥 먹는 것이 안쓰러웠는지 아저씨는 내 앞을 지나갈 때마다 더 필요한 건 없는지 물었다. 음식은 맛이 있었지만 그 지나친 친절이 부담스러워 최대한 속도를 내서 퍼 넣었다. 조금 지나자 다행히 손님들이 들어섰고 아저씨의 관심이 분산되면서 나는 좀 더 편안하게 밥을 먹었다.

내 먹성이 한몫을 했는지 옆 테이블에 앉은 노부부가 나와 똑같은 메뉴를 달라고 주문했다. 그들과 눈이 마주치자 나는 맛있다는 표정으로 방긋 웃었고 할아버지가 말을 걸었다.

"여기 카레가 참 맛있지요? 우린 콜로라도에 살아요. 카레를 먹으려고 세 시간을 운전해 산타페까지 왔어요."

운도 좋지. 비 때문에 생각 없이 들어온 레스토랑이 맛집이라니!

"네, 정말 맛있네요! 전 여행 중이에요. 우연히 들어온 레스토랑에서 맛있는 음식을 먹는 것도 여행자의 운이죠."

"아하하, 당신 말이 맞아요. 혼자 여행 중이라고요? 산타페에 온 것을 환영해요. 여긴 역사가 깊은 곳이지요. 역사에 관심이 있다면 박물관에 꼭 가 보도록 해요. 그런데 어디서 왔어요?"

"한국에서 왔어요. 지금은 잠시 뉴욕에서 공부하는 중이고요."

"무슨 공부를 하나요?"

"아, 말하기가 좀 부끄럽지만 연기를 공부하는 중이에요."

언제부턴가 내 꿈을 말하기가 쑥스러웠다. 배우가 꿈이라고 하면 사람들은 단박에 할리우드 배우처럼 유명 배우를 떠올리기 때문이다. 그다음 순간 그들은 딱하다는 표정으로 나를 쳐다본다. 그게 얼마나 어렵고 허망한 꿈으로 끝날 수 있는지 아는 까닭이다. '세상에 쉬운 일은 없다만, 그중에서도 유독 힘든

길을 가고 있구나.' 하는 듯한 눈빛. 꿈에 닿기 전까지 앞이 전혀 보이지 않는 직업 중 하나니 그도 그럴 만하다. 나 역시 그걸 인정하는 바라 기어들어가는 목소리로 말하자, 갑자기 웨이터 아저씨가 쏜살같이 뛰어오더니 내 앞에 섰다. 참 귀도 밝지!

"뭐라고요? 뉴욕에서 연기를 공부하는 중이라고요? 세상에! 나도 뉴욕에서 왔어요. 나도 배우예요!"

"정말이에요? 만나서 반가워요."(사실 난 그다지 놀라지 않았다. 예술가로 가득한 뉴욕에서는 지하철, 레스토랑 등 어디를 가든 배우를 직업으로 하는 사람과 쉽게 마주친다)

"내가 더 반갑네요! 뉴욕에서 배우로 일하다가 잠시 접고 더 큰 꿈을 위해 이곳에 왔어요. 뭐, 아직 시작 단계지만 이곳에서 기반을 잡아 부자가 되면 꼭 다시 배우로 나설 거예요."

그는 카운터로 사라졌다가 돌아오더니 쪽지에 이름과 전화번호 두 개를 적어서 건네주었다.

"뉴욕에서 배우로 일하는 친구들이에요. 공부를 하다가 혹은 배우 노릇을 하다가 좌절감이 찾아오면 이 친구들에게 전화해요. 잘 도와줄 거예요."

아, 눈물 나게 고마웠다. 내가 뉴욕으로 돌아가 그들에게 전화를 할는지는 모르겠지만, 아저씨는 자신과 같은 길을 걷고자 하는 나그네에게 진심으로 친절을 베풀고 있었다. 그는 자신은 비록 잠시 꿈을 접긴 했어도 나만은 꿈을 접지 않기를 바라는 것 같았다. 그 따뜻한 마음에 한마디 하지 않을 수 없었다.

"음식이 정말 맛있어요. 아저씨는 꼭 성공할 거예요."

딱 한마디였다. 물론 진심을 가득 담긴 했지만 말하는 데는 힘 하나 들지 않았다. 그런데 아저씨는 감동을 받았는지 나를 꼭 안아 주었다. 산타페에 사는 사람들은 욕심을 버리고 가슴 가득 꿈만 안고 사나 보다. 열기구를 보기 위해 그곳을 찾았다가 나는 뜻밖에 내 꿈을 다시금 되새겼다. 낯선 환경, 익숙하지 않은 언어, 불투명한 미래로 잦아들던 내 열정이 오랜만에 꿈틀거렸다.

좋은 기운 때문일까? 신기하게도 트위터에 열기구 축제 진행팀이 띄운 좋은 소식이 올라왔다. 비가 오더라도 오늘밤 9시에 열기로 한 불꽃놀이 행사를 진행한다는 소식이었다. 9시까지 가려면 서둘러 떠나야 했다. 도시 구석구석을 돌아보진 못했지만 많은 것을 느끼게 해 준 산타페를 뒤로하고 다시 앨버커키로 향했다. 그 마음을 그대로 간직한 채 꼭 불꽃놀이를 보고 싶었다.

펑펑 하는 소리에 나는 마음이 급해 우비를 챙겨 입을 틈도 없이 축제장으로 뛰어갔다. 비가 쏟아지는 밤하늘에 여러 색깔의 꽃이 피어오르고 있었다. 비

가 쏟아졌지만 사람들은 아랑곳하지 않았다. 수많은 사람들 중 나란히 서서 하늘을 향해 고개를 들고 있는 부부가 눈에 들어왔다. 아무 말 없이 한곳을 바라보는 그들의 눈동자는 분명 불꽃으로 물들고 있을 것이다. 그들의 뒷모습과 그 앞에 터지는 불꽃이 유난히 예뻐 축축한 손으로 계속 카메라 셔터를 눌러 댔다.

우비도 우산도 없이 달려와 머리부터 발끝까지 홀랑 젖어 버린 나는 몸을 부들부들 떨면서도 탄성을 내지르는 사람들과 마음을 함께했다. 야속한 빗속을 뚫고 예쁘게 피어나는 불꽃에 소망을 싣고서.

드디어 하늘 높이

마지막 날, 몸으로 전해져 오는 새벽 기온마저 색다르게 느껴졌다. 일찍 일어난 나는 짐을 챙겨 차에 실은 후 열기구 축제장으로 향했다. 아주머니가 압수한 침낭을 가지러 다시 호스텔 프런트에 들러야 했지만 열기구를 볼 수 있다는 설렘에 그 정도 수고는 방해로 여겨지지도 않았다. 나는 호스텔에서 만난 친구 레니, 그리고 러시아에서 온 비숍과 함께 열기구 축제를 즐기기로 했다. 미국을 횡단 중인 두 사람 역시 며칠 동안 하늘만 쳐다보며 기다린 터라 오늘은 무척 기대에 부풀어 있었다.

흐린 하늘, 간간히 내리는 비, 썰렁한 잔디밭으로만 채워졌던 여느 아침과 달리 아직 부풀지 않은 열기구들이 거대한 풀밭을 가득 메웠다. 아, 오늘은 정말 뜨는구나. 새벽마다 기대를 품고 실망하기를 반복하던 지난 나흘간을 뒤로하고 드디어 그토록 바라던 열기구가 뜰 준비를 하고 있는 것이다. 그 들뜸을 누가 알랴.

열기구를 띄우러 온 사람들은 바구니를 열기구 풍선에 연결하고 터번을 조금씩 가동시키기 시작했다. 터번은 기다렸다는 듯 힘차게 불을 뿜어 냈다. 우리는 번쩍번쩍 타오르며 열기를 내뿜는 터번을 보고 단박에 압도되었다. 터번의 열기에 오그라들었던 몸은 금세 녹아내렸고 그 열기를 따라 사람들이 계속

해서 몰려들었다. 힘없이 늘어져 있던 수백 개의 열기구 풍선이 터번의 불길로 조금씩 기운을 차려 하늘을 향해 춤을 추듯 일어서는 모습도 굉장했다.

열기구의 종류는 가지각색이었다. 동그란 열기구는 물론이고 「스타워즈」의 다스베이더 같은 만화 캐릭터와 슈퍼 히어로들의 모습을 한 열기구가 모습을 드러내자 아이들은 제자리에서 방방 뛰며 환호성을 올렸다. 한쪽에서는 대기업들이 거대한 회사 로고를 하늘에 띄웠고 그중 하나였던 우유 회사의 젖소 모양 열기구가 내 눈길을 사로잡았다.

모든 열기구에는 고유의 개성과 소망이 뚜렷하게 나타나 있었다. 그 숨은 소망이 하나하나 궁금했던 우리 셋은 넓은 축제장을 이리저리 뛰어다니며 하늘에 떠오르는 장면을 일일이 눈에 담으려 했다. 열기구들은 내가 상상했던 것보다 훨씬 더 거대했다. 열기구를 조종하는 축제 참가자들은 조심스럽게 작은 바구니에 한 명씩 들어갔고, 바람의 세기와 방향을 잡으며 지면에 있는 사람들에게 땅에 연결된 줄을 풀라고 신호를 보냈다.

드디어 열기구가 떠오르기 시작했다. 부드럽게 풀밭을 스치며 바람을 따라 땅과 평행을 이루던 열기구는 천천히 땅에서 멀어지며 공기 중으로 떠올랐다. 그 감동을 한껏 맛보기도 전에 연이어 옆에 있던 열기구들도 하나씩 미끄러져 갔다. 카파도키아에서 열기구들을 본 적이 있긴 했지만, 그처럼 거대하고 많은 열기구를 눈앞에서 직접 본 것은 처음이었다. 하늘로 향하는 그 엄청난 열기구들을 현장에서 보면서도 나는 좀처럼 그 현실이 믿어지지 않았다.

사람들도 나와 같은 마음이었는지 열기구들을 보며 손을 흔들면서 기쁨의 탄성을 내질렀다. 모두들 한 방향으로 향한 얼굴에는 놀라움과 웃음이 가득했다. 어느새 하늘은 형형색색의 열기구로 가득찼다. 때마침 해가 뜨자 파란 하늘이 모습을 드러냈고 그 하늘 아래 로키 산맥이 조화를 더하면서 뭐라 표현하기 힘들 만큼 아름다운 모습이 눈에 들어왔다. 파란 하늘, 하얗게 색을 곁들인 로키 산맥, 그리고 그 사이에 떠오르는 무수한 열기구들. 그 세 가지가 바로 열기구 축제의 주인공이었다.

열기구들은 하나하나 멀어져 갔고 그것은 마치 하늘에 맺힌 색동 물방울

미국
뉴멕시코
열기구 축제

159

같았다. 수십, 아니 수백 개의 열기구는 사진으로는 미처 표현하기 힘든 화려함을 연출했다. 제각각 고유의 개성으로 색상과 모양을 표현한 숱한 열기구들을 볼 수 있다는 것만으로도 그 축제는 세계적인 축제로 자리매김하기에 충분했다.

땅에 발을 딛고 서 있는 사람들은 하늘에 떠오른 열기구들을 올려다보며 그것이 콩알만 하게 보일 때까지 보고 또 봤다. 나는 내 꿈이 멀리 사라지기라도 하듯 아쉬움에 좀처럼 하늘에서 눈을 떼지 못했다. 아무리 쳐다봐도 믿기 힘들 만큼 아름다운 그 모습에 나는 입을 다물 수조차 없었다. 그곳을 떠나기 전에 그 광경을 보게 돼 어찌나 다행스럽던지. 만약 그걸 못 봤다면 평생 땅을 치고 후회했으리라. 어느새 내 눈에선 기쁨의 눈물이 주르륵 흘러내렸다.

이제 공항으로 가야 할 시간이다. 나는 친구들에게 작별 인사를 하고 마지막으로 한 번 더 열기구들이 사라져 간 하늘을 바라보았다. 그 여행에서 다시 확인한 내 꿈도 그처럼 힘차게 떠오르길 희망하면서.

공식 웹사이트

www.balloonfiesta.com

일정

매년 10월 초. 2014년은 10월 4일부터 12일까지.

입장료, 티켓

한 세션당 8$(12세 이상. 하루에 아침, 저녁 두 번의 세션이 있다.)

5Pack 티켓 35$(날짜와 세션에 관계없이 티켓 5장 패키지)

홈페이지에서 미리 표를 구입할 수 있고 현장에서 직접 살 수도 있다.(환불 불가, 단 비가 와서 이벤트가 취소될 경우 그 표를 다른 세션에서 다시 사용할 수 있음.)

축제 시간

축제 기간 동안 매일 아침 5시 45분에 시작해 오후 7시에 끝난다.

가는 방법

앨버커키 공항에서 축제장까지는 20분 정도 소요된다.(Balloon Fiesta Park: north of Alameda Boulevard, one mile west of I-25.) 축제장 주변 곳곳에서 축제장으로 데려다 주는 버스를 운행한다.(홈페이지 내 파크 앤 라이드^{Park & Ride}.) 차를 이용할 경우 홈페이지에서 미리 주차 티켓을 살 수 있고 현장에서 '현금'으로 구입하는 것도 가능하다.

주요 볼거리

- 축제의 하이라이트인 새벽 비행과 저녁 비행.
- 10일간 다양한 이벤트를 진행한다. 이벤트 스케줄 참조(http://www.balloonfiesta.com/event-info/event-schedule)
- 앨버커키 열기구 박물관: 축제장 바로 옆에 있다. 열기구의 역사와 기술이 궁금하다면 한번 구경해 보는 것도 좋다.(티켓-성인 4$.) http://www.balloonmuseum.com

숙소

미리 호텔을 예약하면 좀 더 저렴하다. 값싸고 색다른(?) 호스텔을 경험해 보고 싶다면 앨버커키의 'Route 66'를 권한다.

알면 좋은 Tips

- 자고 싶은 욕구를 조금 버리고 초아침형 인간이 된다. 축제장에 아침 6시 45분 이후에 도착하면 새벽 비행을 놓칠 수도 있다.
- 옷을 겹겹이 껴입는다.
- 계속 서 있어야 하므로 편한 신발을 신는다.
- 모자와 선글라스, 선크림은 필수!
- 카메라는 꼭 챙긴다!

근교 여행지

- **앨버커키 올드 타운**^{Albuquerque} : 미국 원주민이 살던 시절의 모습을 그대로 간직한 곳. 과거로 돌아간 듯한 분위기에서 맛있는 멕시코 음식을 맛볼 수 있다.
- **산타페**^{Santa Fe} : 평온하고 아름다운 곳. 앨버커키에서 차로 한 시간 내에 갈 수 있다. 차가 없다면 앨버커키 공항에서 서틀잭^{shuttlejack} 버스를 이용하면 된다.
- **루트 66**^{Rte 66} : 미국에서 '도로의 엄마'로 불리는 유명한 이 도로를 달려 보는 것은 어떨까?

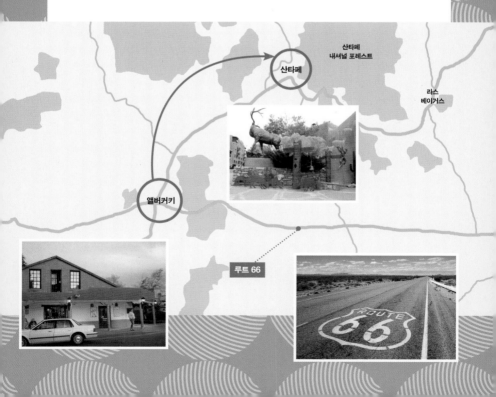

이 탈 리 아
유 로 초 콜 릿
페 스 티 벌

Euro Chocolate Festival

달 콤 한   추 억 으 로 의   여 행

www.eurochocolate.com

One cannot live
on memories alone
(Non si vive
di soli ricordi)

2011년 유로 초콜릿 페스티벌 테마

뱃속으로 들어온 나비 한 마리

'A butterfly in my stomach'는 뱃속이 간질거린다는 뜻으로 '설렘'을 뱃속에 나비 한 마리가 있다고 비유한 영어 구문이다. '사랑'을 표현할 때 이것만큼 적절한 것도 없는 듯하다. 상대를 생각하면 뱃속에서 나비가 날갯짓을 하는 것 같은 느낌, 먹지 않아도 배가 고프지 않고 가슴 안에서 무언가가 자꾸만 나를 간질이는 것 같은 기분, 순간순간 아드레날린이 솟아오르는 기분 좋은 상태. 그 모든 것이 설렘이 아닐까?

그러고 보니 '설렘'이란 단어는 생긴 것도 예쁘다. 설렘을 느끼게 하는 사랑에 빠지는 걸 싫어하는 사람이 있을까? 사람과 사람 사이에 보이지 않는 날갯짓이 매순간 오고가는 사랑. 지금 사랑하고 있는가? 아니, 한 번쯤 사랑해 본 적이 있는가?

친구가 있다. 첫사랑을 고되게 치른 후 서른이 넘도록 첫사랑의 추억에만 빠져 연애다운 연애를 해 본 적 없는 친구다. 하도 들어서 그 첫사랑의 이름이 아직도 기억난다. 혜리라고. 이름만 들어도 뽀얀 얼굴에 청순미가 철철 넘칠 것 같다. 아니, 녀석은 내가 그렇게 상상하도록 자신의 첫사랑을 마치 전설적인 신화라도 되는 듯 떠벌렸다.

어느 날 그 녀석이 달뜬 목소리로 전화를 걸어왔다. 무슨 일이냐고 묻자 15년 만에 자신의 첫사랑과 연락이 닿았다는 게 아닌가. 녀석은 그녀와 다시 만나면 15년의 공백을 깨고 다신 헤어지지 않겠다고 선언했다. 그런가 보다 하고 그냥 잊고 지내다가 몇 달이 지나 그 친구를 우연히 만났다. 새삼스레 궁금한 마음에 안부 인사는 건너뛰고 대뜸 물었다.

"어떻게 됐어?

반짝반짝 빛나는 내 눈빛과는 달리 그는 쓸쓸한 미소를 지으며 입안 가득 술을 털어 넣었다.

"괜히 만났어. 그냥 환상으로 남겨 둘걸."

"왜? 청순미가 확 사라졌어? 아님, 결혼한 거야?"

"하하하, 차라리 그런 거였으면 좋겠다. 겉모습은 전과 똑같아. 근데 사람이 변했어. 많이 실망스러울 만큼. 내 마음속에 살아 있는 15년 전의 그녀는 이제 세상에 없어. 그게 슬프다."

추 억 은 추 억 이 라 서 아 름 답 다

어느 날 세계의 축제에 관한 정보를 검색하다가 '유로 초콜릿 축제euro chocolate festival'를 발견했다. 초콜릿 축제라고? 초콜릿을 만드는 축제인가, 아니면 초콜릿을 먹는 축제인가? 공식 사이트에 들어가니 온통 이탈리아어로 되어 있어 무슨 말인지 알 수가 없었다. 그런데 보기만 해도 달콤한 초콜릿색으로 홈페이지를 장식한 그 축제가 무척이나 궁금해졌다. 할 수 없이 위키피디아에 도움을 청하니 이탈리아의 작은 도시에서 매년 열리는 세계에서 가장 큰 초콜릿 축제란다. 순간, 내 뱃속이 간질거리기 시작했다.

나를 설레게 하는 추억이 함께하는 이탈리아. 문득 로맨틱한 것으로 가득한 그곳에서 매일 일기를 쓰던 스무 살 시절의 내가 떠올랐다. 갑자기 눈물과 웃음이 공존하는 그곳이 그리웠다. 아, 다시 가 보고 싶다. 다른 한편으로는 친구의 첫사랑처럼 마음속에 아름답게 남은 추억에 혹시나 흠집이 가는 건 아닐까 하는 두려움도 있었다. 하지만 설렘은 두려움보다 앞서 나갔고 오랫동안 마주하지 못한 그곳이 간절히 그리웠다. 세월의 먼지 밑에 쌓인 그리움이 그토록 클 줄이야.

나는 마음에 수북이 쌓인 뿌얀 먼지를 털어 내고 소중한 기억을 하나하나 다시 밟아 보기로 했다. 나 혼자, 내가 걸어간 그 발자국을 따라서 말이다.

이탈리아로 떠나기 전날 밤. 간단하게 꾸린 여행 가방에는 평소와 다른 옷들이 들어 있었다. 나는 여행을 떠날 때 주로 활동하기 편한 옷이나 입다가 버려도 될 만한 옷들을 챙긴다. 그런데 이번에는 동행이 있는 것도 아니고 누군가에게 잘 보일 일도 없으면서 데이트를 할 때나 입을 법한 예쁜 옷을 가방에 챙겨 넣었다. 추억 여행을 조금 더 아름답게 만들고 싶은 욕심이었을까? 가방에 담긴 내 마음을 들여다보고 있자니 조금은 우습고 애잔한 기분이었다.

나는 다시 정신을 차리고 편안한 옷을 챙긴 다음 이탈리아에 있는 친구들에게 연락을 했다. 이탈리아에 간다는 내 말에 친구들은 나보다 더 들뜬 듯했다. 이번에는 초콜릿 페스티벌에 간다고 하자 달콤한 초콜릿을 실컷 먹으려면 지금부터 쫄쫄 굶으라는 귀엽고 살벌한 충고도 해 주었다. 그때부터 마음이 들뜨기 시작했다. 달콤한 초콜릿 페스티벌에 가는 것도, 친구들과 재회하는 것도, 내 추억을 밟는 것도 모두 내 마음을 뒤흔들었다.

그 설렘에 떠나기 전날 한숨도 못 잤다. 떠나기 전의 그런 설렘은 참으로 오랜만이었다.

혼자 여행하기 외로운 나라, 이탈리아

저녁에 출발한 비행기는 밤새 대서양을 날아 다음 날 아침 이탈리아 밀라노에 닿았다. 이탈리아 방문은 이번이 다섯 번째다. 내가 이탈리아를 찾아가면 3년 전 아프리카 여행에서 만난 커플 마테오와 프란체스카가 몹시 기뻐하며 나를 반겨 주었다. 두 사람은 이탈리아가 아닌 다른 유럽 지역을 여행할 때도 꼭 시간을 내 자기들 집에 오라고 간곡히 청했다.

내가 이탈리아 사람들을 좋아하는 이유가 바로 여기에 있다. 그들은 한번 가족이라고 생각하면 자신의 모든 것을 상대에게 내주는 정 많은 사람들이다. 그들의 의리는 우정 이상으로 끈끈하다. 어쨌든 나는 몇 번이나 마테오와 프란체스카의 집에 며칠씩 머물면서 이탈리아 사람들의 삶을 생생하게 지켜볼 수 있었다. 이탈리아 사람들을 평할 때 우리는 흔히 '한국 사람과 성향이 비슷하다.'고 말한다. 무엇보다 다혈질이면서 정이 많고 외국을 동경하면서도 자기 나라를 사랑하는 부분이 꼭 닮았다. 그들의 삶을 가까이에서 보니 정말로 그랬다.

이탈리아
유로 초콜릿
페스티벌

유럽에서는 보통 스무 살이 되면 부모로부터 독립해 자기 삶을 꾸린다. 반면 이탈리아의 젊은이들은 한국처럼 결혼 전까지 대부분 부모님과 같이 산다. 결혼 후에도 2대 혹은 3대가 함께 살거나 이웃으로 옹기종기 모여 사는 것이 보편적이다. 가족 간의 끈끈한 정은 한국과 비슷하고 가족을 개인보다 훨씬 더 중요하게 여긴다. 이런 까닭에 나는 이탈리아 친구들의 집에 묵을 때마다 친구의 가족이나 친척들과 함께 저녁을 먹는 경우가 많았다. 그들은 긴 식탁에 앉아 언뜻 싸우는 것처럼 보일 만큼 와자지껄하게 식사를 하면서 나를 피가 섞인 가족처럼 대해 주었다. 비록 말은 통하지 않았지만 나는 그들과 함께 밥을 먹는 시간이 항상 즐겁고 편했다.

그렇게 나를 진심으로 환영하는 친구들과 그 가족의 따뜻한 정 덕분에 내가 이탈리아를 네 번이나 찾았던 것이다. 하지만 초콜릿 여행에는 함께할 친구가 없었다. 마테오와 프란체스카는 중국 상하이에서 교환학생으로 공부 중이었다. 사정이 그런지라 조용히 다녀오려고 했는데 두 사람 덕분에 친해진 다른 친구들이 내가 이탈리아에 간다는 소식을 그들에게 알렸다. 역시 의리 없이는 못 사는 그 친구들은 자기가 없어도 꼭 자기 집에서 머물라고 수없이 메시지를 보냈다. 아무리 뻔뻔해도 친구도 없는 집에서 다른 가족에게 신세를 질 수는 없는 노릇이었다. 물론 그들의 가족을 보고 싶은 마음은 굴뚝 같았지만 다음으로 미루기로 했다. 축제가 끝나고 돌아오는 길에 만나도 될 것 같았기 때문이다. 그런데 공항에 내리자 왠지 모를 외로움이 나를 둘러쌌다. 이탈리아 공항에 내리면 늘 친구들이 장미꽃을 들고 나타나 타지에서 온 나를 반겨 주었는데 이번에는 아무도 없었다. 쓸쓸한 감정에 휘말리고 싶지 않아 얼른 공항을 빠져나와 밀라노 시내로 가는 기차에 올랐다. 밀라노 중앙역으로 가서 초콜릿 페스티벌이 열리는 페루자Perugia로 가는 기차를 탈 예정이었다. 이미 아홉 시간의 비행으로 지친 상태였지만 다시 다섯 시간의 기차 여행이 나를 기다리고 있었다.

창구 앞에는 표를 사려는 사람들이 길게 줄을 서 있었다. 비행기에서 한숨도 못 잔 나는 선 채로 꾸벅꾸벅 졸았다. 서서 조는 게 얼마나 위험한지 그때 알았다. 내가 몇 번이나 중심을 잃고 쓰러질 뻔하자 뒤에 있던 사람이 낮술을 마신 줄 알고 매섭게 쳐다보았다. 머쓱한 기분에 뒤통수가 따가웠다.

드디어 창구 앞에 섰는데 이번에는 표를 파는 안내원 아저씨가 '쯧쯧' 소리를 내며 고개를 저었다.

덜컥 겁이 나 쳐다보니 좌석은 매진 됐고 입석밖에 없단다. 편안하게 가고 싶 었지만 방법이 없었다. 그날로 페루자에 도착해야 했기 때문에 나는 눈물을 머금 고 좌석 가격과 같은 입석표를 샀다. 나는 일명 '메뚜기(주인이 오기 전까지 빈 좌석을 옮겨 다니는 것)'가 되어 자리를 노려 보려 고 기차 칸 여섯 개를 죽 훑었다. 기차 안 은 사람들로 가득 찼고 간혹 빈자리가 눈 에 띄어 기차가 출발하기를 기다리고 있

다 보면 다른 메뚜기족이 나보다 빨리 낚아챘다. 그러다가는 기차 칸만 빙빙 돌 다 도착할 것 같아 나는 일찌감치 좌석에 앉기를 포기하고 열차 문이 있는 계 단에 걸터앉았다.

기차가 덜컹거리며 속도를 내기 시작했다. 귀에 이어폰을 꽂고 머리를 벽 에 기댄 채 창밖을 멍하니 응시하는데 아까부터 자리를 찾아 두리번거리던 메 뚜기족 한 명이 내 맞은편에 앉았다. 그가 털썩거리면서 일으킨 바람이 나에게 닿아 힐끔 쳐다보자 그가 웃는 얼굴로 '미안'이라고 말했다. 이미 아홉 시간의 비행에 지쳐 있던 나는 짧게 괜찮다고 말하고 다시 음악에 빠졌다. 내가 별다른 말이 없자 그도 가방에서 이어폰을 꺼내 귀에 꽂더니 나와 반대편 창문을 뚫어 져라 응시했다.

'저 친구는 무슨 생각을 하고 있을까?'

기차는 볼로냐와 피렌체를 지나 페루자로 향하고 있었다. 밀라노에서 출

발해 나폴리까지 달리는 그 기차는 가면 갈수록 더 시골다운 풍경을 선보였다. 수많은 와인 밭과 낮은 산, 이탈리아 특유의 조그만 집, 주황색 지붕 등 모든 풍경이 마음을 간지럽게 했다. 나만 그런 건 아니겠지? 내 앞에 앉아 있는 사람도 그 풍경에 마음이 들썩였다 가라앉았다 할까? 내 오지랖이 더 이상 감당하지 못하고 입에서 불쑥 말이 튀어나왔다.

"어디까지 가세요?"

자기를 쳐다보며 입을 움직이고 있는 나에게 그가 이어폰을 빼며 물었다.

"미안해요. 뭐라고요?"

"어디까지 가냐고요."

"페루자요."

"그래요? 초콜릿 페스티벌에 가세요?"

"하하, 아뇨. 난 거기서 공부해요."

그는 이탈리아를 여행하다가 그곳이 마음에 들어 교환학생으로 다시 왔다고 했다. 주말을 맞아 피렌체로 여행을 갔다가 돌아오는 길이란다. 그 말에 장난기가 발동했다.

"혼자요? 피렌체는 혼자 여행하기엔 외로울 정도로 아름다운 곳이지 않나요?"

"맞아요! 이탈리아 자체가 혼자 여행하면 외로운 곳인 것 같아요. 이번에 더욱더 느꼈지만……."

정말로 이탈리아는 혼자 여행하기엔 외로운 나라다. 구석구석 보물처럼 숨어 있는 소도시와 대자연의 로맨틱한 풍경을 품은 이탈리아는 홀로 여행하는 이들의 마음을 툭툭 건드린다. 혼자 감탄하고 사진으로만 남기기엔 아쉬운 아름다운 풍경은 매순간 '누군가와 함께 본다면 더 없이 행복할 것'이라고 느끼게 한다. 젠장. 그의 말에 내 옆의 빈자리가 무척이나 커 보였다.

드디어 기차가 페루자 역에 정차했다. 그와 나는 각자 외로움을 끌어안고 서로 다른 방향의 페루자를 향해 걸어갔다.

동화의 도시, 페루자

　기차역을 벗어나니 초콜릿 페스티벌의 열기가 페루자를 가득 메우고 있었다. 역이라고 하기엔 너무 작은 페루자 역은 마치 먼치킨^{Munchkin}(오즈 시리즈에 나오는 난쟁이족) 마을을 연상시키듯 앙증맞았다. 곳곳에 소년·소녀가 뒷짐을 지고 귀엽게 뽀뽀하는 초콜릿 페스티벌의 상징이 걸려 있고, 역 앞에는 꽃으로 장식한 장난감 같은 초콜릿 기차가 축제가 열리는 장소로 사람들을 실어 나르기 위해 대기 중이었다. 기차만 따로 놓고 보면 좀 유치하다는 생각이 들 수도 있지만 그곳에서는 그것이 지극히 자연스러웠다.

　생각보다 따가운 햇볕이 내리쬐는 10월의 이탈리아. 작은 도시 페루자는 동화의 한 장면을 재현한듯 내 눈길을 사로잡았다. 짐을 내려놓으러 가는 길에 만난 페루자의 가을은 소문대로 무척 아름다웠다. 가을 분위기에 딱 맞게 오렌지색으로 출렁이는 나뭇잎들이 나를 맞이해 주자 피곤이 싹 가시는 듯했다. 내가 묵을 페루자의 호스텔은 산꼭대기에 있었다. 산이라고 해 봐야 높은 언덕 정도로 페루자를 한눈에 내려다볼 수 있는 높이였다.

호스텔 웹사이트에 나온 '찾아오는 길'을 따라 버스를 타고 산 주위를 뱅글뱅글 돌아 '바 올림피아Bar OLYMPIA' 앞에서 내렸는데, 바 외에는 아무것도 없는 그 조용한 시골길에서 어느 방향으로 가야 할지 도무지 감이 잡히지 않았다. '찾아오는 길'에는 친절하게 북쪽으로 걸어가라고 되어 있었지만, 그 북쪽이 대체 어느 쪽이란 말인가. 할 수 없이 올림피아로 들어가 주인 아저씨한테 호스텔 주소를 보여 주었다. 들어본 적도 없는 숙소가 왜 내 가게의 이름을 써 놨지 하는 듯한 표정으로 고개를 흔드는 아저씨에게 방향이라도 알아봐야겠다는 생각에 영어로 '북쪽'이 어디냐고 물어보았다. 그런데 아저씨의 표정이 가관이다. 그는 갑자기 생뚱맞은 소리라도 들은 것처럼 표정이 딱 굳어 버렸다.

　　그러더니 아저씨야말로 엉뚱한 질문을 했다.

　　"Un cafe?커피 먹는다고?"

　　북쪽이 어디냐고 묻는데 커피라고 알아듣는 아저씨가 더 신기해 그냥 고개를 끄덕이고 말았다. 의자에 걸터앉아 쓰디쓴 이탈리아식 에스프레소를 조금씩 홀짝이자 내 머리가 슬슬 깨어났다. 좋아, 짧은 실력이나마 이탈리아어로 대화를 시도해 보자. 이게 아저씨의 귀에 들린 내 이탈리아어 대화다.

　　"호텔."

　　"학생, 호텔."

　　"여행하고 있다. 난"

　　"여행하고 있다. 난 호텔."

　　옹알이처럼 단어들을 내뱉다가 겨우 하나의 문장을 구사했다.

　　"난 학생이다. 난 호텔을 원한다. 어디?"

　　내가 원하는 표현과는 거리가 멀었지만 나는 능력껏 호스텔에 관한 정보를 털어놓았다. 동시에 주소를 적은 종이를 보여 주자 그제야 아저씨의 얼굴이 밝아졌다. 아저씨는 갑자기 물 터지듯 빠르게 이탈리아어를 뱉어 냈지만 나는 알아듣지 못했다. 답답해하던 아저씨는 냅킨에 약도를 그려 주기 시작했다. 무슨 생각인지 그는 현재 위치를 동그라미로 그리더니 호스텔을 점으로 작게 표시해 주었다. 난 완벽한 발음으로 고맙다는 말을 하고는 짐을 짊어지고 냅킨을

팔락거리며 다시 출발했다.

처음에 호스텔을 예약할 때 나는 이탈리아의 시골 정취를 제대로 느낄 수 있을 거라는 말이 마음에 들어 그곳으로 정했다. 그 말대로 그곳은 내가 들은 바 이외에 다른 가게를 찾아보기 힘들 정도로 조용한 시골길이었다. 나는 간간히 차가 지나가는 이차선 도로를 따라 걸어갔다. 길옆에 길게 뻗은 갈대들 사이사이로 페루자 시내가 내려다보였다. 시골길은 조용했지만 주변 경치를 구경하느라 조금도 지루한 줄을 몰랐다. 그런데 아저씨가 냅킨에 그려 준 길은 걸어도 걸어도 끝이 없었다. 아, 진짜 이 길이 맞는 걸까? 문득 의심이 들어 가던 길을 멈추고 주위를 두리번거렸다. 어떻게 알았는지 자전거를 타고 힘겹게 페달을 밟으며 지나가던 두 사람이 나에게 소리쳤다.

"이 길이 맞아요. 따라 오세요."

같은 호스텔에 묵고 있는 친구들인 것 같았다. 운이 좋구나 싶어 가방을 단단히 잡고 자전거 속도를 따라잡으려고 힘껏 내달렸다.

"고마워요!"

그 후 20분을 더 걸어 호스텔에 도착했다. 아까 아저씨가 왜 자신의 가게는 동그라미로, 호스텔은 작은 점으로 표시했는지 이제야 알 것 같았다. 원근법을 표시해 준 것이리라.

길고 긴 오솔길을 걸은 끝에 만난 호스텔은 내가 가장 좋아하는 소설『오만과 편견』을 떠오르게 했다. 시골의 정취와 때때로 마음에 깃드는 우울함이 감도는 호스텔은 작고 아름다운 성 같았다. 그 건물은 이탈리아 시골의 전통 가정집을 개조한 것으로 큰 건물 주위에 작은 집들이 옹기종기 모여 있었다. 호스텔 앞에는 그곳의 경치를 감상하라고 둔 듯 테이블이 놓여 있고 그 뒤엔 벽돌로 지은 화덕이 보였다. 나는 호스텔로 들어가기 전에 한참 동안 테이블에 앉아 바람 소리 말고는 아무 소리도 들리지 않는 고요함에 젖었다. 아, 혼자 보기 아까운 그 광경이라니!

호스텔 안으로 들어서자 두 사람이 나를 반겨 주었다. 한 명은 핀란드에서 온 친구(핀란드식 이름은 발음하기가 참 어렵다.)로 페루자에 교환학생으로 왔다가 이탈리아어를 더 배우기 위해 그곳에 머물며 일한다고 했다. 무척 발랄한 그 친구는 예약 리스트를 몇 번이고 훑어봐도 내 이름이 없자 난감해하더니 호스텔 주인에게 급히 전화를 했다. 잠시 후 그녀는 더 난감한 표정으로 예약이 잘못된 것 같다며 급한 대로 다락방에서 묵을 수 있겠느냐고 물었다.

물론 더 싼 가격에 제공하겠다고 했지만 나는 잠깐 할 말을 잃었다. 그토록 힘들게 걸어왔는데 내가 묵을 방이 없다니. 하지만 이미 멋진 풍경에 녹아 버린 나는 다락방에라도 묵겠다고 대답했다. 더는 왔던 길을 걸어갈 힘이 남아 있지 않기도 했다. 그녀는 나더러 10분만 기다려 달라고 하고는 쏜살같이 다락방으로 뛰어올라갔다.

잠시 후 내가 마주한 다락방은 몇 년 동안 쓰지 않은 버려진 창고 같았다. 나는 10분 만에 그곳을 치우느라 고생한 친구의 노력이 고마워 당혹스러운 표정을 짓지 않으려고 애썼다. 내 표정을 보고 다행스러워하던 그 친구는 어딘가로 달려갔다 오더니 초콜릿 한 조각을 내밀었다. 그처럼 두꺼운 초콜릿은 난생처음이었다.

"초콜릿 페스티벌에서 사 온 건데, 먹어 봐요."

피곤에 찌든 나는 얼른 그 커다란 초콜릿을 입안에 쏙 집어넣었다. 아주 달콤했다. 다락방에서 잠을 잔들 어떠랴. 이제 그처럼 입안에서 살살 녹는 초콜릿을 실컷 맛볼 참인데.

초콜릿 나라, 초콜릿 페스티벌

침낭 속에 들어가 다락방의 천장을 바라보며 이대로 잠이 올까 하던 나는 어느새 기절하듯 잠 속으로 빠져들었다. 그냥 눈을 감았다 뜬 것 같은데 시골의 신선한 공기가 내 코끝을 간지럽혔다. 어제 페루자까지의 여정이 고달프긴 했나 보다. 내가 초콜릿 축제에 간다니까 이탈리아 친구 프란체스카가 충고했다.

"엘리, 초콜릿 페스티벌에 가기 전에는 많이 먹지 마. 가면 배를 초콜릿으로 채워야 하거든."

나는 하루 종일 뱃속을 초콜릿으로 채울 각오를 하고 따뜻한 차 한 잔만 마시고는 호스텔을 나섰다. 어제 걸었던 길이라고 자신감이 붙어 열심히 걷고 걸어 멀리서는 보이지도 않을 작은 버스 정류장에 도착했다. 차 한 대 지나가기 힘들 것 같은 좁은 길에 서 있자니, 저만치서 나처럼 키가 작은 동양 여자 한 명이 걸어왔다. 얼굴을 보니 일본 사람 같았다. 귀엽게 생긴 그 친구 또한 우연히 동양인을 만나 반가웠는지 얼굴이 금세 밝아졌다. 아야코는 일본에서 간호

사로 일했는데 직장을 그만두고 1년간 세계여행 중이라고 했다.

우리 둘 외에 아무도 타지 않은 버스는 시골 비탈길을 천천히 내려갔다. 아쉽게도 그녀는 초콜릿 축제에 가는 길이 아니었다. 야리야리하게 생긴 그 친구와의 만남은 그게 다였지만, 이후 소셜 네트워킹 페이지에서 그녀의 소식을 간간히 들을 수 있었다. 비록 잠시 스친 사이지만 그녀의 사진을 볼 때마다 나는 마음속으로 그녀를 응원한다.

시내에 도착하니 어제 본 초콜릿 기차 '코코 트레인^{CoCo Train}'이 역 앞에 서 있었다. 장난감 같은 기차 안에는 사람들로 가득했고 나는 기차를 놓칠세라 얼른 올라탔다. 대다수가 어른이었음에도 기차가 기적 소리를 내자 사람들은 환호성을 올리며 좋아했다.

영화 「찰리와 초콜릿 공장」은 초콜릿에 숨겨진 골든 티켓을 찾은 어린이들을 초콜릿 공장에 초대하면서 벌어지는 해프닝을 그리고 있다. 골든 티켓이 있어야 그 공장에 들어갈 수 있는데, 오직 다섯 명만 뽑았기에 초콜릿 공장은 더욱 신비로움을 자아냈다. 기차를 타고 초콜릿 페스티벌로 향하는 우리는 그 골든 티켓을 쥔 어린이마냥 들떠 있었다. 그곳에 가면 어디선가 초콜릿 폭포가

흐르고 아주 작은 움파룸파족이 노래를 하며 우리를 반겨 줄 것 같았다.

세상에 초콜릿을 싫어하는 사람이 있을까? 입안에서 살살 녹는 그 달콤한 발명품을 말이다. 나는 초콜릿을 한 조각 입에 물고 달콤한 맛을 느낄 때마다 할머니가 생각난다. 어린 시절에 한국 전쟁을 겪으신 할머니는 처음 맛본 초콜릿이 입을 황홀하게 하는 천국의 맛이었다고 했다. 나는 할머니를 뵐 때마다 초콜릿을 선물했고 할머니는 지난 시절의 기억 때문인지 무척 좋아하셨다.

초콜릿 축제는 페루자 시내의 중심인 다섯 개의 페루자 광장에서 열린다. 초콜릿 기차는 산 위로 꼬불꼬불 올라가더니 산꼭대기 언저리에 있는 페루자 광장에 멈춰 섰다. 도시의 중앙 광장이 그처럼 높은 곳에 있다는 것 자체가 어찌나 신기하던지.

달콤한 냄새가 코를 찔렀고 수많은 사람이 마치 사람 냄새를 맡은 좀비들처럼 초콜릿 향을 따라 걸어갔다. 드디어 세계에서 가장 큰 초콜릿 축제의 장에 들어서자 많은 사람이 초콜릿을 즐기고 있었다. 입 주위에 온통 초콜릿을 묻힌 어린아이들은 부모와 함께 축제를 즐겼고, 연인들은 달콤한 키스로 초콜릿 맛을 나눴다. 친구들은 손에 든 초콜릿을 한 조각씩 서로 나눠 먹었고 노인들은

인파 속에서도 느긋하게 이곳저곳을 자세히 관찰하고 있었다. 남녀노소가 그토록 즐거워하는 걸 보니 세상에 초콜릿을 싫어하는 사람은 없다는 게 더욱 실감이 났다.

햇살이 밝은 그날 아침, 페루자 광장에는 수십 개의 하얀 천막이 쳐져 있었다. 천막 안에는 린트, 페레로, 밀카, 네슬레 같은 유명 초콜릿 회사들의 초콜릿이 가득했고 이탈리아 여러 지역에서 직접 만든 특산 초콜릿도 수북했다. 세상의 모든 초콜릿을 갖다 놨다고 해도 과언이 아닐 정도로 초콜릿이 광장에 가득했다.

내 앞의 작은 무대에서는 초콜릿으로 할 수 있는 요리를 선보이고 있었다. 그것을 구경하고 있자니 도저히 더는 참을 수 없어 초콜릿을 맛보기로 했다. 그 축제를 즐길 때는 초콜릿을 맛보기 전에 하나의 절차를 밟아야 한다. 바로 '초코 카드'를 구입해야 한다.

5유로에 살 수 있는 초코 카드는 「찰리와 초콜릿 공장」에 나오는 골든 티켓 같은 것이라고 할 수 있다. 카드 안에는 스탬프를 찍는 공간이 있는데 지도 속에 표시된 곳을 찾아다니며 여러 초콜릿을 맛보고 도장을 찍는 것이다. 5유로에 많은 초콜릿을 맛볼 수 있으니 축제를 한층 더 즐기고 싶다면 그걸 꼭 사라고 권하고 싶다.

초코 카드를 손에 넣었으니 이제 모든 초콜릿은 내 것이다! 나는 달콤함에 푹 빠져 보기 위해 사람들 사이를 비집고 들어갔다.

Bitter Sweet

지도에 표시된 번호대로 부스를 하나씩 찾아 들어가자 초콜릿이 산더미였다. 내가 가장 좋아하는 초콜릿 '린트'는 입에 들어가자마자 살살 녹아 금방 없어졌다. 특히 그곳에서는 끈적끈적한 액체 초콜릿이 인기 만점이었는데, 모두

가 들고 마시는 걸 보고 나도 한 컵을 샀다. 화이트를 마실지, 그냥 초콜릿을 마실지 결정하는 게 왜 그리 어렵던지. 에스프레소 컵 같은 작은 컵에 담아 준 초콜릿의 따뜻한 기운이 내 몸으로 전해졌다. 입술을 살짝 갖다 대고 한 모금 마시자 핫 초콜릿보다 더 강하고 진한 맛이 혀를 감싸며 입안을 매료시켰다.

부스마다 사람들이 그 회사의 초콜릿을 맛보려고 몰려들어 무척 붐볐지만 내 열정도 결코 뒤지지 않았다. 배가 고파서 그랬는지 손에 닿는 초콜릿은 죄다 입으로 가져갔고 그곳에 있는 내내 쉴 틈 없이 입을 오물거렸다. 다크 초콜릿, 밀크 초콜릿, 쿠키 초콜릿, 땅콩 초콜릿 등 그야말로 없는 게 없었고 모든 초콜릿이 내 눈과 코를 정신없게 했다.

사람들로 북적대는 초콜릿 축제장의 이곳저곳에는 초콜릿으로 무장한 예술가도 많이 있었다. 머리 전체를 초콜릿으로 발라 장식한 예술가와 초콜릿 조각상도 눈에 들어왔다. 해마다 축제 테마가 바뀌기 때문에 그해에만 볼 수 있는 특별한 초콜릿 조각도 있다. 2006년에는 톱을 이용해 초콜릿을 벽돌 크기로 잘라 집을 짓는 '초콜릿 이글루' 제작 과정을 볼 수 있었다고 한다. 3,600킬로그램이나 되는 초콜릿으로 지은 이글루는 축제 내내 사람들의 눈길을 사로잡다가 축제 마지막 날 사람들에게 기념품으로 나눠 주었다. 2003년에는 세상에서 가장 큰 초콜릿 바를 만들기도 했단다.

초콜릿 페스티벌에서는 초콜릿 스파는 물론 광장 곳곳에서 진행되는 다양한 게임을 즐길 수 있다.

가령 퀴즈 대회에 참가해 답을 맞히면(퀴즈의 답은 대부분 초콜릿 회사 이름이다.) 선물을 주었다. 다트 판에 화살을 던져 맞히면 기념품을 주거나 초콜릿을 맛보게 해 주었다.

이벤트에 참여하려면 좀 오래 기다려야 하지만 기념품을 받고 '초코 카드'에 나오는 부스 이외의 초콜릿을 맛보고 싶다면 인내하는 것도 괜찮다. 물론 어린이들에게 즐거움을 선사하는 이벤트도 풍성하다. 심지어 강아지를 위한 초콜릿 부스도 있다. 사람이든 동물이든 그곳에 가면 누구나 꼭 초콜릿을 맛볼 수 있다.

초콜릿에는 기분을 돋우는 성분이 들어 있다고 한다. 대학교 2학년 때 1년 간 시애틀에서 어학 연수를 할 때였다. 기숙사 아파트에서 나, 일본 여학생 둘, 프랑스 남학생 하나, 이렇게 넷이서 룸메이트가 되어 1년을 함께 보냈다. 프랑스 친구는 여자 셋과 편하게 지내려면 여성의 감성적인 리듬을 잘 파악해야 한다고 생각한 똑똑한 남자였다. 그는 로맨틱한 프랑스 남자답게 여자 셋 중 누군가의 기분이 좋아 보이지 않으면 초콜릿을 주며 말했다.

"It's a magic portion! **마법의 약이야**"

믿거나 말거나 그 마법의 약을 먹으면 누구든 언제 그랬냐는 듯 기분이 풀어졌다.

초콜릿 축제 광장에서 나는 마법의 약을 과다 복용해 기분이 좋다 못해 날아갈 지경이었다. 물론 온갖 종류의 초콜릿을 먹으면서 초콜릿에 다양한 맛이 있다는 깨달음도 얻었다. 초콜릿은 당연히 카카오의 비율에 따라 맛이 달라지지만, 그 경지를 넘어 입으로 느끼는 부드러움의 정도와 색상에 따라 맛이 다르다는 걸 알게 된 것이다.

서로 다른 종류의 초콜릿을 서른 개쯤 먹었을 즈음, 입이 단맛에 취하다 못해 마비된 나머지 김치 한 조각을 쭉 찢어서 먹고 싶은 마음이 간절했다. 과다 복용한 당분에 취한 나는 비둘기가 잔뜩 앉아 있는 분수대에 잠시 걸터앉았다. 광장에서 조금 높은 곳에 위치한 분수대에 앉으니 예쁜 유럽식 건물들 사이로 펼쳐진 초콜릿 축제장의 모습이 한눈에 들어왔다. 그 숱한 사람들 중에서도 유난히 연인들이 눈에 띄었다.

초콜릿보다 더 달콤한 키스를 나누는 연인들은 초콜릿 축제의 로고처럼 코를 맞대고 눈을 마주보며 사랑을 속삭였다. 그 모습이 어찌나 사랑스럽던지. 축제장 곳곳에는 초콜릿처럼 달콤한 사랑이 여기저기에 묻어 있었다. 그곳은 다른 축제장과 달리 사람들이 몰리는 곳에서 흔히 벌어지는 작은 시비조차 일어나지 않았다.

갑자기 외로움이 밀려와 걷기 시작했다. 가는 곳마다 사람들은 나를 향해 사랑으로 가득한 미소를 보내 주었지만, 난 텅 빈 미소를 돌려주었다. 달콤한

미소들이 버거워 발만 보고 걷다가 고개를 드니, 눈앞에 내 마음만큼이나 외로워 보이는 한 사람이 서 있었다. 온몸을 황토색 물감으로 칠한 거리의 예술가였다. 멀리서 한참 동안 보고 있어도 그는 눈 한 번 깜박이지 않았다.

사람들 사이를 비집고 예술가에게 다가가자 그는 기다렸다는 듯 내가 서 있는 쪽으로 몸을 천천히 움직이더니 다시 정지했다. 난 주머니에서 1유로짜리 동전을 꺼내 그가 들고 있는 흙색 물감이 가득한 깡통에 넣었다. 그는 다시 천천히 움직여 메고 있던 황토색 가방에서 사탕을 하나 꺼내 나에게 건네주었다. 그러더니 자신의 손에 '쪽' 뽀뽀를 하고는 나에게 '후~' 하고 불어 주었다. 달콤한 공기를 타고 날아온 그의 키스는 내 외로움에 온기를 불어넣어 주었다.

그 온기에 마음이 조금 풀린 나는 아까 샀던 초콜릿을 한 조각 꺼내 입에 넣었다. 초콜릿의 맛은 달콤함이 다가 아니다. 그것은 달콤하다가도 씁쓸한 '비터 스윗Bitter Sweet' 맛이다.

어찌 보면 초콜릿의 맛은 사랑과 닮은 것 같기도 하다. 초콜릿 맛처럼 사랑에는 달콤함과 함께 쓴맛도 있다. 쓴맛을 보고 나면 그 맛이 싫어 다시는 맛보지 않으리라고 다짐하지만, 달콤함을 잊지 못해 다시 사랑을 시작하고 결국 그 뒤에 숨은 쓴맛을 또 맛보고 만다. 그렇다고 사랑이 언제나 쓴맛으로만 끝나는 것은 아니다. 우리가 영원한 달콤함을 찾아 헤매는 것은 그래서일까.

축제가 열리는 광장의 끝으로 가니 커다란 마켓이 있었다. 그곳에는 출출함을 달래 줄 음식 판매 텐트가 늘어서 있었고, 페루자의 아름다운 가을을 한눈에 내려다보며 감상할 만한 공간도 있었다. 나는 친구들과 마테오네 가족에게 줄 초콜릿을 샀다. 페루자에서만 살 수 있다는 축제 로고가 박힌 초콜릿과 초콜릿 파스타면(이탈리아는 거의 모든 것으로 파스타면을 만든다.) 그리고 예쁜 호리병에 담긴 술이 섞인 초콜릿을 골랐다. 알코올 기운이 사람의 체온을 올려 준다고 해서 이탈리아인은 겨울에 술 초콜릿을 핫 초콜릿으로 만들어 마신다고 한다. 친절한 점원은 시식용으로 술 초콜릿을 한 잔 따라줬다. 단 한 잔이었는데도 살살 녹는 맛에 귀가 빨개질 정도로 취기가 돌았다.

나는 초콜릿 향과 적절한 알코올 기운에 휩싸여 저물어 가는 저녁 햇살을 즐기며 기분 좋게 호스텔로 돌아왔다. 하지만 창고 같은 다락방으로 곧장 들어가고 싶지 않아 호스텔 거실에 있는 소파에 잠시 걸터앉았다. 어제 호스텔에서 만난 미국인 친구 멜라니가 소파에 앉아 컴퓨터를 들여다보고 있었다.

"엘리, 초콜릿 축제는 어땠어?"

"지금 내 몸속에 피 대신 초콜릿이 흐른다고 해도 과언이 아니야."

"아하하, 상상이 가. 나도 그랬어."

"세상에 있는 초콜릿은 죄다 먹은 것 같아. 그리고 수많은 연인들이 부러워 죽는 줄 알았어."

"그래. 거긴 그들의 천국이지."

"그런 연인들을 보면 왜 지나간 사랑이 생각나는 걸까?"

예전에 친구와 '사람은 언제나 추억을 즐긴다.'는 이야기를 나눈 적이 있다. 영화 혹은 드라마를 보거나 풋풋한 연인들을 보면 사람들은 지금의 사랑보다 옛사랑을 떠올린다는 것이다. 우리 둘도 마찬가지였다. 사람은 그저 추억에 잠기는 걸 즐기는 걸까?

멜라니가 툭 던지듯 말했다.

"난 옛사랑에 대한 기대가 없어. 지난날 사랑했던 사람을 몇 년이 지난 뒤 우연히 만난 적이 있어. 몇 년 동안 매일 그리워한 사람인데 영화처럼 길에서 느닷없이 만난 거야. 그때 우린 운명인 모양이라고 생각했지. 그래서 다시 만났는데 결국 더 안 좋게 끝나 버렸어. 내겐 옛사랑의 추억이 그다지 좋지 않아. 넌 행복한 거야. 길에서 그 사람을 다시 만나지 않는다면 말이야."

멜라니의 말에 나는 알코올과 함께 적당히 어울리고 있던 아름다운 기억에서 빠져나왔다. 그래, 더 이상 아름다운 사랑을 믿지 않는 것보다 추억할 사랑을 잃는 것이 더 안타까운 일이지. 그러나 나는 그녀의 말에 용기를 내 반박하고 싶었다. 좋은 결말을 맺지 못해 안타깝지만 그것 때문에 아름다운 추억까지 나쁘게 기억할 이유는 없다고 말이다.

"안 좋게 끝났다니 유감이다. 그런데 난 가끔 예전으로 돌아가고 싶다는 생각이 들어. 타임머신이 있다면 풋풋했던 그때로 돌아가 그냥 내 모습을 보고 싶어. 무엇 때문에 그 사랑이 틀어졌는지도 볼 수 있지 않을까? 그럼 지나고 난 뒤에 후회하는 일은 없을 거야."

"엘리, 내 말을 믿어. 모든 것을 알려고 하지 말고 그냥 모르는 대로 두는 게 좋아. 후회도 추억의 한 부분이야. 추억이 아름답다면 그냥 그렇게 남겨 두는 것이 좋아. 다시 들춰 냈을 때 보이는 건 실망밖에 없거든."

멜라니의 말이 맞는 걸까? 멜라니와 첫사랑을 다시 만난 내 친구는 둘 다 같은 메시지를 전하고 있지 않은가. 추억은 추억이기에 아름다운 걸까?

아침에 일어나니 어제 먹은 초콜릿으로 온몸이 퉁퉁 부은 것 같았다. 그래도 일어나자마자 단것이 당겼다. 어제 사 온 초콜릿을 입안에 넣자 녹아 흐르는 단맛이 카페인만큼이나 강렬한 에너지를 안겨 주었다. 나는 벌떡 일어나 부엌에서 진한 에스프레소 한 잔을 뽑았다. 초콜릿을 먹고 난 뒤에 마시는 에스프레소는 여느 때보다 씁쓰레했다.

작은 가방에 카메라를 넣고 간단하게 짐을 꾸렸다. 아침 일찍 기차를 타고 추억이 묻어 있는 곳을 오랜만에 찾아갈 생각이었다. 일단 짐을 챙겨 놓고 호스텔 직원에게 내가 만약 그날 안으로 돌아오지 못하면, 짐을 좀 봐 달라고 부탁했다. 나는 미리 알아본 기차 시간에 맞춰 역으로 달려갔다. 멜라니의 말이 틀렸다고 반박할 마음속의 강력한 증거가 필요했다.

오 랜 만 이 야 , 내 추 억

기차로 두 시간 반이 걸리는 거리라 잠깐 잠이 들 법도 한데 좀처럼 잠이 오지 않았다. 설렘과 두려움이 양쪽에서 마음을 팽팽하게 잡아당겼기 때문이리라. 나는 무척 그리워하면서도 다시는 가고 싶지 않던 곳을 향해 달려가고 있었다. 이어폰에서 흘러나오는 음악조차 들리지 않던 길고 긴 두 시간 반이 지나고 기차가 역에 멈춰 섰다.

기차에서 내린 나는 몸이 기억하고 있는 익숙한 길로 접어들었다. 아, 심장이 터질 것 같았다. 다섯 개의 섬이 지중해를 앞에 두고 모여 있는 친퀘테레 Cinque Terre. 그 아름다운 섬 가운데 리오 마조레Riomaggiore에 내리자 소박한 어촌 마을은 예전과 다름없이 조용했다. 점심 시간이라 사람들은 동네 피자 가게에

서 느긋하게 피자와 와인을 먹고 있었고 햇볕이 따사롭게 그들을 감싸고 있었다. 변하지 않은 풍경이 오히려 내 마음을 두드렸다.

그곳 사람들은 리오마조레에서 옆 마을 코닐리오까지 가는 길을 '사랑의 길^{Via Del l'Amore}'이라고 부른다. 바다를 따라 옆 마을로 난 길에는 수많은 연인이 절벽 곳곳에 자신의 이름을 남겼고, 사랑의 맹세를 담은 자물쇠를 매달아 놓기도 했다. 각 나라의 언어로 이름과 날짜, 글이 절벽 가득히 채워져 있어 더는 쓸 자리조차 없어 보였다. 오래되어 잉크마저 희미해진 이름들이 눈에 들어왔다. 저 사람들은 아직도 그때의 마음으로 사랑하고 있을까?

저기 어딘가에 내 이름도 있을 것이다. 어디에 남겼는지 기억나지 않지만 절벽에 새긴 내 이름은 시간이 흘렀어도 그때의 추억을 담은 채 그대로 있을 터다. 사랑의 길을 걷다가 작은 카페 앞에 도착했다. 조금도 변하지 않은 카페를 보니 반가움이 앞섰다. 바다가 마주보이는 테이블에 앉아 햇볕에 반사되어 반짝반짝 빛나는 바다를 보며 와인 한 잔을 주문했다. 슬픔도 기쁨도 녹아 버려 무언가가 빠져 버린 듯 공허한 마음속으로 허전함이 밀려왔다.

그곳까지 간 김에 더 용기를 내 그곳에 담아 둔 추억들을 따라가 보기로 했다. 길을 따라 옆 마을 '마나롤라'로 간 나는 기억을 더듬어 와 본 적 있는 것 같은 레스토랑에서 예전에 먹었던 음식을 먹고, 엽서를 사서 친구들에게 보냈다. 추억이 기억 속에서 희미해지면 그곳도 똑같이 희미해질 줄 알았는데 여전히 생생하게 존재하는 걸 보니 마음이 아렸다.

이별 노래에 흔히 나오는 '모든 것은 그대로인데 나만 달라졌다.'는 가사, 유치하게만 들렸던 그 말이 내 감정과 딱 맞아떨어질 줄이야. 그곳에서 나는 시간이 갈수록 초라해졌고 자존심이 무너져 내렸다. 아름다운 추억이 서린 곳인데 왜 내겐 슬픔이 감도는 것일까? 어쩌면 멜라니의 말이 맞을지도 모르겠다. 추억이 담긴 그곳에서 나는 혼자가 아니었고 누군가를 향해 한없이 웃고 있었다. 분명 내게 행복한 곳이었는데, 이제 앞으로 떠올릴 그곳은 추억을 뒤쫓는 쓸쓸한 모습일 것이다. 멜라니의 말대로 행복했던 장소로 남겨 둬야 했을까. 그곳이 초라함으로 더 물들기 전에 벗어나야겠다는 생각이 들었다. 나는 서둘러

리오마조레로 가는 사랑의 길을 따라 걸어갔다.

햇빛에 반짝이던 바다는 어느새 저물어 가는 노을 속에서 붉게 타오르고 있었다. 이토록 예쁜 노을을 그간 잊고 있었구나. 수평선을 잔잔하게 물들이는 노을을 보고 있노라니 눈가가 촉촉해졌다. 나는 카페에서 산 자물쇠를 꺼내 난간에 걸었다. 그리고 사랑의 맹세가 아닌 나만의 추억이 오랫동안 아름답게 남기를 바라며 자물쇠를 채우고 저무는 해를 향해 열쇠를 힘껏 내던졌다.

기 차 역 아 저 씨

작은 역에서 기차를 기다리는 사람은 두세 명이 전부였다. 저녁이 되면서 기온이 싸늘해지자 조금씩 입김이 나오기 시작했다. 따듯한 초콜릿 한잔이 그리워지려는 찰나 갑자기 안내방송이 흘러나왔다. 초급 이탈리아 실력으로 얼렁뚱땅 해석해 보건대 조금 늦는다는 소리 같은데, 도대체 무슨 말인지 알 수가 없었다. 그때 저만치서 뚱뚱한 역장 아저씨가 걸어왔다.

"보나 세라Buona sera_**좋은 저녁**"

"보나 세라, **&^&%%&^&%$$$%."

인사를 받은 역장 아저씨는 이탈리아어로 계속 말했다. 이탈리아어도 모르는 게 이탈리아어로 먼저 인사를 한 게 실수였다. 나는 재빨리 영어로 이탈리아어를 모른다고 말했다. 아저씨는 아쉬워하더니 천천히 자신은 영어를 모른다고 말했다. 소통할 수 있는 공용어가 없어 대화가 불가능하다고 생각한 순간, 아저씨는 지구촌의 모든 이가 공유하는 보디랭기지를 구사하기 시작했다. 말은 알아들을 수 없는 이탈리아어였지만, 몸은 내게 모든 정보를 주었다. 아저씨의 보디랭기지는 대충 이러했다.

"기차가 늦잠을 자서, 오다가 밥도 먹고 술도 마셔서 늦게 올 것이다. 45분 연착이다."

아저씨는 45분 연착이란 말 한마디를 위해 이런저런 이야기까지 만들어서 온몸을 사용해 설명해 주었다. 나도 보디랭기지로 답했다.

"알아들었어요. 그럼 기차가 취해서 오겠네요."

아저씨의 보디랭기지가 창피해지지 않도록 나도 몸을 비틀댔다. 아저씨도 알아듣고는 따라 웃었다.

기차가 오는 쪽을 바라보니 늦잠을 잔 기차는 올 기미조차 보이지 않았고, 조용한 역에서 올려다본 하늘에는 별들이 수를 놓기 시작했다. 우울한 표정으로 가만히 별을 바라보는데 아저씨가 다시 이탈리아어로 나에게 말을 걸었다. 가끔 알아듣는 말이 있으면 나는 되지도 않는 이탈리아어를 최대한 구사하며 그럭저럭 대화를 나눴다.

아저씨는 러시아에서 왔고 이탈리아에서 산 지 20년이 됐다고 했다. 원래는 요리사였는데 자신이 자꾸 뚱뚱해져서 요리 일을 그만두고 그곳으로 와 기차역에서 일하는 중이란다. 부인과 두 아이가 있는데 하나는 아들 또 하나는 딸이라면서 휴대 전화 화면에 있는 사진을 보여 주었다. 아저씨의 밝은 미소에 내 입가에도 저절로 미소가 감돌았다. 그제야 아저씨는 한숨을 내쉬면서 말을 멈췄다. 아저씨는 내 얼굴에 가득 드리운 짙은 그늘을 보고 일부러 우스꽝스러운 보디랭기지까지 하면서 내 곁에 있어 준 것 같았다. 그 마음이 고마워 나는 휴대 전화의 아이들을 가리키며 예쁘다고 말했다.

다시 안내 방송이 나왔다. 기차가 플랫폼으로 다가오고 있다는 말인 것 같았다. 멀리서 다가오는 기차의 라이트가 번쩍거렸다. 시끄러운 기차 소리에 나는 아저씨와 눈인사를 하고 소리쳤다.

"고마워요. 안녕히 계세요."

아저씨는 또박또박 큰 소리로 힘들어하지 말라고, 내 눈이 참 예쁘다고 말했다. 그 말을 듣는 순간 내가 느낀 초라함과 외로움이 모두 가시는 것 같았다. 내 기분을 위해 그냥 해 준 말이어도 상관없었다. 그건 마음이 바닥에 주저앉아

한없이 쪼그라든 나에게 더없이 필요한 말이었다. 기차 문이 닫히기 전에 나는 난간에 한 팔로 매달려 고개를 뺐다. 영화의 한 장면처럼.

"아저씨, 정말 고마워요!"

사랑이 가득한 곳, 초콜릿 페스티벌

자정 무렵 페루자에 도착한 나는 어둠을 뚫고 호스텔의 다락방으로 올라가 침낭 속으로 파고들었다. 다음 날 눈을 뜨며 가장 먼저 한 생각은 초콜릿 페스티벌에 가서 하루 종일 온갖 초콜릿을 먹으며 지친 마음을 달래자는 거였다. 축제가 열리는 광장으로 가기 전에 호스텔에서 멜라니를 찾았다. 어제의 내 여정을 말해 주고 싶었기 때문이다. 호스텔 직원에게 묻자 그녀는 아침에 피렌체로 떠났다고 했다. 그녀를 다시 볼 수 있을지 모르겠지만 만약 다시 만난다면 말해 주고 싶다.

"어쩌면 네 말이 맞을지도 몰라. 추억은 추억으로 남겨 둬야 아름다운 거라는 것 말이야."

가을의 따뜻한 햇살을 받으며 나는 다시 사람들로 북적이는 초콜릿 축제장으로 갔다. 축제의 마지막 날이라 그런지 사람들이 더 많은 것 같았다. 첫날 모든 초콜릿을 맛본 나는 초코 카드를 사지 않고 내가 맛있게 먹었던 초콜릿 가게로 직행했다. 세 가지 초콜릿을 고르자 가게 주인은 내가 원하는 만큼의 크기로 잘라 하얀 봉투에 담아 주었다. 초콜릿이 가득해 묵직한 봉투와 상큼한 레모네이드 한 잔을 들고 축제를 한눈에 감상할 수 있는 분수대로 향했다. 맑은 하늘 아래, 초콜릿과 시원한 레모네이드를 먹으며 축제를 감상하니 최고의 휴식이 따로 없었다. 엊그제처럼 수많은 연인이 사랑을 속삭이고 있었다. 하지만 이틀 전에 그들을 바라보며 느꼈던 외로움은 온데간데없고 내 입가엔 흐뭇한 미소가 감돌았다. 나 혼자만의 추억 여행이 내 마음에 거대한 방패를 선물한 것 같았다.

내가 앉은 분수대 옆으로 노부부가 천천히 걸어와 앉았다. 자리를 조금 옆으로 당기면 부부가 같이 앉을 수 있을 것 같아 엉덩이를 움직이자 할머니가 고개를 끄덕이며 웃었다. 할머니의 얼굴은 금세 사랑스러운 주름으로 가득 찼다. 이탈리아어가 아닌 영어를 쓰는 두 분의 이야기가 들려왔다. 일부러 엿들은 것은 아니지만 알아들을 수 있으니 자꾸 듣게 되었다. 할머니가 초콜릿 포장을 뜯으려고 하는데 잘 뜯기지 않았나 보다.

"달링, 나 손가락이 너무 아파요. 왜 그런지 모르겠는데, 손가락이 어제부터 너무 아파요."

어린아이 같은 할머니의 말에 할아버지가 할머니의 손을 잡으며 말했다.

"어디 봐요. 오, 정말 아파 보이네. 잠깐만요."

그러더니 할아버지가 할머니의 손을 자기 입에 갖다 대고는 쪽 하고 뽀뽀를 했다.

"이제 좀 어때요?"

"좀 괜찮아진 것 같아요. 고마워요."

이런 대화는 영화에만 나오는 줄 알았다. 글로 담으니 좀 닭살이 돋으려고 하지만 가식과 꾸밈이 없는 그들의 예쁜 대화에 나도 모르게 고개를 들어 그들을 바라보았다. 머리가 허옇게 센 노부부는 그곳의 여느 연인들만큼이나 풋풋한 사랑을 하고 있었다. 여생 동안 되돌아볼 예쁜 사랑을 마음에 담고 있었던 것이다.

내가 딸기가 송송 박힌 초콜릿을 봉투에서 꺼내자 할머니가 말했다.

"아이고, 예뻐라. 먹기도 아깝겠네."

"네, 정말 예쁘죠? 맛도 좋아요. 좀 드릴까요?"

"하하, 마음은 고맙지만 사양할게요. 우린 오늘 초콜릿을 너무 많이 먹었어요."

나는 겉으로 표현하지 않으려다 다시 입을 열었다.

"두 분 무척 예쁘세요."

내 말에 할머니는 아이처럼 까르르 웃었다.

이탈리아
유로 초콜릿
페스티벌

"달링, 우리가 예쁘대요. 재밌죠? 우리같이 늙어빠진 커플이 예쁘다니, 재미있는 아가씨네."

"그냥 하는 말이 아니에요. 정말 예쁘세요."

"하하하, 고마워요. 우린 올해로 결혼한 지 55년 됐어요. 참 오래 살았죠."

그러면서 할머니는 나에게 딱 붙어서 소곤거렸다.

"남자들한테는 그저 아가씨 마음속에 있는 것을 다 표현해야 해요. 그게 여자가 행복하게 오래오래 사는 방법이에요. 마음에 담아 두면 안 돼요. 무조건 표현해요. 명심해요, 아가씨."

할머니는 예쁘다는 내 말에 두 분이 55년 동안 행복하게 살아온 비결을 몰래 전수해 주었다. 어쩌면 그것은 삶의 비밀 레시피인지도 모른다. 아, 나도 추억 속이 아닌 그곳의 수많은 연인처럼 현재진행형으로 예쁜 추억을 쌓고 싶었다. 나는 결심했다. 지난 것은 마음에 묻어 두고 새롭게 멋진 기억의 탑을 쌓기로. 입안의 초콜릿이 무척 달콤했다. 세상에서 가장 달콤한 초콜릿이 사랑과 닮은 건 아마 사랑이 세상에서 가장 달콤하기 때문일 것이다.

공식 웹사이트
http://www.eurochocolate.com

일정
매년 10월 말, 이탈리아 페루자에서 9일 동안 열린다. 2014년은 10월 17일부터 26일까지.

입장료, 티켓
입장료는 무료. 초코 카드(6유로) 구입 시 기념품(액자나 휴대 전화 케이스 등)을 받을 수 있고 약 14개 회사의 초콜릿을 무료로 맛볼 수 있다. 그밖에 여러 가지 할인까지 받을 수 있으니, 초콜릿 축제를 즐기고 싶다면 적극 추천함. 다양한 혜택은 **http://www.eurochocolate.com/perugia2013/chococard** 참조.

가는 방법
밀라노에서 갈 경우 페루자로 곧장 가는 기차는 없고 피렌체에서 갈아타야 한다. 로마에서 페루자로 가는 기차를 이용할 수도 있다.
- **페루자 역에서 축제장까지 운행하는 코코 트레인:** 왕복 4유로
- **시내버스:** 왕복 3유로

주요 볼거리
초콜릿 축제의 백미는 초콜릿으로 만든 이글루다.
아티스트의 길거리 초콜릿 조각, 초콜릿 범벅을 한 아티스트(잘 찾아보면 축제장 길거리에서 만날 수 있다.)

숙소
조용하고 평온한 페루자 언덕에 위치한 아름다운 호스텔 'Perugia Farmhouse Backpackers'는 www.hostelworld.com에서 예약할 수 있다.

근교 여행지
- **아시시** Assisi(페루자에서 기차로 20분): 성 프란체스코 성당 안에 프란체스코 시신이 실제로 안치되어 있어 유명하다.

- **피렌체** ^{Firenze}(페루자에서 기차로 3시간): 이탈리아의 아름답고 로맨틱한 도시로 유명하다.
- **친퀘테레** ^{Cinque Terre} (페루자에서 기차로 5시간): 다섯 개의 섬으로 되어 있고 '사랑의 길'로 유명한 곳 이다. 굉장히 아름답고 로맨틱해 혼자 가면 외로울 수 있다.

브 라 질
리우 카니발
Rio Carnival

세상에서 가장 인간적인 축제

욕심이 적으면 적을수록
인생이 행복하다.

톨스토이

　　나에게 '아, 행복해'라는 느낌은 주로 하고 싶은 것을 할 때 찾아온다. 물론 그것은 감정적이고 절대적인 내 기준일 뿐, 물질의 양과 그에 대한 타인의 평가에서 행복을 느끼는 사람도 많다. 그들은 스스로 행복한 것보다 타인의 눈에 행복해 보이는 것을 더 가치 있게 여긴다. 때론 누군가의 불행과 불평이 다른 사람에게는 복에 겨운 소리로 들리기도 한다. 이처럼 행복의 기준은 고무줄처럼 들쭉날쭉하니 세간의 입방아에 휘둘리다 좌절하지 말지어다.

　　내가 진정 행복하다고 느끼는 순간은 참 소박하다. 여행할 때, 무대 위에서 뜨거운 박수를 받으며 관객에게 인사할 때, 하루 종일 걷느라 지친 몸을 달래며 맥주 한잔할 때, 잘했든 못했든 최선을 다한 일에 박수를 받을 때 나는 온몸으로 행복을 느낀다. 내 행복은 완벽할 때가 아니라 내가 만족할 때 찾아온다.

　　사람들은 흔히 큰 것을 좇느라 작은 것을 놓친다. 인간이란 존재는 희한하게도 손에 쥐고 있을 때는 모르다가 놓치고 나서야 그때가 얼마나 행복한 순간이었는지 깨닫는다. 아쉽지만 놓친 것은 다시 오지 않는다. 영화 「아메리칸 뷰티」에서 주인공 케빈 스페이시는 평범한 가정의 가장으로 살아가며 자기 삶이 무료하고 행복하지 않다고 생각한다. 가장으로서 존경도, 사랑도 받지 못한다고 여긴 그는 엉뚱한 일탈을 꿈꾼다. 결국 일탈을 감행한 그는 비로소 자신이 놓친 지난 행복을 깨닫지만 안타깝게도 비극적으로 죽고 만다. 눈을 감기 전, 그는 가족과의 추억이 담긴 순간들을 회상하며 마지막 미소를 짓는다.

　　난 지금 행복한가? 난 지금의 행복을 마음껏 누리고 있는가? 혹시 얼마나 많은 작은 행복이 그냥 지나가고 있는지도 모르는 채 불평만 하고 있는 것은 아닌가? 행복은 갖고 싶은 뭔가를 손에 넣어야 혹은 특별한 존재가 되어야 느낄 수 있는 게 아니다. 오히려 행복은 따뜻한 밥 한 그릇이 주는 든든함처럼 소소한 일상에서 나온다. 이게 '말도 안 된다.'고 생각한다면 당신은 완벽을 행복으로 착각하고 있는 게 분명하다.

브라질을 여행하고 온 사람들은 하나같이 말한다.

"브라질 사람들은 참 행복하게 살더라."

낙천적인 성향 덕에 브라질 사람들의 행복지수는 세계 3위 안에 들 정도로 높다. 과거나 미래보다 현재의 행복을 중요하게 여기는 그들은 축구가 있는 날이면 경기를 관람하느라 아예 가게 문까지 닫고, 카니발 기간에는 도시의 모든 기능이 마비될 정도로 축제를 즐긴다. 나는 직업의 귀천을 따지지 않고 현재에 만족할 줄 안다는 그들의 삶이 몹시 궁금했다. 어쨌거나 리우데자네이루 Rio de Janeiro에서 열리는 리우 카니발은 누구나 한번쯤 가 보고 싶어 하는 세계적인 축제가 아닐까? 알다시피 이곳 여자들은 카니발에서 건강한 구릿빛 엉덩이가 다 드러나는 T-팬티를 입고 온몸을 흔들어 댄다. 화려하고 큰 깃털을 머리에 단 채 반짝이는 장신구가 달린 비키니를 입고 흥겹게 춤을 추는 모습은 전 세계인에게 이미 익숙하다. 하지만 그게 전부는 아닐 터. 브라질은 내게 미지의 땅이었다.

지구본에 표시된 한국에서 긴 막대기를 꽂으면 반대편으로 막대기가 툭 튀어나오는 위치가 바로 브라질이다. 한국에서 비행기로만 24시간 이상 걸리는 남미 땅에 가겠다고 하자 부모님은 평소와 달리 걱정이 아닌 위협을 늘어놓았다.

"브라질 사람들은 동양인을 싫어해서 보기만 하면 칼을 들이댄대."

"브라질 사람들이 축구 응원하는 거 봤지? 흥분해서 마구 경기장에 뛰어드는 거 말이야. 네가 생각하는 것 이상으로 무서운 사람들이야. 다시 한 번 생각해 봐."

어디서 주워들었는지 친구들도 한마디씩 거들었다.

"지혜야, 브라질은 좀 아닌 것 같다. 브라질에서는 신호등에 걸려 정지하기만 해도 총에 맞는대."

　　"혹시 파벨라^{Favella}(갱단이 지배하는 브라질의 빈민촌)라고 들어봤어? 굉장히
무서운 지역이야. 브라질 경찰도 그곳엔 들어가길 꺼린대. 거기에서는 매일같

이 총격전이 벌어진다는데."

주변에서 하도 부정적인 얘기들을 쏟아 내니 나도 슬슬 걱정이 되었다. 물론 남미는 다른 곳보다 더 주의할 필요가 있을지도 모른다. 그래도 이제 막 발동이 걸린 내 흥분과 기대를 그대로 잠재울 수는 없었다. 가야 할까, 말아야 할까. 가지 않으면 내 마음속에 브라질은 무시무시한 나라로 남을 것이고, 가면 적어도 그 말이 맞는지 내 눈으로 확인할 수 있을 터다. 고민을 하느라 잠이 오지 않던 참에 나는 컴퓨터를 열고 뉴욕에서 만난 브라질 친구 줄리아에게 메일을 보냈다.

줄리아.
나 엘리야. 잘 지내지? 다음 주에 브라질에 가려고 해. 리우 축제를 보러 말이야.
마음이 들뜨긴 하지만 처음 가 보는 곳이라 좀 걱정이 돼. 내가 알아야 할 주의사
항 같은 게 있을까?

채 10분도 지나지 않아 그녀가 답장을 보내 왔다.

우하하하하, 엘리. 넌 지금 뉴욕에 살고 있잖아. 난 세계 어디를 가든 뉴욕보다 더
위험한 곳은 없다고 생각하는데? 걱정하면서 메일을 썼을 네 표정이 상상이 가지
만 걱정하지 않아도 돼. 세계 어디를 가든 주의사항은 다 같잖아. 그것뿐이야. 많
이 걱정된다면 밤에 혼자 돌아다니지는 마.
즐겁게 지내다 와. 엘리, 분명 네 맘에 쏙 들 거야.

내가 팔랑귀인가? 갑자기 마음이 푹 놓였다. 그래, 직접 겪어 보지도 않고 지레 겁먹지 말자. 줄리아의 말대로 난 언제 무시무시한 테러가 일어날지 모르는 뉴욕에 있지 않은가. 그런데 부모님은 기어코 상파울루에 있는 친구분의 오빠(일면식도 없는)에게까지 전화를 걸어 내 여행 소식을 알리고, 리우로 곧장 가려던 내 여정까지 잠깐 상파울루에 들렀다 가는 것으로 바꿔 버렸다.

브라질
리우 카니발

난 본격적인 여행 준비에 들어갔다. 뉴욕의 2월은 추웠지만 브라질은 30도를 웃도는 더운 날씨다. 계절이 완전히 다른 나라로 여행을 간다고 생각하니 더욱더 마음이 들떴다. 나는 옷장 깊숙이 처박아 둔 여름 옷을 꺼내 신나게 배낭을 채워 나갔다.

브라질의 리우 카니발

세계 최고의 축제이자 세계 3대 축제 중 하나다. 매년 2월 나흘간 열리는 카니발 축제는 사순절(금욕 기간) 바로 전에 열린다. 아프리카에서 온 노예들의 전통 타악기와 춤에서 비롯된 이 축제를 즐기기 위해 매년 전 세계에서 75만 명 정도의 관광객이 찾아온다. 카니발은 브라질 전역에서 열리지만 그중 리우와 상파울루의 카니발이 가장 유명하다. 이를 위해 리우에만 수백 개의 삼바 스쿨이 있는데 이것은 빈민가에서 처음 생겨났다고 한다.

1년 내내 카니발 축제를 준비하는 삼바 스쿨들은 리우 카니발 축제 기간에 혼신을 다해 퍼레이드를 벌이며 경연한다. 보통은 해마다 주제를 정해 음악을 만들고 퍼레이드를 준비한다. 한 그룹의 퍼레이드에 들어가는 돈이 1억 원에 가깝고 한 그룹의 댄서와 연주자를 모두 합하면 4,000~5,000명에 이른다.

카니발 축제의 절정은 삼바드로모Sambodromo 혹은 sambadrome에서 열리는데, 700미터의 긴 경기장에서 나흘간 매일 저녁 8시부터 새벽 6시까지 6만 관중을 향해 퍼레이드를 펼친다. 경연에서 높은 순위에 오른 여섯 개의 스쿨은 카니발이 끝난 주 토요일에 한 번 더 행진한다. 2013년에는 '한국'을 주제로 한 퍼레이드가 있어 한국인들의 눈길을 끌었다고 한다. 세계적으로 인기를 끌고 있는 가수 '싸이'가 카니발 축제의 열기를 더 뜨겁게 했다는 소식이다. 카니발 기간이 되면 브라질의 모든 사람이 잠시 현실을 제쳐 두고 축제에 참가한다.

JFK 공항에서 브라질 상파울루로 가는 비행기에 올랐다. 한국에서 브라질로 가려면 꼬박 하루를 비행기 안에 있어야 하지만 뉴욕에서 상파울루까지는 아홉 시간이 걸린다. 브라질은 상상 이상으로 넓은 나라다. 비행기의 위치를 나타내는 지도가 한참 전부터 브라질 상공을 날고 있다고 했지만, 도착 시간까지는 아직 반이나 남아 있었다. 어둠을 헤치고 날아간 비행기가 이제 막 해가 떠오르는 상파울루에 도착하자 습하고 축축한 느낌이 훅 다가왔다. 상파울루는 마치 울창한 숲 한가운데에 있는 도시 같았다.

새벽 5시에 공항에서 부모님 친구분의 오빠를 만나기로 했다. 그 시간에 낯선 어른을 만나는 것이 좀 불편했지만 어떤 분일지 궁금하기도 했다. 짐을 찾고 두리번거리며 대합실을 둘러보는데 저기쯤에서 백발의 70대 할아버지 한 분이 희미하게 '한지애'라고 쓴 종이를 들고 계셨다. 연세가 있으신 분이 하염없이 출구를 바라보고 서 있는 게 죄송해서 얼른 달려가 인사를 했다.

"안녕하세요? 제가 한지혜예요. 많이 기다리셨어요?"

할아버지의 표정을 보니 내 모습이 생각과 영 다른가 보다.

"아니요. 나도 지금 왔어요."

할아버지는 내 가방을 받아 들고 말없이 주차장을 향해 걸어갔다. 그 어색

함을 어떻게 깨야 할지 참 난감했다. 그냥 공통 관심사로 밀고 나가는 수밖에.

"날씨가 정말 덥네요. 뉴욕은 춥거든요."

날씨 이야기를 하니 할아버지는 나를 한번 쳐다보며 고개를 끄덕였지만 여전히 아무 말이 없었다. 나는 강아지마냥 할아버지를 졸래졸래 따라가 자동차 앞좌석에 앉았다. 상파울루의 큰 도로에는 차들이 가득했고 오토바이가 수많은 자동차 사이를 비집고 지나갔다. 상파울루의 교통 혼잡은 서울 퇴근 시간의 거의 두 배에 달한다. 차가 꼼짝하지 못하자 잠이 쏟아지기 시작했다. 기어코 눈꺼풀이 주저앉으려는 순간 할아버지가 말했다.

"상파울루는 다 좋은데 교통이 문제라오. 출근 시간이니 아마 한참 걸릴 거요. 리우에 가기 전에 무엇을 하고 싶어요?"

내가 이럭저럭 대답한 다음 대화는 또 멈춰 버렸다. 난 그냥 대화를 포기하고 어색함에 몸을 맡기기로 했다. 이윽고 집에 도착하자 감사하게도 할머니는 내가 묵을 방을 깨끗이 정돈해 놓고 반갑게 맞아 주었다. 거기에다 두 분은 내가 묵는 이틀간 상파울루의 맛있는 음식과 주요 볼거리까지 직접 경험해 보도록 배려했다. 상파울루에서의 마지막 날 오후, 두 분은 나를 데리고 한인 여행사를 찾아갔다. 무슨 일일까?

"이 작은 친구가 내일 리우로 혼자 버스를 타고 간다는데 걱정이 되어 도저히 그냥 보낼 수가 없다오. 리우에 있는 가이드를 한 명 소개해 줬으면 좋겠소. 버스에서 내리자마자 여행을 도와줄 수 있게 말이오."

느닷없는 할아버지의 말에 곁에 있던 나는 화들짝 놀라 말했다.

"아니, 아니에요. 저는 혼자서 여행하는 걸 좋아해요. 걱정하지 않으셔도 돼요. 제가 최대한 조심할게요. 혼자서 여행하고 싶어요."

두 손을 힘껏 내젓는 나를 보고 잠시 말이 없던 할아버지는 할머니와 눈을 마주치더니 고개를 끄덕였다. 두 분의 삶을 그저 잠시 스쳐가는 나를 진심으로 걱정하는 그들의 마음을 엿볼 수 있었다.

"걱정하지 않으셔도 돼요. 제가 가서 전화 드릴게요."

왠지 두 분의 침묵에서 외로움이 느껴졌다. 그 짧은 만남이 오히려 두 분에게 외로움의 무게를 보태 준 건 아닌지. 할아버지는 할 수 없다는 듯 가이드 예약 대신 버스표를 끊어 주었다.

그날 밤 11시, 나는 할머니가 싸 주신 간식을 챙겨들고 리우행 버스에 올랐다. 창밖에서 하염없이 손을 흔드는 두 분을 보며 나는 수없이 손을 흔들었다. 할아버지는 몇 번이고 한 손을 귀에 대고 전화하라는 제스처를 보냈다. 언제 다시 만날지 알 수 없는 이별에 가슴 한가운데가 뻥 뚫린 느낌이었다. 하지만 두 분의 따뜻한 배려에 브라질에 대한 두려움은 온데간데없이 사라졌다.

신이 내려다보는 곳, 리우데자네이루

이른 새벽, 리우에 도착하자 버스터미널에는 막 리우에 도착한 사람들이 북적대고 있었다. 상파울루와 달리 그곳에서는 가볍게 불어오는 따스한 바닷바람이 느껴졌다. 택시를 타기 위해 끝이 없을 듯한 줄에 서 있는데 신기하게도 짜증이 나지 않았다. 40분을 기다려 겨우 택시에 올라탄 나는 숙소로 향하는 길에 이미 리우에 사로잡혔다. 눈앞의 거대한 돌산 코르코바도^{Corcovado} 언덕에는 예수상이 리우를 안고 서 있었다. 리우의 상징인 예수상은 브라질이 포르투갈로부터 독립한 지 100주년이 되는 해를 기념해 코르코바도 산에 세운 것이라고 한다.

한참을 달려 간판 하나 없는 호스텔 앞에 도착했다. 사실 리우로 떠나기 전에 가장 어려웠던 것이 숙소 예약이었다. 숙박비가 평소보다 3, 4배 뛰는 것은 물론 6박 이상만 예약이 가능한 호스텔이 대부분이었기 때문이다. 한 달 전에 예약을 시도했는데도 나는 체류하는 동안 한곳에 머물 수 있는 호스텔을 찾지 못했다. 하는 수 없이 처음 3일만 예약하고 나머지는 리우에서 찾기로 했다.

같은 도시에 빈민촌 파벨라가 있었기 때문에 리우의 숙소는 대부분 보안에 철저했다. 나는 두 개의 문을 통과한 후에야 겨우 호스텔로 들어갈 수 있었다. 그러나 체크인 시간보다 훨씬 일찍 도착한 터라 일단 짐만 맡기고 리우데자

네이루를 조금 둘러보기로 했다.

호스텔 직원은 큰 지도를 꺼내 가야 할 곳들을 표시해 주었다.

"라고아(라고아 로드리고 데 프레이타스Lagoa Rodrigo De Freitas) 호수로 걸어가다 보면 리우에서 가장 맛있는 코코넛 물을 마실 수 있어요. 그걸 마시고 바로 앞에서 버스를 타고 코파카바나Copacabana로 가요. 그곳에서 도시 투어를 신청하면 혼자 돌아다니는 것보다 돈을 절약할 수 있을 겁니다."

그가 알려준 대로 호숫가의 코코넛 가게에 갔다. 사실 나는 코코넛 물을 좋아하지 않지만 대롱대롱 매달린 코코넛을 떼어 칼로 자르는 모습이 재미있을 것 같아 하나 주문했다. 주인은 능숙한 솜씨로 코코넛 위를 베어 내고는 노란색 빨대를 꽂아 줬다. 코코넛을 받아들고 호수를 바라보며 코코넛 물을 한 모금 마셨다. 달지도 시원하지도 않은 비릿한 맛이다. 코코넛의 매력은 그 비릿함에 있지만 우습게도 난 그 비릿함을 싫어한다.

버스를 타기 위해 정류장을 찾았다. 지도에 표시해 준 것을 보면 분명 그 어디쯤에 버스 정류장이 있어야 했지만 가도 가도 정류장 표시가 보이지 않았다. 할 수 없이 저 멀리서 버스가 어디에 서나 지켜보니 아까 코코넛 물을 먹던 바로 옆에 서는 게 아닌가. 지나가다가 정류장 표시를 놓쳤나 싶어서 버스가 섰던 곳으로 가니 여전히 아무것도 없었다. 거기가 정류장이 맞는지 아닌지 의심하는 찰나 사람들이 한두 명 모이기 시작했다. 나중에 알고 보니 리우에는 관광객이 많이 몰리는 몇몇 장소 외엔 버스 정류장 표시가 없단다. 그냥 눈치껏 사람들이 많이 서 있는 곳이 버스 정류장이려니 해야 한다.

코파카바나 해변으로 가는 버스를 기다리고 있는데 저 앞에서 하얀색 미니버스가 다가왔다. 미니버스 앞에는 내가 타야 할 버스 번호가 적힌 종이가 붙어 있었다. 이미 사람들로 가득 찬 버스를 타야 하나 말아야 하나 고민하고 있는데, 버스 도우미 청년이 얼른 타라고 손짓했다. 엉겁결에 한 발을 내딛자 뒤에 있던 아줌마들이 내 등을 밀어대는 바람에 나는 불쑥 버스 안으로 들어섰다.

미니버스는 허리도 제대로 펴지 못할 만큼 콩나물 시루였다. 나는 좁은 공간으로 밀려가 다른 세 명과 함께 허리도 펴지 못하고 서 있었는데, 서로의 얼굴이 너무 가까워 민망할 지경이었다. 문을 열었다 닫아 주고 돈을 받는 도우미 청년은 민망함에 익숙한 듯했다. 미니버스가 거칠게 정지할 때마다 넘어지지 않으려고 기를 쓰는 아시아 여행객을 보고 의자에 앉아 있던 여자들이 피식거리며 웃었다. 나도 덩달아 웃자 그들은 조금씩 옆으로 당겨 내게 작은 공간을 내주었다. 나는 유일하게 알고 있는 포르투갈어 '오브리가다Obrigada_**감사합니다**'를 반복하며 인사를 했다.

코파카바나 해변에 내려야 하는데 어디인지 몰라 지도를 펼쳐 손가락으로 따라가자, 승객들이 내 목적지를 어찌 알았는지 어깨를 툭툭 치며 지금 내리라고 알려줬다. 코파카바나 해변이냐고 묻자 모두들 웃으며 고개를 끄덕였다.

코파카바나 해변은 세계적으로 손꼽히는 아름다운 해변 중 하나로 그곳에 가면 3S(태양Sun, 바다Sea, 모래Sand)를 즐겨야 한다고 알려져 있다. 해변에는 5킬로미터에 이르는 하얀 모래사장이 길게 펼쳐져 있고 해변을 따라 야자수가 파란 하늘 위로 솟아 있다. 얼마 만에 보는 바다인가. 반가움에 한참을 바다와 온몸

으로 인사를 하고 나니 어느새 송골송골 땀이 맺혔다. 나는 코코넛이 주렁주렁 매달린 가게 앞 테이블에 앉아 맥주 한 잔을 시켰다. 그 맛이 어떨지는 상상해 보시길.

리우의 주요 관광지를 둘러보는 투어는 2시부터 시작하는데, 관광객이 몰릴 때는 예약이 쉽지 않다. 다행히 나는 혼자라 그런지 어렵지 않게 끼어들었다. 내가 선택한 상품은 사람들이 가장 보고 싶어 하는 예수상, 산타 테레사Santa Teresa 거리, 구시가지인 라파Lapa 등 리우의 여러 지역을 돌아다니며 구경하는 것이었다. 그날 하루에 리우를 죄다 훑어보고 다음 날부터 카니발을 제대로 즐겨 볼 생각이었다.

각국에서 몰려든 젊은 여행자들을 태운 미니밴은 경사가 높은 언덕을 꾸역꾸역 올라갔다. 창밖으로 열심히 언덕을 오르는 배낭 여행자들이 보였다. 처음엔 나도 그들처럼 알뜰한 여행자의 자세로 관광할 계획이었지만, 정보를 수집하면서 여행지와 여행지를 연결하는 차비나 입장료를 계산하면 투어 프로그램을 이용하는 게 훨씬 이익이라는 걸 알게 됐다. 체력과 시간 역시 돈에 버금간다는 깨달음도 여행 중에 얻은 지혜다.

드디어 미니밴이 언덕이라고 하기엔 좀 높은 산 위에 멈춰 섰다. 그곳에서부터 222개의 계단을 올라가야 예수상을 볼 수 있다. 힘차게 첫발을 내딛었지만 나는 거친 숨을 몰아쉬며 계단이 얼마나 남았는지 쳐다보고 다시 출발하기를 여러 번 반복한 후에야 겨우 예수상 곁에 다가갈 수 있었다. 택시를 타고 가면서 멀리서 볼 때는 예수상이 그토록 클 것이라고 상상도 하지 못했다. 실제로 보니 어마어마했다. 1922년부터 9년에 걸쳐 만든 예수상은 높이가 약 38미터,

브라질
리우 카니발

양팔을 펼친 폭이 28미터, 무게가 약 1,145톤에 이른다. 특히 손에 남은 못 자국까지 섬세하게 표현되어 있다.

사진으로만 보았던 예수상의 얼굴은 구름에 가려 뿌옇게 보였다. 사람들은 구름이 지나가기를 가만히 기다렸다가 예수의 얼굴을 마주했다. 처음 예수상을 맞이하는 사람들의 표정은 죄다 멍했다. 잠시 이것이 정말 예수상인지 신인지 구분할 시간이 필요했던 모양이다. 그런 다음 카메라를 꺼내 서터를 누르기 시작했다. 유치하게 보였지만 나도 다른 사람들처럼 난간으로 기어 올라가 예수상을 따라 양 팔을 펼치고 사진을 찍었다. 이어 창피함이고 뭐고 여느 관광객처럼 바닥에 누워 예수상을 한참이나 바라보았다. 난 그곳에서 신을 만났다.

검은띠의 파리지엥들

해가 저물자 더위가 한풀 꺾였다. 땀으로 범벅이 된 몸을 이끌고 호스텔로 돌아가자 열 명이 함께 쓰는 방이 제멋대로 어질러져 있었다. 각지에서 온 룸메이트 중에는 6개월 동안 남미 여행을 함께하는 호주에서 온 커플과 혼자 3개월 넘게 여행 중이라는 영국인도 있었다. 아시아계 여자친구가 있기에 반갑게 말을 건넸더니 나를 힐끗 보고는 귀찮다는 듯 퉁명스레 홍콩에서 왔다고 대답했다. 나는 혼자 조용히 여행하고 싶어 하는 사람인가 보다 하고 짐을 푸는 데 열중했다. 그때 호주 커플 중 여자가 홍콩 친구에게 말을 걸었다.

"오늘 이파네마ipanema 해변에 갔다 온다고 하지 않았어? 어땠어? 우리도 내일 그곳에 가려고 하는데."

그러자 아까와는 달리 친절하게 아니, 오두방정까지 떨며 설명을 해 주는 게 아닌가. 얼굴에 스위치가 있나 싶을 정도로 급변한 그녀의 표정에 화들짝 놀라 짐을 풀다 말고 나는 대화에 끼어들었다.

"이파네마 해변? 나도 거기가 꽤 좋다고 들었어. 어떤 사람들은 코파카바나 해변보다 더 좋다고 그러던데."

내 말에 홍콩 친구는 얼굴의 전원을 다시 끄고 나를 쳐다보더니 아무런 대꾸도 하지 않다가 화제를 돌려 버렸다. 이건 분명 차별이자 무시다. 왜 그러는 건데! 그 모습에 오히려 미안했는지 호주 친구가 내 말에 맞장구를 쳤다.

"맞아, 맞아! 우리 내일 거기 갈 예정인데, 엘리라고 했니? 너도 같이 갈래?"

어딜 가든 간혹 그런 친구들이 있다. 피부색과 어디에서 왔는지를 따지며 사람을 차별하는 사람은 자신도 아마 차별받은 적이 있거나 그런 것을 목격했을 터다. 겉모습만 다를 뿐 신은 모두에게 하나의 심장과 붉은 피를 주었는데도 말이다. 편견은 인간이 만든 것으로 그런 자세로는 자신의 속을 내보일 기회를 잃고 만다. 여행은 모든 편견을 내려놓을 인생의 소중한 기회인데, 그 친구는 아쉽게도 그걸 잃어버린 것 같았다.

씁쓸한 마음을 뒤로한 채 저녁으로 먹으려고 산 수프를 들고 부엌으로 내려갔다. 식사 시간이 지난 시각이라 부엌과 부엌 앞에 놓인 테이블에는 네 명의 남자 여행자만 있을 뿐 한가했다. 가스레인지에 불을 켜려고 몇 번이나 레버를 돌렸지만 가스가 나오는 소리만 들릴 뿐 불이 켜지지 않았다. 라이터를 찾으려 부엌을 뒤지는 내 모습이 연극의 한 장면이라도 되듯, 테이블에 앉은 네 명의 남정네가 나를 빤히 쳐다보았다. 어느 순간 나는 그들과 눈이 마주쳤고 먼저 가볍게 인사를 했다.

"안녕."

그들의 인사가 돌아오기까지는 3초의 공백이 있었다. 그 3초 동안 내 머릿속으로 오만 가지 생각이 스쳤다.

'아, 진짜 오늘 왜 이래. 내가 그렇게 말하기 싫을 정도로 비호감인 거야!'

다행히 그들의 인사는 3초 후 수줍게 돌아왔다. 무례했던 게 아니라 부끄러움에 영어가 얼른 튀어 나오지 않은 파리에서 온 친구들이었다. 그중 한 명이 귀여운 프랑스 악센트를 가득 담아 물었다.

"넌 어디서 왔어?"

"한국. 그런데 라이터 있어?"

프랑스 남자는 매너가 좋다고 하더니 그중 한 명이 선뜻 일어나 가스 레인지의 불이 활활 타오르게 만들어 주었다. 나는 말도 안 되는 엉성한 프랑스어로 고맙다고 말했다.

"메르시."

그 발음이 재미있었는지 모두들 크게 웃었다. 그때 줄리안이라는 키 큰 친구가 물었다.

"너 태권도 알아?"

세상에! 어렸을 때 무려 노란띠까지 딴 내게 태권도를 아느냐고 묻다니!

"당연히 알지! 난 한국인이잖아! 그런데 왜? 너 태권도 할 줄 알아?"

내 물음에 프랑스 악센트의 한국말이 쏟아져 나왔다.

"돌려차기, 협차기, 히마막히, 날 혀차기, 캄사합니다, 사부님……."

처음에는 무슨 말인지 알아듣지 못하다 어느 순간 한국말인 걸 알고 나도 모르게 박장대소를 터트렸다. 외국에서 한국인임을 밝히면 한국말을 좀 아는 사람들이 자기가 아는 단어를 말해 주는 경우가 종종 있다. 특히 우리가 일상적으로 쓰는 '안녕하세요', '감사합니다'가 아닌 엉뚱한 한국말을 할 때면 어찌나 웃긴지 배꼽을 쥐고 만다. 뉴욕에서 만난 어떤 여자는 한국에서 왔다고 하자 갑자기 '홍익인간 되십시오.'라고 소리쳤고, 어떤 이는 팔에 '부의 상징'이라고 쓴 문신을 내보이기도 했다. 호주에서 온 친구는 첫 만남에서 내게 심한 욕을 쏟아내 당황했던 적도 있다. 아마도 그들이 만난 한국인이 취향에 따라 외국 친구들에게 가르쳐 준 말이 달랐으리라.

　네 명의 파리지엥은 5년 전 취미로 태권도를 시작하며 서로 알게 되었고 함께 남미를 여행 중이라고 했다. 더구나 그들은 검은띠 유단자였다. 기쁘게도 그들은 밤에 구시가지에서 열리는 서민들의 '카니발'에 함께 가지 않겠느냐고 물었다. 밤이라 혼자서는 언감생심 갈 생각을 못했는데 이게 웬 떡! 나는 두 번 생각할 것도 없이 선뜻 응했다.

　　다 시　만 난　여 행 자

　밤에 찾아온 구시가지 라파는 낮에 구경할 때와는 전혀 달랐다. 그곳은 사람들로 가득 차 있었고 여기저기에서 북소리와 노랫소리가 흘러나왔다. 그것이 바로 시민들의 카니발 축제였다. 리우 카니발 축제 기간에는 거리 어디에서든 시민들의 카니발 축제가 열린다. 비싼 돈을 주고 삼바드로모에서 카니발을 보는 것도 재밌지만, 그처럼 시민들이 즐기는 삼바 축제에서 그 열기를 직접 느끼는 것도 이색적이다. 여행자와 브라질 시민은 한데 뒤섞여 흥겹게 방방 뛰며 시민 축제를 즐긴다.

　라파에 내리자마자 나도 모르게 몸이 들썩였다. 하지만 네 명의 남정네가 아니었으면 아마 인파에 깔려 버렸을지도 모른다. 친절한 파리지엥들은 내가 혹시나 밟힐까 봐 내 옷자락을 잡고 있다가 사람들에게 끼일 것 같으면 잡아당겨 구해 주었다. 그 정도로 사람들로 가득 찬 길거리는 끝이 보이지 않았다.

　우리는 물보다 싼 맥주를 하나씩 손에 들고 인파를 뚫고 북소리를 따라 걸어갔다. 연주자들이 북을 연주할 거라고 생각한 그곳에서는 네댓 명의 일반 시민이 페인트 통에 끈을 달아 굵은 나뭇가지로 흥겹게 악기를 연주하고 있었다. 서로의 박자에 귀를 기울여 가며 어울림을 빚어 내는 그들은 누구 하나가 박자를 틀려도 혹은 엇나가도 쳐다보거나 탓하지 않았다. 그저 다시 박자를 맞춰 조화롭고 경쾌한 소리를 만들어 갈 뿐이었다. 그것이 신기해 사람들은 돌아가며

악기를 연주해 보았다. 그러면 새로 참가한 사람이 그만의 박자를 연주해도 나머지 연주자가 자연스럽게 조화를 이뤄 냈다. 나는 그게 너무 신기해서 저절로 입이 벌어졌다.

시간 가는 줄 모르고 뛰면서 흥겨움에 몸을 맡기니 발이 아프다고 아우성이었다. 여행자의 발로 태어난 게 죄겠지. 검은띠 친구들도 힘들었는지 인파의 중심에서 벗어나 길가로 빠지자고 했다. 나는 그들이 터 준 길로 발만 보며 따라가다가 숨이 막혀 고개를 든 순간, 마주 오던 사람과 눈이 딱 마주쳤다.

'헉, 내가 아는 사람이다!'

사람들은 입버릇처럼 '세상 참 좁다.'고 말하지만 막상 같은 동네에 사는 사람도 마주치는 게 생각보다 쉽지 않고, 옛 애인을 길에서 마주치는 영화 같은 일은 거의 일어나지 않는다. 그만큼 세상은 넓고 우린 매일 새로운 사람들과 만난다. 그런데 한국의 반대편에 있는 브라질의 리우데자네이루에서 아는 사람을 만나다니! 그것도 그 엄청난 인파 속에서!

순간적으로 우리는 둘 다 말을 잇지 못했다. 처음 몇 초는 그 사람을 어디서 봤는지 기억하는 데 썼고, 다음 몇 초는 그 많고 많은 사람들 사이에서 서로 마주쳤다는 걸 믿느라 애쓰는 데 썼다. 결국 머리보다 몸이 빨라 포옹부터 했다. 서로의 입에서 '오 마이 갓'이란 말이 절로 터져 나왔다. 3년 전 프랑스에서 처음 만난 이후 가는 호스텔마다 마주쳤던 캐나다인 친구다. 그를 볼 때마다 스토킹하는 게 아니냐고 농담을 할 정도로 우리의 루트는 비슷했고, 고르는 숙소도 같았다.

여행 후, 페이스북에서 가끔 서로의 사진을 보았을 뿐 그 이상의 교류가 없었는데 거기서 만나다니!

캐나다 친구를 보니 프랑스에서의 추억들이 그의 얼굴 뒤로 펼쳐졌다. 파비오 역시 리우 카니발을 즐기러 왔다고 했다. 우리는 다시 한 번 믿을 수 없다는 듯 웃었다.

"이제 공식적으로 인정할 수밖에 없겠네. 엘리, 너 나를 스토킹하는 거 맞지? 아하하하. 좀 취했었는데 너를 보자마자 취기가 확 달아났다. 어쩌면 이렇게 신기할 수가 있냐? 잠시 마주쳤던 여행자랑 세계의 다른 어딘가에서 다시 마주치다니!"

"정말 믿어지지가 않아. 이곳에 얼마나 있을 거야?"

"내일 떠나. 아르헨티나로 갈 거야. 여기 진짜 사람 많다. 와우!"

"그러게. 자세한 이야기는 페이스북으로 하자. 연락해! 네 스토킹 스토리 좀 들어보자!"

인연은 어느 한쪽의 노력이나 강요로 이어지는 게 아니다. 더구나 여행에서 만난 인연은 평행선이 아니라 서로 다른 출발지에서 시작해 가로지르는 것이라 그 무엇보다 드라마틱하다. 상대의 이야기는 내 이야기가 되고 누군가와 함께한 교차된 시간은 추억으로 남는다. 파비오와 나는 리우에서 또 다른 교차점을 만들었다. 나는 다음 날 아르헨티나로 떠날 그를 아쉬워하는 게 아니라, 그곳에서 다시 마주친 것에 감사하며 그날 만난 파리지엥들과의 인연을 향해 뛰어갔다.

축제다운 축제

카니발에 대한 브라질 사람들의 열정은 상상 이상이었다. 자신들의 문화를 열광적으로 사랑하는 이들이 벌이는 잔치는 밤낮을 가리지 않고 쉴 새 없이 이어졌다. 낮에는 리우 곳곳에서 작은 퍼레이드가 열린다. 퍼레이드 차량으로 변신한 버스나 트럭 위에서 목청 큰 네다섯 명의 남자 가수가 노래를 부르고 관광객은 그들의 뒤를 따라다니며 춤을 춘다. 그들이 부르는 노래는 카니발 축제에서만 들을 수 있는 특이한 것으로 같은 멜로디를 남자들의 목소리로만 반복한다. 처음 들을 때는 반복되는 중저음의 멜로디가 지겨웠는데 은근히 중독성이 있어 퍼레이드 차량이 지나간 후에도 한참 동안 귓가에 맴돌았다.

작은 퍼레이드가 지나간 다음에는 사람들이 그 흥을 이어 노래를 부르며 몸을 흔들었고, 여행자와 시민이 하나가 되어 즐겼다. 즐거움과 평화가 가득

한 표정으로 현재를 남김없이 즐기는 그들의 모습을 보며 나는 묘한 감동을 받았다.

다음 날, 파리지엥들과 이파네마 해변에서 열리는 작은 카니발 축제를 구경하러 가기로 했다. 아침을 먹고 바로 출발해 해변에서 낮잠을 즐기다 축제가 시작되면 그 도가니로 뛰어들 작정이었다. 어제 만나 막 친해진 그들 중 곱슬머리의 다비드는 하고 싶은 일을 찾을 때까지 아르헨티나에 머물 생각이라고 했고, 키가 크고 차분한 줄리안은 자신의 영어 실력에 실망하며 기회가 있을 때마다 몇 번이고 되뇌었을 문장을 조심스레 말했다. 그들은 지칠 만도 한데 자신이 생각하는 표현을 내가 제대로 이해할 때까지 시도하고 또 시도하는 기특함을 보였다. 알렉슨은 조용히 있다가 중요한 결정을 내릴 때 나서는 친구였고, 미켈은 여행 내내 여자친구와 문자를 주고받느라 바빴다.

우리는 '태권인'이란 독특한 공통점 덕분에 다른 여행자보다 더 빨리 가까워졌다. 그들의 엉뚱한 한국말과 국적 불명의 내 프랑스어 발음이 우리 사이의 작은 경계마저 무너뜨린 듯했다. 우리는 사람들로 붐비는 해변의 한쪽에 자리를 잡고 바다로 뛰어들었다. 코파카바나 해변도 그랬지만 이파네마 해변도 무척이나 아름다웠다. 아니, 리우데자네이루가 품고 있는 모든 해변이 눈부실 정도로 근사했다. 백사장은 햇빛에 반사되어 반짝거리다 못해 하얗게 빛이 났다.

어느 순간 멀리서 북소리가 들려왔다. 퍼레이드가 시작됐음을 알리는 소리였다. 우리는 재빨리 짐을 챙겨 북소리를 따라갔다. 해변 앞의 거리에는 사람들로 가득했고 퍼레이드 차량에서 흘러나오는 노래가 그곳까지 들렸다. 각자 취향에 맞게 치장을 하고 거리로 나온 사람들은 마치 핼러윈 데이처럼 개성 넘치는 의상을 선보였다. 감탄이 절로 나오는 몸매를 자랑하는 미녀 네 명이 위에는 비키니를 입고 밑에는 기저귀를 찬 의상을 입고 나타나자 우리는 한동안 웃음을 멈추지 못했다. 사람들은 함성을 지르며 춤을 추기 시작했고 해변과 주변 거리는 금세 축제의 도가니가 되었다.

우스갯소리를 하는 코미디언이 있는 것도, 모든 사람이 보자마자 빵 터지는 분장을 한 것도 아니었다. 그들은 오직 흥겨운 리듬에 몸을 맡겨 마음 가는 대로 춤을 출 뿐이었지만 우리는 터져 나오는 웃음을 가눌 길이 없었다. 평생 웃을 웃음을 다 쏟아 내듯 계속 웃음이 터졌다. 리우 축제의 흥은 다른 여느 축제와 비교도 안 될 만큼 강렬했다. 우리는 이성이 머물 틈을 조금도 주지 않는 그곳에서 잠시 이성에 안녕을 고하고 짙은 흥에 취했다.

삼 바 드 로 모, 열 정 을 흔 들 다

삼바드로모는 삼바 스쿨들의 퍼레이드 경연 대회이자 카니발 축제의 클라이맥스다. 나는 그 행사를 보기 위해 출발 전에 예매를 하려고 했지만 웹사이트보다 암표를 사는 게 더 싸다는 소문을 듣고 일부러 현지에 가서 구입하기로 했다. 다행히 호스텔에서 미리 사 놓은 표가 있어 경기장 앞에서 암표를 구하는 수고를 덜 수 있었다. 삼바드로모 티켓의 가격은 제각각이다. 내가 산 티켓은 20만 원 정도 했다. 그것도 내게는 비쌌지만 좋은 자리는 300만 원까지 간다고 했다. 그 가격에 사는 사람들은 아마도 할리우드 배우들 바로 옆에서 함께 맥주를 마시며 카니발을 즐길 것이다.

그새 정이 든 파리지엥들은 오후에 이과수Iguazu 폭포로 떠났다. 나는 그들을 보내고 나서 허전함 반, 홀가분함 반으로 삼바드로모에 갈 준비를 했다. 카

니발은 밤 9시부터 시작돼 새벽 6시까지 이어지기 때문에 일단 오후에 낮잠을 자며 체력을 비축했다. 만반의 준비를 하고 호스텔 마당으로 나서자 몸을 온통 파란색으로 물들이고 있던 친구들이 정신없이 웃고 있었다. 삼바드로모에 가려고 하얀 바지에 종이로 만든 모자를 쓰고 만화 「스머프」 캐릭터로 분장한 것이다. 나도 하얀 바지를 입고 스머프 부대에 합류할까 생각했지만 파란 물감이 눈에 들어가 소리를 지르는 모습을 보고 얼른 마음을 접었다.

스타디움 앞에 도착하자 이미 수많은 사람이 주위를 에워싸고 있었다. 들뜬 마음을 좀처럼 진정시키지 못하는 관람객뿐 아니라 퍼레이드에 참여할 수천 명이 밖에서 퍼레이드를 준비하고 있었다. 행사 시작 시간은 아직 멀었지만 내 눈은 벌써 참가자들의 화려한 의상과 퍼레이드 차량에 빠져들었다.

겨우 입구를 찾아 안으로 들어갔다. 함성 소리가 흘러나오는 쪽을 따라가니 거대한 스타디움이 눈에 들어왔다. 둥그런 모형이 아닌 그처럼 길게 뻗은 스타디움은 난생 처음이었다. 6만 명을 수용할 수 있다는 그 긴 스타디움에는 발 디딜 틈 없이 사람들이 들어차 있었다. 드디어 길게 뻗은 길 저쪽 끝에서 막 첫 번째 퍼레이드가 시작됐다.

다양한 모양으로 장식한 높은 퍼레이드 차량과 함께 등장한 화려한 의상의 댄서들은 쉴 새 없이 몸을 흔들어댔다. '바테리아'라고 불리는 수백 명의 삼바 음악 연주가들은 지휘자의 리드로 북을 치고 악기를 연주하는데, 그들의 연주는 가슴이 울릴 정도로 강렬하다. 또한 목소리가 굵은 남성 가수들이 힘차게 경기장을 휘어잡는다. 그 뒤에는 삼바 퀸이 있는데, 구릿빛 피부에 감탄사가 절

로 나오는 예술적 몸매의 주요 부분만 가린 채 커다란 깃털을 머리에 달고 춤을 추는 그들은 퍼레이드의 꽃이다.

내가 가장 좋아한 콘셉트는 정글의 원주민 복장을 한 족장이 커다란 파충류와 싸우는 퍼레이드였다. 조금 지나자 파충류의 등껍질이 열리면서 초록색 복장의 원주민들이 창을 들고 나와 춤을 췄다. 그 뒤로는 거대한 퍼레이드 차에 원주민들이 공작 같은 초록색 깃털을 달고 차 위에서 삼바 리듬에 맞춰 경쾌히 몸을 흔들었다.

어떤 삼바 스쿨은 퍼레이드 차를 커다란 타자기로 꾸몄다. 타자 하나하나는 사람들이었고 사람들의 움직임에 따라 타자기 위에서 커다란 신문이 나왔다. 그 주위에서 몇백 명의 댄서가 타자기의 글자를 붙인 은색의 확 퍼진 드레스를 입고 뱅글뱅글 돌자 조명이 반사돼 경기장이 더 환해졌다.

브라질이니만큼 당연히 축구를 주제로 한 퍼레이드도 빠지지 않았다. 커다란 축구공들을 매단 퍼레이드 차를 리드하는 댄서들은 모두 축구를 상징하는 의상을 입었다. 이들이 나오자 사람들은 환호성을 지르기 시작했다. 아찔할 정도로 높은 신발을 신고 긴 스타디움을 종횡무진 걸어 다니며 경쾌하게 몸을 흔드는 삼바 퀸은 사람들의 환호성이 끊이지 않게 만들었다. 삼바 퀸이 이끄는 길을 따라 열 개 정도의 퍼레이드 차량과 댄서들이 지나갔다. 그 퍼레이드는 내가 그때까지 본 어느 퍼레이드를 능가할 만큼 열정적이고 규모가 컸다.

더구나 그 모든 것이 놀라울 정도로 완벽하게 조화를 이루었다. 관중을 황홀하게 만들 만큼 훌륭하게 이어지는 긴 퍼레이드를 보면서 나는 그들이 1년 동안 엄청나게 노력했겠구나 하는 생각을 했다. 그곳의 6만 관중은 모두들 몸을 들썩이고 함성을 지르며 박수를 보냈다. 리우 카니발은 고단한 삶을 격렬한 춤사위와 강렬한 비트로 녹여 낸 인간다운 축제의 장이었다. 아니, 인간이 만들어 낼 수 있는 가장 아름답고 완벽한 예술 작품이었다.

다섯 번째 퍼레이드가 끝나자 시계는 새벽 3시를 가리키고 있었다. 어찌나 몸을 흔들어 댔던지 낮에 미리 자 둔 잠도 소용이 없었다. 하품이 나오기 시작

했지만 마지막 퍼레이드는 작년에 1등을 한 삼바 스쿨이 장식한다고 해서 무슨 일이 있어도 6시까지 버틸 작정이었다. 옆을 보니 호스텔에서 함께 온 친구들은 꾸벅꾸벅 졸고 있었다. 귀가 찢어질 것 같은 삼바 음악도 그들에게는 자장가로 들렸나 보다. 그들이 앉아서 졸고 있자 그들 앞에 있던 사람들이 의자 위로 올라가 내 시야를 완전히 가려 버렸다. 앞뒤, 좌우로 사람들이 가득해 답답한데 앞을 막아 버리니 짜증이 났다. 더구나 술에 취한 것 같아 말도 못하고 발만 동동 구르는데 갑자기 누군가가 뒤에서 등을 톡톡 쳤다. 돌아보니 머리가 허옇게 센 할머니가 포르투갈어로 뭐라고 했다. 무슨 말인지 알아들을 수 없어 죄송한 마음에 알아들을 수 없다는 손동작을 보였다. 그러자 할머니는 내 어깨를 두 손으로 짚더니 자신의 자리로 끌어올렸다. 뒷자리로 올라가자 스타디움이 다시 한눈에 들어왔다.

나 때문에 자리가 비좁아진 할머니는 잘 보이느냐고 포르투갈어와 보디랭기지로 물었다. 나는 힘차게 고개를 끄덕이고는 서툰 포르투갈어로 고맙다고 말했다. 할머니는 다행이라는 듯 미소를 짓더니 이내 삼바 음악을 따라 부르며 음악에 몸을 맡겼다. 춤을 추는 할머니의 손은 까맣게 그을려 있었고 주름이 가득했다. 어쩌면 할머니는 1년 동안 알뜰히 모은 돈으로 그곳에 온 건지도 모른다. 1년 중 그날 하루를 누구보다 손꼽아 기다렸을 수도 있다. 생각이 거기에 미치자 자리를 나눠 준 할머니에게 더욱더 미안하고 고마웠다.

할머니는 주름진 손과 무거운 엉덩이를 흔들며 1년간의 근심 걱정을 삼바 춤에 다 털어 버리려는 것 같았다. 얼굴은 아이처럼 밝았고 몸은 가볍게 움직였다. 내 눈길을 느끼셨는지 내 손을 잡고 자기처럼 흔들라고 손짓하며 다시 리듬을 탔다. 삼바 리듬이 생각보다 어려워 박자와 몸이 자꾸 따로 놀았지만 에라 모르겠다 싶어 마구 흔들었다. 정신없이 춤을 추다 숨을 헐떡이느라 서로 눈이 마주치자 우리는 누가 먼저랄 것도 없이 어린아이처럼 경쾌한 웃음을 터뜨렸다. 삼바 리듬이 할머니의 주름 속에 숨어 있는 근심까지 날려 버리는 것 같았다.

마지막 퍼레이드를 남겨 두고 해가 떠오르기 시작했다. 날이 밝아 올수록 축제는 절정으로 이어지고 있었다. 사람들은 해가 떠도 끝날 줄 모르는 축제에 지치기는커녕 오히려 더욱 열광했다. 마치 축제가 끝나면 세상이 끝날 것처럼 말이다. 떠오르는 해와 함께 작년에 우승한 삼바 스쿨의 퍼레이드가 화려하게 시작됐다.

그곳에서 느낀 사람들의 에너지는 뭐라 표현하기 힘들 만큼 굉장했다. 갑자기 초능력자라도 된 듯 몸의 구석구석이 흥분과 열기로 가득했고, 그것은 일상으로 돌아간 뒤에도 한동안 가시지 않았다. 브라질 사람들은 그처럼 매년 돌아오는 카니발에서 얻은 에너지로 더 밝고 힘차게 살아가는 것 같다. 모든 근심을 강렬한 음악과 춤으로 털어 버리고 돌아가는 그들의 마음은 분명 삶에 대한 충만한 에너지로 가득 채워져 있으리라.

행복에 전염되다

삼바드로모를 보고 호스텔로 돌아오자 아침 8시가 다 되었다. 호스텔에서 주는 아침을 먹고 곧장 침대로 가서 오후 5시까지 푹 잤다. 나는 뉴욕으로 떠나기 전까지 남은 이틀을 느긋하게 보낼 생각이었지만 한 가지 문제가 있었다. 잠잘 곳이 없었다. 본래 사흘만 예약했어도 이후 이틀은 예약을 취소한 사람들이 있어 짐을 싸지 않고 버틸 수 있었다. 그런데 호스텔 주인 카를로스는 더 이상 예약을 취소하는 사람이 없을 것 같다며 고개를 저었다. 당장 짐을 싸서 잠잘 곳을 찾아야 한다는 생각에 나도 모르게 얼굴이 구겨졌다.

"금세 표정이 굳어지긴. 설마 내가 너를 쫓아내겠니? 너만 괜찮다면 이틀간 호스텔 거실 소파에서 자도 상관없어. 물론 돈은 받지 않을 거야. 대신 오늘 저녁에 있을 바비큐 파티를 좀 도와줄래?"

아니, 최고의 성수기에 돈을 받지 않겠다고? 카를로스가 '소파'라는 말을 하는 순간 내 눈은 휘둥그레졌다. 그의 말이 다 끝나기도 전에 내 고개는 아래

위로 수없이 왔다 갔다 했고, 내 강력한 대답에 카를로스도 활짝 웃으며 기뻐했다. 한국에서 다진 삼겹살 굽는 실력으로 그를 깜짝 놀라게 해 주리라.

카를로스는 석탄에 불을 붙였고 난 그 옆에 쪼그리고 앉아 드라이기로 불길이 잘 붙게 거들었다. 불의 열기와 드라이기가 뿜어 내는 뜨거운 바람에 땀이 줄줄 흐르고 얼굴이 녹아 버리는 것 같았지만, 다른 석탄에 불이 옮겨 붙어 불길이 세지면 그렇게 신이 날 수가 없었다. 불을 피우고 슬슬 고기 냄새를 풍기니 굶주린 손님들이 몰려들었다. 겉만 까맣게 태우고 속은 피가 줄줄 흐르는 실패작 몇 개를 구운 후, 나는 카를로스의 코치를 받아 제대로 된 스테이크를

내놓았다. 준비한 스테이크용 쇠고기 10팩과 닭고기 10팩, 소시지 10팩을 모두 먹어치울 정도로 사람들은 바비큐에 열광했다.(참고로 브라질 사람들은 고기에 환장한다.) 비록 소파였지만 귀한 잠자리를 제공해 준 카를로스는 브라질식 바비큐를 제대로 연마했다며 흡족해했다.

배불리 먹은 사람들은 마당에 앉아 수다를 떨거나, 한구석에 있는 자쿠지(물에서 기포가 생기는 욕조)에 발을 담그거나, 안으로 들어가 더위를 식히며 여름밤을 보냈다. 카를로스는 나에게 남은 바비큐를 넘기고 구석에 외롭게 서 있

던 기타를 가져와 마당 한가운데에 섰다. 수다로 시끄럽던 호스텔이 카를로스의 노래에 조용해지더니 모두들 노래를 따라 불렀다.

그가 부른 노래는 밥 말리의 「작은 새 세 마리Three Little Birds」였다. 모든 일이 잘될 테니 걱정하지 말라는 노랫말은 지친 여행자들에게 큰 위안과 격려가 되었다. 인생의 고비에서 이리저리 흔들리다 떠나온 사람, 잠시 일상에서 벗어나기 위해 가방을 꾸린 사람, 긴 여행을 마치고 다시 일상으로 돌아가야 할 사람 모두 저마다의 사연을 안고 카를로스의 노래에 빠져들었다. 여행자로서 자유와 즐거움을 마음껏 즐기면서도 마음 한구석에 미처 떨쳐 내지 못한 걱정이 있거나 새로 찾아든 근심거리에 휘둘리는 사람들에게 그 노랫말처럼 힘이 되는 것도 없을 듯했다.

돈벌이에 급급한 수많은 호스텔과 달리 여행자들에게 돈 한 푼 받지 않고 바비큐 파티를 열어 주고, 노래까지 선물하는 멋진 주인 카를로스. 그가 몇 곡을 더 뽑고 나자 사람들이 한 명씩 돌아가며 노래를 부르기 시작했다. 그날 그 자리에 내가 있다는 게 어쩌나 행복하던지. 물론 언제나 모든 것이 잘될 거라는 '절대 긍정'의 자세로 살아갈 자신은 없었다. 그렇지만 완벽한 행복을 좇아 발버둥치기보다 있는 것에 만족하는 마음으로 살겠다는 다짐은 얻었다.

밤이 깊어지면서 마당에 있던 사람들이 하나둘 자리를 뜨자 카를로스가 고맙다며 하이파이브를 청했다.

"오히려 내가 고맙지. 멋져 카를로스. 호스텔이 행복으로 가득 찬 것 같아. 나도 나중에 호스텔을 연다면 이렇게 여행자들에게 멋진 추억을 만들어 줄 거야."

절대 빈말이 아니었다. 먼 훗날 내가 이루고 싶은 소원 중 하나가 작은 호스텔을 여는 것이다. 장소는 어디든 상관없다. 호스텔을 열어 늘 여행자들을 만나면 매일 여행하는 기분을 느낄 수 있지 않을까? 언젠가 아담한 호스텔을 열면 여행 중에 만난 친구들을 초대해 추억을 나누겠다는 생각에 잠을 이루지 못한 적도 있다.

카를로스는 대학을 졸업하고 오랫동안 은행에서 일을 하다 은행이 부도가 나면서 직장을 잃었다고 했다. 이후 2년간 유럽을 돌아다녔고 여행을 통해 한 번도 느끼지 못했던 짜릿함을 맛보고는 평생 그 기분으로 살겠다는 다짐을 했다고 한다. 그 뒤 브라질로 돌아와 곧바로 호스텔을 열었단다.

"엘리, 원한다면 이곳에서 일해도 돼. 숙식 제공은 기본이고 많지는 않지만 조금의 주급도 줄 수 있어. 모아서 여행할 수 있을 만큼 말이야."

그의 제안에 진심으로 몇 초간 마음이 흔들렸다. 두 달 정도 즐겁게 일하다 남미를 여행하는 내 모습을 상상해 보았다. 그 모습만으로도 가슴이 두근거렸다. 고기를 잘 구워서인지, 설거지를 잘해서 그런지는 모르겠지만 태어나 처음으로 스카우트를 제안한 카를로스가 어쨌든 고마웠다.

"고마워. 정말 솔깃한 제안이야. 하지만 할 일이 있어서 돌아가야 돼. 다시 올게. 그때도 기회를 준다면 말이야."

"당연하지. 엘리, 네 자리는 언제든 비워 둘게. 브라질 바비큐를 전수해 준 내 첫 제자니까. 행운을 빌어."

그는 진정으로 자기 삶에 만족하고 있었다. 카를로스의 그 행복한 표정을 지금도 잊을 수가 없다.

브라질
리우 카니발

공식 웹사이트
http://www.rio-carnival.net
http://www.sambadrome.com

일정
매년 2월에 열린다. 2014년에는 2월 8일부터 11일까지 열렸고 2015년은 2월 13~16일 예정.

입장료, 티켓
삼바드로모의 티켓 가격은 좌석과 날짜에 따라 천차만별이다. 축제 마지막 날의 퍼레이드는 삼바 스쿨의 챔피언 퍼레이드라 가격이 더 비싸다. 티켓 가격은 약 20만 원부터 300만 원까지로, 축제 전 홈페이지에서 살 수 있다. 현지에서 암표를 사면 본래 티켓 가격보다 훨씬 싸게 살 수 있다고 여행자들이 전한다. 하지만 흥정의 기술이 필요하다! 미리 티켓을 구하지 못했다고 실망할 필요는 없다. 리우 현지에서 티켓을 구하는 것은 그리 어려운 일이 아니다.

축제 시간
카니발 축제는 4일간 밤낮으로 열리며 삼바드로모는 4일 내내 저녁 8시부터 다음 날 새벽 6시까지 이어진다.

가는 방법
리우 공항에서 이파네마 혹은 코파카바나 해변까지 가는 경우 버스는 9헤알(Arrival에서 Bus Sign), 택시는 하얀 택시의 경우 60헤알, 노란 택시의 경우 80헤알이다.
리우 버스터미널에서 이파네마 혹은 코파카바나 해변까지 갈 수 있다.(터미널 안에 있는 인포메이션 센터에 목적지를 말하면 버스 번호를 말해 준다.) 숙소로 곧장 이동하길 원한다면 택시를 권한다.

주요 볼거리
코파카바나와 이파네마 해변, 코르코바도 언덕에 있는 예수상, 산타 테레사, 브라질 서민의 삶을 엿볼 수 있는 라파, 그리고 용기가 있다면 리우의 갱단이 지배하는 파벨라 지역을 구경하는 투어가 있다. 특히 코파카바나 해변에 가면 투어 리스트 인포메이션 센터가 해변의 중심에 있다. 그곳에 여러 가지 도시 투어 상품이 있으므로 각자의 입맛에 따라 고르면 된다.

숙소

Lagoa Guest House : 행복한 주인장 카를로스를 만나고 싶다면 추천한다. 호스텔 뒤에 있는
아담한 공간에서의 멋진 바비큐와 감미로운 음악을 즐길 수 있는 곳으로 예약은 필수다.
www.hostelworld.com

근교 여행지
- **상파울로** ^{São Paulo} : 버스로는 7시간이 소요되고 요금은 54헤알이다. 비행기
  로는 40~50분이 걸린다.
- **'악마의 목구멍' 이과수 폭포** ^{Iguazu Falls} : 버스로는 22시간, 비행기로는 2시
  간 정도 걸린다.

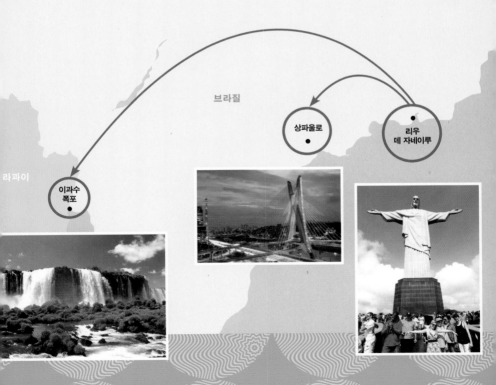

스 페 인
라 토마티나
La Tomatina

**먹지 말고 던져라!
내가 빨강인지, 빨강이 나인지**

달리는 차 안으로 들어오는 공기가 더운 정도가 아니라 아예 뜨거웠다. 다리에서는 연신 땀이 흘러 가죽 시트 아래로 미끄러지고 있었다. 그나마 다리를 들썩일 수 있으면 좀 낫겠는데 짐이 두 다리를 짓누르는데다 옆에 앉은 아멜리아의 미끈한 다리까지 딱 붙어 있었다. 고개를 돌려 그녀의 표정을 보니 아주 죽을 맛인 게 역력했다. 우리는 미끈한 고무인형이 되어 가죽 시트와 서로에게 밀착되어 있었다. 그 사우나 같은 차 안에는 딱 우리가 숨 쉴 공간밖에 남아 있지 않았다.

우리는 스페인 남부의 고속도로를 달리는 중이었다. 짐이 앞을 가려 답답증까지 올라오는 상태에서 뜨거운 공기가 온몸으로 파고들었다. 그 모든 것은 단 12유로를 아끼려는 꼼수가 빚어 낸 착오였다.

유럽을 여행한 지 두 달째로 접어든 그 무렵 나는 땅덩이 넓은 스페인에서 한 달을 보낼 예정이었다. 호주 아가씨 아멜리아는 포르투갈에 잠시 들렀다가 스페인 남부로 갔을 때 세비야에서 만났다. 열여덟 살의 아가씨가 세상을 보겠다고 혼자 배낭을 메고 여행하는 것이 내게는 무척이나 인상적이었다. 세비야에서 발렌시아까지 서로 여행 루트가 같았던 우리는 2주일간 함께 여행하기로 했다.

세상에 태어나 처음 경험하는 스페인 남부의 뜨거운 더위를 뚫고 우리는 서로를 북돋워 주며 걷고 또 걸었다. 온도계는 매일 45도를 가리키고 있었다. 낮에 길 한복판을 걷다가 설령 쓰러질지라도 주위에 도와줄 사람 하나 없이 조용한 스페인의 여름. 나는 이미 두 달간의 유럽 여행으로 돈이 떨어져 가던 상태였고, 아멜리아는 젊음 하나로 뛰어든 여행이라 둘은 최대한 경비를 줄이기 위해 애썼다.

사실 경비는 대부분 이동하는 데 썼다. 먹고 자는 것을 최대한 줄였음에도 워낙 땅이 넓은 스페인에서는 한 도시에서 다른 도시로 갈 때 들어가는 경비가 만만치 않았다. 그러던 중 우리는 어느 허름한 플라멩코 바에서 팝시와 케일라를 만났다. 오스트리아에서 온 그들은 스페인에서 차를 빌려 여행하는 중이라고 했다.

다음 목적지가 '그라나다'라는 말을 듣는 순간 우리는 귀가 번쩍 뜨였고, 혹시나 그 차를 싸게 얻어 탈 수 있을까 싶어 잔뜩 기대에 부풀었다. 맥주 두 잔의 취기와 전통 플라멩코의 열기는 우리의 기대에 날개를 달아 주었다. 두 사람은 함께 그라나다로 가자고 제안했고 우리는 건배로 그 제안을 기쁘게 받아들였다. 버스비의 3분의 1만 내고 차를 얻어 타기로 한 우리는 아침 일찍 짐을 꾸려 약속 장소로 나갔다.

혹시라도 어제 취기에 한 약속을 잊고 그냥 떠나 버렸을까 봐 걱정했는데 그들은 약속 장소에 서 있었다. 하지만 그들에게 점점 다가갈수록 발걸음은 무거워졌다. 설마, 모든 문을 열어젖힌 저 소형차를 타고 가는 건 아니겠지? 팝시가 웃으며 한 팔을 차 지붕에 올리는 순간 우리는 동시에 '오 마이 갓'을 외쳤다. 이런, 당했다!

물론 네 명이 소형차에 타는 건 어려운 일이 아니다. 그러나 우리에겐 각자 몸집만 한 배낭이 하나씩 더 있었다. 네 명의 배낭 중 가장 컸던 아멜리아의 배낭을 트렁크에 넣으니 더 이상 들어갈 자리가 없었다. 이제 그 작은 차에 사람 넷과 배낭 세 개를 쑤셔 넣어야 했다. 먼저 우리가 뒷좌석에 타자 팝시가 짐을 하나씩 전달했는데, 배낭 세 개를 몽땅 우리에게 밀어 넣는 게 아닌가. 맙소사, 우리가 누르면 들어가는 공기 튜브도 아닌데 팝시는 배낭을 마구 밀어 넣더니 문을 닫아 버렸다. 짐들과 뒤엉켜 의자에 묶여 버린 우리 둘은 얼굴을 겨우 반대쪽으로 돌려 서로를 쳐다보았다. 어찌나 황당하던지 그냥 웃음만 튀어나왔다. 밉살스럽게도 나란히 앞좌석에 앉은 두 사람은 안전벨트까지 챙겼다. 팝시가 물었다.

"Is everything OK?^{다들 괜찮지?}"

괜찮냐고? 망할, 그 상황에서 어떻게 괜찮겠냐고! 세 시간 반이면 그라나다에 도착한다는데 우리는 출발한 지 30분도 지나지 않아 온몸이 땀으로 범벅이 되고 말았다. 차에 에어컨이 없다는 사실을 알았다면 45도를 웃도는 그 더

위에 12유로를 아끼자고 차를 얻어 타지
는 않았을 터다. 더운 바람에 완전히 맛이
간 상태로 두 시간을 달려 다리에 감각이
사라질 때쯤 차는 기름을 넣으러 주유소
로 들어갔다. 차에서 쏟아져 나온 우리는
주유소 가게에서 싸구려 빵을 사들고 콘
크리트 바닥에 주저앉았다. 빵을 씹는 입
안은 사막같이 말랐고 어깨는 철판 위의
고기처럼 타들어갔다.

　"아무래도 우리가 당한 것 같아. 우리
가 준 돈으로 저 에어컨도 없는 차에 기름
을 가득 넣고도 남을 거야. 저들은 우리 덕
분에 공짜 여행을 하는 셈이지."

　아멜리아가 비꼬듯 말했다. 물론 나
도 그 말에 백 퍼센트 공감했다. 얌체 여행
자들 같으니라고!

　앞으로 한 시간이면 도착한다는 말에
희망을 걸고 우리는 다시 뒷좌석으로 들
어갔다. 무슨 영문인지 케일라가 배낭 하
나를 자기가 안겠다고 나섰다. 짐 하나가
빠지면서 앞에 시야가 트이자 그런대로
버틸 만했다.

　"그라나다 다음에는 어디에 갈 거야?"

　유럽 여행에 나선 장기 여행자들은 대부분 루트가 비슷하다. 나와 아멜리
아는 단박에 팝시의 속내를 알아채고 눈을 마주쳤다. 흥, 우리를 이용해 계속해
서 공짜 여행을 하고 싶다는 거지?

　"잘 모르겠어. 계획을 세우고 여행하는 게 아니거든. 그라나다가 좋으면

오래 있을 수도 있고, 아니면 다음 날 바로 떠날 수도 있고."

우리는 그들과 헤어지고 싶은 마음에 대충 얼버무렸다.

"그래? 그래도 2주 후에는 '발렌시아'에 도착해야지. 토마티나를 놓칠 거야?"

아멜리아와 나는 다시 한 번 눈을 마주쳤다. 그렇지, 뜨거운 열정의 나라 스페인에서 빨간색이 온통 세상을 지배하는 '라 토마티나' 축제를 놓칠 수는 없지! 더위가 기승을 부리는 8월 마지막 주에 발렌시아의 작은 마을 부뇰^{Bunol}에서 열리는 그 축제는 스페인의 열정을 제대로 느끼기 위해 세계에서 배낭 여행자가 몰려드는 곳이다. 갑자기 더위에 녹아 내렸던 내 마음에 강한 흥분의 서늘함이 찾아들었다. 열정을 불태우는 자리에 내가 빠질 수야 없지. 물론 그들과 함께 여행할 생각은 조금도 없었지만 토마티나에 가겠다는 생각은 확고했다.

낭만과 자유의 바닷가 캠핑

스페인 남부에서의 2주일은 훌쩍 지나갔다. 온몸이 숯덩이가 되어 더 이상 까매지지도 않는 내 피부는 뜨거운 스페인 날씨에 완전히 적응했다. 토마티나로 향하는 여행자는 생각보다 많았고 덕분에 우리는 다양한 정보를 얻을 수 있었다. 여행을 하다 보면 여행 가이드북 자체가 짐으로 느껴지기도 하고, 또 여행자들에게 직접 듣는 정보가 훨씬 더 실용적이고 정확한 경우가 많다.

우리가 너무 늦게 준비하는 바람에 혹시 숙소와 차편을 구하지 못하는 건 아닐까? 호스텔은 이미 꽉 찼거나 가격이 너무 비쌌고 발렌시아에서 토마티나가 열리는 작은 마을로 가는 차편을 구하는 것도 문제였다. 그러던 중 호주에서 온 여행자들에게 스톡 트래블^{Stoke Travel}이라는 굉장한 정보를 얻었다. 그것은 여행을 좋아하는 배낭여행자들이 모여 만든 작은 여행 그룹으로, 큰 버스 한 대를 빌려 유럽 전역을 돌아다니며 배낭 여행자들에게 싼값에 캠핑과 교통편을 제공한다고 했다. 돈 없는 여행자들이 자원봉사를 하면 공짜로 먹이고 재워 주기까지 한다니 이게 웬 횡재인가.

우린 텐트가 남아 있다는 소식을 듣고 토마티나 축제를 포함해 사흘을 그들과 함께 보내기로 했다. 느닷없이 발렌시아 근처 해변에 텐트를 치고 세계에서 모인 약 쉰 명의 여행자와 함께 캠핑하게 되었지만, 나는 그것이 강렬하고 즐거운 경험이 될 것 같아 무척이나 설렜다.

재밌게도 그때 소셜 네트워크로 내 유럽 여정을 전해들은 중학교 동창 승연이와 연락이 닿았다. 이탈리아의 밀라노에서 공부하는 승연이는 방학 때 무엇을 할지 고민하던 차에 내 소식을 듣고 토마티나로 가는 여정에 합류하기로 했다. 10년 만에 보는 승연이와 발렌시아 기차역 앞에서 만났는데, 그 친구는 새까만 얼굴에다 몇 달째 빨고 빨아 본래의 색을 잃어버린 옷을 걸치고 꼬질꼬질한 슬리퍼를 신은 내가 낯설어 보였을지도 모른다. 우리는 반갑게 수다를 떨 틈도 없이 스톡 트래블 버스에 올라 30분쯤 달려 해변으로 갔다.

해변에서 조금 떨어진 캠핑장에는 텐트 서른 개가 빽빽이 들어섰다. 태어나서 캠핑을 처음 해 보는 승연이의 얼굴에는 근심이 가득했다. 괜히 온다고 했

나 싶은 표정이 열 번도 넘게 스쳐 갔다. 아마도 두 사람이 겨우 들어가는 텐트 하나, 공중화장실과 불편한 샤워실, 갑작스러운 캠핑에 적응할 시간이 필요했을 터다. 새로운 것을 접할 때마다 소스라치게 놀라는 승연이의 모습은 좌충우돌하던 내 첫 배낭여행을 떠올리게 했다.

캠핑에 참가한 쉰 명 정도의 여행자와 친해지는 데는 오래 걸리지 않았다. 3분의 1은 호주에서 또 3분의 1은 영국에서, 그 나머지는 세계 여러 곳에서 온 여행자였다. 아시아인은 우리 둘밖에 없어서 외국 친구들의 호기심과 관심이 집중되었다. 스톡 트래블 스태프가 파란 팔찌를 흔들며 15유로만 더 내면 사흘간 맥주와 샹그리아를 무제한으로 마실 수 있다고 꼬드기는 바람에 우리는 팔에 파란 족쇄를 찼다. 그게 족쇄였던 이유는 본전을 뽑자는 생각에 사흘간 억지로라도 맥주를 더 마셨기 때문이다. 호주 친구들은 '비어 몬스터(맥주 괴물)'라고 불러도 좋을 만큼 맥주를 많이 마셨다. 자기 전까지 마시고도 아침에 눈을 뜨면 한 손에 시리얼, 다른 한 손에 맥주를 들었다. 나는 일명 '비어 봉'이라는 것을 그때 호주 친구들에게 처음 배웠다. 비어 봉이란 거대한 깔때기에 긴 호스를 달아놓고 호스 끝에 입을 댄 채 깔때기에 맥주 두 캔을 한꺼번에 붓고 마시는 것이다. 다 마시기 전에 호스에서 입을 떼면 얼굴뿐 아니라 온몸이 맥주로 범벅이 된다.

각국에서 온 친구들이 나라를 대표해 비어 봉 경연에 나섰고, 당연히 승연이와 내 차례가 왔다. 나는 아직 문화적 충격에서 벗어나지 못한 친구를 내보낼 수 없어 아시아인, 아니 한국인 대표로 나섰다. 내 체구를 본 거구의 외국 친구들은 불을 보듯 뻔한 실패를 예상하며 토끼처럼 눈을 동그랗게 뜨고 모여들었다. 흥, 맥주를 몸뚱이 면적으로 마시니!? 그동안 다양한 음주에 다져진 나는 맥주 두 캔을 가볍게 꿀꺽 삼켰다. 그 순간 여행자들 사이에서 환호성이 터져 나왔고 승연이와 나는 자부심 가득한 표정으로 부둥켜안았다.

캠핑 둘째 날 아침, 잠자리가 푹푹 쪄대는 통에 눈을 떴다. 한여름에 해변에서 텐트를 치고 잠을 자는 건 정말 곤혹스러운 일이다. 정오가 지나자 내리

쬐는 햇볕에 텐트 안 온도가 50도를 웃돌았다. 얼굴이 벌겋게 달아오른 우리가
땀을 찔찔 흘리며 더듬더듬 텐트 밖으로 나가자 모두들 바다에서 놀고 있었다.
세상에, 우린 즉시 수영복으로 갈아입고 바다로 뛰어들었다. 날씨와 달리 바닷
물은 몹시 차가웠고 멋모르고 뛰어든 우리는 팔짝팔짝 뛰며 소리를 질렀다.

　유난히 소금기가 짙은 스페인의 바닷물에 몸을 띄우고 여유롭게 육지를
바라보니 신선놀음이 따로 없었다. 아, 최고의 여름이다. 텐트 안이 아무리 더
운들 어쩌리. 엎어지면 풍덩 바닷물 속으로 뛰어들 수 있는 것을! 거기에다 캠
핑장에서 솔솔 풍겨 오는 바비큐 냄새까지. 승연이도 조금씩 캠핑의 묘미를 즐
기고 있었다. 처음에는 모래범벅인 텐트 안을 쓸고 또 쓸더니 이제는 누울 데만
있으면 입이 헤벌쭉해져서 모래범벅인 채로 텐트 안을 들락거렸다.

　토마티나 축제에 가기 전날, 여행자들은 모두 나른함을 즐기며 해변에서
자유롭게 여름을 보냈다. 배가 고프면 바비큐 그릴에서 먹음직스럽게 구워진
소시지로 배를 채우고, 목이 타면 물 대신 공짜 맥주로 목을 축였다. 공놀이가
지겨우면 게임을 하고 더우면 바다로 뛰어들었다. 스톡 트래블은 그야말로 자
유분방함과 젊음으로 가득 찬 여행자들의 그룹이었다. 몇 달간 배낭여행을 하
느라 지친 여행자들에게 그보다 더 값진 휴식은 없었다. 두 달 넘게 호스텔을
전전한 나는 자연 속에서 뒹굴며 즐거운 비명을 질러댔다. 삶아지기 일보 직전

인 텐트와 미친 듯이 달려드는 모기 때문에 괴롭기도 했지만, 그 나른한 자유에 비하면 그건 견딜 만한 희생이었다.

열 정 으 로 빨 갛 게 물 든 부 뇰

버스는 캠핑장에서 축제가 열리는 부뇰까지 두 번, 즉 6시와 8시에 우리를 실어 나르기로 했다. 축제를 즐기려면 만반의 준비를 해야 하는 만큼 승연이와 나는 8시에 가기로 했다. 토마티나를 위해 준비할 게 생각보다 많았다. 토마토가 사정없이 날아다닐 테니 우선 눈을 보호하기 위해 물안경을 준비하고, 속옷을 꼼꼼하게 챙겨 입은 다음 겉에는 버려도 좋을 만한 것을 걸쳤다.

스톡 트래블 스태프들은 여자들에게 티셔츠를 겹겹이 입으라고 누누이 강조했다. 토마티나 축제에서 가끔 앞뒤 분간을 못하는 참가자들이 여자들이 입은 티셔츠를 찢기 때문이란다. 언제부터, 왜 시작된 것인지는 모르지만 어느새 티셔츠 찢기는 토마티나의 전통이 되었고, 그런 이유로 스태프들은 티셔츠를 세 장 정도 겹쳐 입으라고 권했다.

나는 얼마 있지도 않은 구깃구깃한 티셔츠를 세 장 겹쳐 입고, 미리 준비한 물안경을 머리에 걸쳤다. 신발도 잃기 쉽다고 해서 슬리퍼 대신 샌들을 신었다. 설렘과 비장함을 안고 버스에 오르니 모두들 나름대로 단단히 무장을 하고 있었다. 옷차림은 무질서했지만 축제를 제대로 즐기겠다는 마음가짐은 다들 같은 모양이었다.

토마티나를 어떻게 시작하게 됐는지 아직 정확히 밝혀진 것은 없다. 어떤 이는 친구들끼리 음식을 던지며 장난을 치다가 생긴 거라고 하고, 또 어떤 이는 토마토를 실은 대형 트럭이 사고가 나 토마토가 쏟아지면서 시작됐다고 말한다. 가장 믿음이 가는 기원은 1940년대에 토마토 가격이 폭락하자 화가 난 농부들이 시의원들에게 토마토를 던지면서 시작됐다는 이야기다.

부뇰은 작지만 구석구석 정이 흐르는 따뜻한 마을이다. 아기자기한 집들이 다닥다닥 붙어 있는 그곳은 벌써 축제 준비를 마치고 우리를 환영하고 있었다. 사방으로 날아다닐 토마토에 대비해 집집마다 창문에는 방어막을 쳤고 건물들은 파란 천막으로 가려놓았다. 그 작은 마을은 토마티나에 참가하기 위해 몰려든 여행자들로 북적댔다.

사람들은 "오 에오에오에오 에~ 올레 올레~"(월드컵 때 우리가 함께 외치던 그 노래. 나는 그게 세계적인 멜로디인지 정말 몰랐다.)를 외치며 토마토를 실은 트럭들을 맞이하기 위해 마요르 광장 Plaza Mayor 으로 걸어갔다. 그 길을 따라 부뇰 사람들은 건물 위에서 여행자들을 환영한다는 의미로 물을 뿌렸다. 어떤 사람은 큰 바가지로 물을 부었고 어떤 가족은 아예 호스로 뿌려 댔다. 사람들은 위에서 뿌려 주는 물을 맞으려고 안달이 났다. 왜 그런지는 모르겠지만 나도 분위기에 휩쓸려 위에서 뿌리는 물을 맞으려고 "여기요! 여기요!" 하며 손을 흔들었다. 머리 위로 차갑게 떨어지는 물이 온몸을 적셨다. 물벼락을 흠씬 맞으니 마을 사람들의 환영을 제대로 받은 기분이었다. 축제장을 찾은 우리나 그곳에서 우리를 환영하는 마을 사람들은 모두 흥분의 도가니에 휩쓸렸다.

10시가 되자 토마티나 축제의 서막이 올랐다. 광장에는 기름을 바른 큰 장대가 세워졌고 그 끝에는 스페인식 햄 '하몽'이 매달려 있었다. 누구든 축제에 참가한 사람이 그 미끌미끌한 장대에 기어 올라가 끝에 달린 햄을 따는 순간, 큰 나팔 소리가 120분간 이어질 토마티나 축제의 시작을 알린다. 셀 수 없을 정도로 많은 사람이 장대 주위로 몰려들었다. 앞서 올라간 사람은 장대를 감싸 안은 팔다리가 미끄러워 제대로 오르지 못했고, 뒤에 올라가는 사람은 자기가 먼저 올라가려고 난리였다. 그렇게 사람들이 뒤엉켜 실랑이를 하는 동안 한 청년이 사람들 등을 타고 올라가 장대 위로 열심히 기어 올라갔다. 또 한 사람이 청년을 따라잡으려고 올라갔지만 청년은 이미 손에 하몽을 쥐고 있었다. 주위 사람들이 일제히 외치기 시작했다.

"토마토! 토마토!"

그 외침은 축제가 시작되었다는 신호다. 나팔 소리가 들리자 무지무지하

게 큰 트럭 열 대가 썩은 토마토 120톤을 마을의 여기저기에 쏟아 냈다. 댐에서 물이 쏟아지듯 엄청나게 밀어닥친 토마토들이 순식간에 마을 곳곳의 길 위로 흐르기 시작했다. 온통 빨간 세상이다!

사람들은 마을에 가득 찬 빨간 토마토를 서로에게 던지기 시작했다. 동시에 사람들은 마치 물감을 뒤집어쓴 듯 빨갛게 물들어 갔다. 마을의 아기자기한 건물들도 정신없이 날아다니는 토마토에 불그스름하게 변해 갔다. 그때 인파를 뚫고 거대한 트럭이 한 대 더 도착하더니 수천만 개의 토마토를 쏟아 부었다. 트럭 위에 올라탄 축제 스태프들도 사람들에게 토마토를 집어던지며 축제 열기에 가세했다. 그들이 위에서 장난을 치자 주위 사람들이 몽땅 달려들어 스태프들에게 토마토를 던지기 시작했다. 수적으로 불리한 스태프들은 순식간에 빨간색으로 물들었다.

전쟁터 한가운데서 넋이 나가 서 있던 나는 어디서 날아온 것인지도 모르는 토마토 하나에 정통으로 맞았다. 다행히 썩어서 물렁물렁한 토마토라 아프지는 않았지만 냄새가 너무 고약했다. 맞고만 있을 수는 없지. 나 역시 어딘가

로 던지고 또 던졌다. 사방에서 날아오는 토마토에 범벅이 되면서 말이다. 누군가를 노리고 던지는 게 아니라서 그런지 토마토를 맞아도 이상하게 웃음이 나왔다. 무언가에 홀린 기분이었다.

방향도, 목표도 없이 사방에서 토마토가 날아다니기 때문에 물안경은 필수품이다. 얼굴도 토마토로 범벅이 되기 때문이다. 물안경을 써도 안경 사이사이에 찌꺼기가 껴서 앞이 거의 보이지 않는다. 마침 내가 앞이 잘 보이지 않아 헤매고 있는데 갑자기 거대한 압력이 내 쪽으로 밀려왔다. 또다시 들어오는 트럭을 맞이하려 뒤로 밀리는 인파였다. 사람들과 다닥다닥 붙어 있는 상태에서 그들이 순식간에 뒤로 밀리니 인파에 낀 내 발은 공중으로 솟구쳤다. 자칫 중심을 잃고 넘어지면? 그 뒤는 상상하기조차 싫을 정도로 끔찍한 시나리오였지만 내 힘으로는 사람들이 미는 힘을 도저히 당해 낼 수가 없었다. 난 잔뜩 겁에 질려 반 울상이 된 얼굴로 소리를 질렀다.

"Help!"

사람들 사이로 빨려 들어가 넘어지기 직전, 갑자기 누군가가 내 팔을 덥석

낚아챘다. 금발의 덩치 큰 그 사내는
겁에 질려 정신이 없는 내 얼굴을 보
더니 괜찮으냐고 물었다. 난 입이 말
라 대답도 제대로 못하고 고개를 끄덕
이고는 조그맣게 고맙다고 말했다. 그
는 나를 땅에 내려주고는 슈퍼맨처럼
인파 속으로 사라졌다. 안도의 한숨도
잠시, 곁에 있다가 사라진 승연이를
찾기 위해 낑낑대며 인파를 헤치고 건

물이 있는 쪽으로 움직였다. 조금 있다가 숨을 거칠게 내쉬며 다가온 승연이는
갑자기 몰려온 인파를 버텨 내느라 죽을 뻔했다고 울상이었다. 내 물안경은 이
미 온데간데없었고 신발도 한 짝 잃어버렸다. 머리는 사이사이마다 빨간 토마
토 찌꺼기가 잔뜩 낀데다 제멋대로 헝클어졌다. 얼굴은 마치 토마토 팩을 한 것
처럼 찌꺼기가 들러붙어 바람에 흔들거렸다.

우리는 사람들이 많은 곳을 피해 작은 골목으로 들어갔다. 골목 사이사이
에는 무릎까지 찬 토마토 물이 흘러가면서 다리를 간지럽혔다. 골목으로 가니
오히려 사람들이 더 자유롭게 토마토를 던지며 놀고 있었다. 심지어 무릎까지
들어찬 토마토 물에 몸을 담그고 수영도 했다. 그들이 장난을 걸자 나도 다시
토마토 물에 뛰어들어 물장구 대열에 합류했다. 내 물장구를 맞은 사람들은 토
마토를 집어 던졌고 토마토를 맞으면 나는 더 힘차게 물장구를 쳤다.

축제가 아직 끝나지도 않았는데 세상은 벌써 빨갛게 물들었다. 나도 승연
이도 온몸이 빨간색 투성이었다. 그 빨간 세상에서 서로의 겉모습이 어찌됐든
그 모습에 박장대소하고, 마음속의 자유와 열정을 마음껏 표출하는 곳이 바로
토마티나 축제였다.

그때 어떤 친구가 다가오더니 물었다.

"토마토 축제에 처음 온 거야?"

"응!"

"그래? 그럼 내가 티셔츠를 찢어야 하는데!"

"찢는다고? 안 되지!"

"찢어야 해, 그게 전통이야. 처음 온 거니까 전통을 따라야지."

잽싸게 도망치는 나를 쫓아온 그 친구는 순식간에 내 티셔츠를 반으로 갈라놓았다. 안에 티셔츠를 두 장이나 더 입었으니 망정이지!

"하하하. 토마토 축제에 온 것을 환영해!"

나는 흘러가고 있는 토마토 물에서 제일 큰 토마토를 하나 건져 힘껏 던졌다. 뒤통수에 정통으로 토마토를 맞은 그 친구는 뒤를 돌아보더니 '윙크'를 날렸다. 마치 예상하고 있었던 것처럼. 갑자기 광장 쪽에서 큰 나팔 소리가 들려왔다. 축제가 끝났다는 신호다. 나팔 소리가 들리면 토마토를 그만 던져야 하지만 사람들은 오히려 나팔 소리에 흥분해 더 던지기 시작했다.

나는 토마토가 흘러가는 쪽을 따라 천천히 걸어갔다. 여기저기에서 짝 잃은 신발들이 떠내려왔고 나는 그중 대충 사이즈가 맞는 한 짝을 찾아 신었다. 내 신발 한 짝도 누군가의 발에 있을지도 모른다는 생각에 피식 웃음이 나왔다. 저쪽에서 마치 불개미 떼가 몰려오듯 빨갛게 물든 인파가 걸어왔다. 그들은 서로 모르는 사이지만 어깨동무를 하고 하이파이브를 나눴다. 지나가던 어떤 소년이 자기가 쓰고 있던 하얀 모자를 내 머리에 올려놓았다. 나는 고약한 토마토 냄새가 밴 그 모자를 꾹 눌러썼다.

내 마음 속까지 씻어 준 사람들

축제가 끝나고 우리는 마을 구석구석을 돌아다녔다. 규모가 작긴 했지만 크고 작은 광장들과 분수대가 있었고 아담한 건물이 빽빽이 들어선 알찬 마을이었다. 토마토 던지기가 끝났음을 알리는 나팔 소리가 들리자마자 마을 사람들은 천막으로 가렸던 창문을 열었다. 그러더니 물이 든 바가지와 호스를 들고 밖으로 나오기 시작했다. 그들은 자기 집 앞에 서 있는 축제 참가자들의 몸에

스페인
라 토마티나

붙은 토마토를 씻어 주었고, 얼굴과 눈에 들어간 토마토를 씻을 수 있게 해 주었다.

그 모습을 보니 왠지 마음이 따뜻해졌다. 주민들은 그들의 전통 축제를 즐기러 온 사람들을 보면서 진심으로 기뻐했다. 일 년에 단 하루, 딱 두 시간만 열리는 짧은 축제지만 그 안에는 많은 것이 담겨 있었다.

승연이와 나도 몸에 가득 묻은 토마토를 씻기 위해 조금 덜 바쁜 마을 주민들을 찾아다녔다. 힘이 좋은 아저씨들은 호스 끝을 세게 잡아 그 수압으로 쉽게 토마토를 씻어 냈다. 그런데 저쪽에서 호스를 끌고 천천히 걸어 나오는 머리가 허연 할머니가 보였다. 호스가 길고 무거운지 걸어 나오는 속도도 더뎠고 호스를 통해 흘러나오는 물은 수압이 약해 바닥으로 주르륵 흘러내렸다. 수압이 약하자 사람들은 할머니한테 가서 씻으려고 하지 않았다. 우리는 재빨리 할머니에게 다가갔다.

할머니는 우리를 반기며 조금씩 흘러나오는 물을 몸 구석구석에 뿌려 주었다. 내가 모자를 벗자 할머니는 한 손으로 머리를 쓰다듬으며 토마토 찌꺼기를 하나하나 떼어 냈다. 물이 몹시 차가웠지만 할머니의 따뜻한 손길에 마음이 훈훈했다. 그때 나는 장기간 여행을 하며 마음 한구석에 조금씩 자리 잡은 미래에 대한 걱정, 후회스러운 과거 그리고 이런저런 잡생각을 토마토 찌꺼기와 함께 씻어 냈다. 성수를 받은 것처럼 마음까지 닦아 낸 우리는 할머니께 깊이 감사를 드렸고, 할머니는 자신이 그 축제의 일부가 되어 행복한 듯 우리가 멀어질 때까지 미소를 지으며 손을 흔들었다.

우리는 스톡 트래블 여행자들이 모이기로 약속한 장소로 갔다. 올 때는 두 번으로 나눠 왔지만 갈때는 한꺼번에 가야 하는 통에 버스가 만원이었다. 자리가 없어 친구들은 바닥에 앉거나 서로의 무릎에 올라앉기도 했다. 문제는 냄새였다. 각자의 몸에서는 썩은 토마토 냄새가 뿜어져 나왔고 서른 명 이상이 한 공간에 갇혀 있자 냄새가 아주 고약했다. 차라리 더운 바람이 나을 것 같아 나는 창문을 열고 뜨거운 공기를 들이마셨다.

버스가 캠핑장에 도착하자마자 여자들은 앞다퉈 샤워장으로 달려갔다. 놀

때는 즐거웠지만 자기 냄새를 더는 참기 힘들었던 모양이다. 남자들은 이미 여자들로 가득 찼을 샤워장에는 얼씬도 하지 않고 바다로 뛰어들었다. 갈림길 사이에서 잠시 고민한 나는 넓게 펼쳐진 바다 쪽으로 달렸다.

별 아래 캠프파이어

내일이면 스톡 트래블 친구들과의 캠핑도 끝이다. 처음에 힘들어하던 승연이도 이젠 캠핑의 맛을 알 것 같다며 아쉬워했다. 다행이다. 여행자들은 누가 먼저랄 것도 없이 곤한 낮잠에 빠져들었다. 늘어지게 잠에 파묻혀 피곤을 털어낸 뒤, 우리는 하나둘 모여들어 그날의 경험을 얘기하며 박장대소를 터트렸다.

어느새 캠핑장에 어둠이 깔리기 시작했다. 누군가가 조용한 캠프장 한가운데에 모닥불을 피우자 영국에서 온 데이브가 기타를 집어 들었다. 곧이어 그는 감미로운 목소리로 노래를 부르기 시작했다. 그의 목소리에 끌려 몇몇 친구가 모닥불 주위로 모여들었다. 데이브의 노래와 간간이 들려오는 나무 타는 소리가 분위기를 정겹게 만들었다. 호주에서 온 친구 하나가 자신의 배낭에 숨겨두었던 술 한 병을 꺼내 왔다. 우리는 모닥불을 가운데 두고 돌아가며 술병을 들고 한 모금씩 들이켰다.

데이브의 노래가 끝나자 다른 친구가 기타를 잡고 다시 그의 세계로 우리를 데려갔다. 낭만적인 모닥불과 튜닝이 되지 않아 반음씩 떨어지는 기타 소리, 40도를 웃도는 술 한 모금, 아련한 추억을 회상하듯 농도 짙은 목소리. 그 모든 것이 한 장의 스냅사진처럼 멋지게 조화를 이루었다. 오랫동안 마음에 남을 사진이었다.

모닥불이 사그라지는 동안 여행자들의 수다는 계속되었다. 살짝 취기가 돌아 등을 대고 눕자 까만 하늘에 수많은 별이 빛나고 있었다. 내가 별을 보고 감탄하는 소리를 들었는지 친구들도 모두 누워서 하늘을 바라봤다. 취기였는지, 자유로움 때문이었는지 우리는 실없는 이야기로 밤을 지새웠다. 동쪽 하늘이 조금씩 밝아지자 캠프파이어를 하던 친구들은 그대로 둥그렇게 원을 그린 채 잠이 들었다. 잠들기 전 은은히 타고 있는 모닥불을 바라보며 데이브가 그랬다. 우린 이제 서로 다른 곳을 여행하겠지만 그래봤자 같은 별 아래서 함께 여행하는 거라고.

공식 웹사이트
http://www.tomatina.es

일정
매년 8월 마지막 주 수요일. 2014년은 8월 27일.

입장료, 티켓
무료

축제 시간
축제 참가자가 하몽을 장대에서 따는 순간부터 120분간(보통 아침 11시에서 1시까지)

가는 방법
여행 그룹을 이용하지 않을 시 바르셀로나, 마드리드, 발렌시아 이외에 여러 도시에서 부뇰까지 가는 버스를 운행한다.(웹사이트에서 버스 티켓 구매 가능.)

숙소
스페인 해변에서 캠핑을 즐기고 싶다면 스톡 트래블 추천.
(http://stoketravel.com/tomatina) 1박 50유로(텐트 포함)

꼭 챙겨야 할 준비물
수영복(아니면 버려도 될 속옷), 물안경, 여분의 (버려도 될 만한) 티셔츠, 방수 카메라

주의사항
- 버려도 괜찮은 낡은 티셔츠를 입는다. 축제 중 티셔츠를 찢는 사람이 있기 때문에 여자는 세 겹 정도 옷을 껴입기를 권한다.
- 속옷은 수영복을 입는 것이 좋다.
- 신발은 잃어버리기 쉬우므로 슬리퍼는 피한다. 샌들을 신을 경우 끈으로 묶거나 테이프로 돌돌 말아서 신기를 권한다.
- 여자들은 머리를 묶는 것이 좋다.
- 카메라를 가져간다면 꼭 방수 팩에 넣어야 한다.
- 단단한 토마토는 될 수 있는 대로 으깨서 던진다.

일　　　본
삿　포　　로
눈꽃 축제
Sapporo Snow Festival

새하얀 눈이 만들어 낸
눈부신　　추 억

기억나니? 네가 어렸을 때
눈이 많이 내린 겨울날 용문사에 갔었어.
하얀 설산을 보고 할머니가 차를 세우라고 하시더니
차에서 나가 한참 그 풍경을 보시는 거야.
그리곤 '정말 예뻐서
내가 눈감을 때 넣고 가야겠다.' 하시더라.
그때 그 설경이 잊히지 않아.
할머니의 마지막 기억이기도 하지.

엄마

　　엄마와 딸의 관계는 참 복잡미묘하다. 대개는 둘도 없는 친구처럼 수다를 떨다가도 금방 다투고 토라지기 일쑤다. 말 한마디에 마음이 상하고 또 말 한마디에 스르르 풀리는 사이가 아닌가. 엄마를 많이 이해하면서도 가끔 쓴소리를 하는 내가 엄마와 함께 둘만의 여행길에 나섰다. 그리 멀지 않은 곳으로 기억에 남을 만한 여행을 구상한 나는 일본의 삿포로를 선택했다. 마침 그때는 삿포로 눈꽃 축제가 한창이었다.

　　눈을 보는 것으로 모자라 거대한 설상을 보면서 함께 축제를 즐길 생각을 하니 가기 전부터 몸과 마음이 들떴다. 추우면 팔짱을 끼고 같이 어묵 국물을 마시리라.

　　일본을 향해 출발한 지 얼마 되지 않아 하얀 산들이 모습을 드러냈고, 회색빛 비행기는 세 시간 반 만에 삿포로 신치토세 공항에 내렸다. 싸늘한 공기가 온몸을 휘감았다. 일본에 갈 때마다 느끼는 것이지만 일본은 뭔가 독특한 느낌을 풍긴다. 유럽이 백열등이라면 일본은 형광등이다. 무언가를 신비롭게 여기 저기에 숨기고 있는 유럽과 달리, 일본은 모든 것을 깨끗이 드러내고 있는 느낌이다. 네모반듯하게 정리된 가게들이 곳곳에 서 있고 모두 비슷하게 생긴 사람들은 친절함이 몸에 밴 듯 행동이 간결하다.

　　공항에서 나와 우리는 버스 타는 곳을 찾아 나섰다. 최종 목적지인 삿포로 눈꽃 축제에 가기 전에 하루짜리 온천 여행을 계획했기 때문이다. 버스를 채우고 앉아 있던 사람들은(대부분 일본인이라는 게 신기했다.) 차가 온천으로 출발하자 시끌벅적하게 떠들기 시작했다. 공항에서 온천까지는 버스로 한 시간 반 정도 걸리는데, 아침 일찍 출발한 까닭에 아직 정오밖에 되지 않았음에도 잠이 몰려왔다. 내가 꾸벅꾸벅 조는 동안 엄마는 서리가 끼어 뿌연 창문 너머로 언뜻 보이는 설산을 물끄러미 보더니 혼잣말로 예쁘다고 중얼거렸다. 그 소리에 졸던 눈이 번쩍 떠졌다. 눈에 반사돼 하얗게 빛나는 엄마의 눈에서 아이 같은 호기심이 엿보였다.

딸이 세계 곳곳을 누비며 멋지고 신기한 것들을 눈에 담고 경험하는 동안 엄마는 그 딸이 걱정돼 밤마다 자식의 안녕을 기도했을 터다. 내가 돌아와 여행 이야기를 풀어놓으면 엄마는 마치 당신이 여행을 다녀온 것처럼 즐거워했다. 그날 엄마의 눈은 창밖의 모든 것을 하나도 놓치지 않으려는 듯 유난히 빛났다. 왠지 모를 죄송함에 나는 마음의 손을 뻗어 창문에 낀 서리를 몽땅 닦아 냈다.

얼음장을 녹여 버린 지옥의 온천

우리가 도착한 온천 마을 노보리베츠 앞에는 커다란 도깨비 구조물 두 개가 나란히 서 있었다. 머리에 뿔이 있고 커다란 방망이를 든 채 무서운 얼굴로 손님을 맞이하는 빨간 도깨비상을 보니 마치 염라대왕 앞으로 가는 관문을 통과하는 듯한 기분이 들었다. 노보리베츠 온천은 일본에서 '지옥 온천'으로 유명하다. 유황 연기가 모락모락 피어오르고 물이 보글보글 끓을 정도로 뜨거운 온천을 생각하니 조금 무서웠지만 추운 날씨에 몸을 녹일 수 있다는 생각에 뛰어들 용기가 났다. 유황 온천은 특히 피부와 미용에 좋아 모녀 여행객이 자주 찾는다고 한다.

하루를 머물기로 한 숙소는 커다란 온천 호텔인데도 다다미방이었다. 조용한 숲에 걸맞게 방 안에는 깊은 고동색 나무로 된 가구들과 이불을 깔 수 있는 자리 그리고 방 한가운데에 작은 테이블이 놓여 있었다. 작고 소박한 방에도 고급스러움을 더할 수 있다는 것이 무척 놀라웠다. 발코니에 나가 밖을 내다보니 새하얀 산과 눈이 쌓인 온천 건물에서 더운 연기가 뿜어져 나오는 절경이 펼쳐졌다. 그 광경에 할 말을 잃은 모녀는 한참이나 발코니에 그대로 서 있었다.

간단히 짐을 풀고 방에 있는 유카타로 갈아입은 우리는 곧바로 온천으로 향했다. 규모가 대궐처럼 대단했음에도 온천은 아주 조용했다. 하긴 오전에 일찍감치 다녀간 사람들은 지금쯤이면 달콤한 낮잠을 즐기고 있으리라. 그곳에서는 노천탕에 꼭 들어가 봐야 한다기에 우리는 따뜻한 물로 몸을 축인 후 바깥

으로 나갔다. 이런, 나가자마자 찬기가 온몸을 감싸 닭살이 돋았다. 눈은 계속해서 내렸고 우리는 조심스레 발끝부터 담그며 몸이 따끔할 정도로 뜨거운 온천 안으로 서서히 들어갔다. 아, 따뜻하고 포근한 느낌! 입에서 절로 감탄사가 나왔다.

노천탕에 앉은 엄마와 나는 금세 눈앞의 절경에 매료됐다. 머리 위엔 눈이 펄펄 내리고 있는데 몸은 지글지글 끓고 있다는 사실이 정말 신기했다. 15분 정도 지나자 땀이 날 정도로 몸이 뜨거워져 다시 실내 온천으로 들어갔다. 그렇게 몸을 불린 뒤 우리는 허물을 벗겨 내듯 때수건으로 때를 씻었다. 서로의 등을 밀어 주며 뜨거운 온천에 허물을 벗어 놓고 우리는 개운하게 방에 돌아와 얼굴에 팩을 하고는 나란히 누웠다. 소곤거리는 우리 모녀의 끊임없는 수다는 긴 밤을 눈처럼 하얗게 밝혔다.

삿포로 눈꽃 축제

깔끔하게 차려 준 아침을 먹고 엄마와 나는 삿포로로 가는 버스를 탔다. 삿포로는 말 그대로 눈의 도시다. 우리가 그곳에 발을 내디던 순간부터 눈은 한 시도 그치지 않았다. 희한하게도 눈보라가 치는 것도 아니고 바람이 심하게 불지도 않았다. 그저 연극 무대에 뿌리는 가짜 눈처럼 새하얀 눈이 계속해서 사뿐히 내릴 뿐이었다. 어디를 둘러봐도 그곳은 세상이 온통 하얀색이었다.

버스를 타고 두 시간을 달려 삿포로 버스터미널에 도착했다. 온천이 있던 시골과 달리 사람들과 높은 빌딩들로 붐비는 그곳에서 우리는 택시를 잡아탔다. 와우, 호텔 위치는 그야말로 완벽했다. 축제가 열리는 오도리 공원 바로 앞에 있어 창밖으로 축제장 전체가 훤히 내려다보였다.

일본의 호텔답게 깔끔한 호텔방은 화장실을 제외한 공간이 침대 하나로 꽉 찰 정도로 작았다. 창밖으로 보이는 얼음조각에 마음을 빼앗긴 우리는 짐을 풀지도 않고 얼른 밖으로 나왔다. 눈꽃 축제는 삿포로 시내의 세 군데에서 열리고 있었다. 규모가 제일 큰 오도리 공원과 스스키노 거리, 츠도무 회장이 그곳이다. 축제가 한창인 오도리 공원에는 사람들이 바글바글했다.

세계 3대 축제 중 하나인 삿포로 눈꽃 축제는 제2차 세계대전의 패배를 위로하기 위해 시작되었다고 한다. 그처럼 눈이 많이 내리는 2월마다 오도리 공원에는 멋지고 눈부신 작품이 130개 정도 전시된다. 매년 300만 명이 찾는다는 그곳은 브라질의 리우 카니발과 독일의 옥토버페스트에 이어 아시아를 대표하는 축제다. 길게 뻗은 오도리 공원은 축제장을 열두 개의 초매^{丁目}(시가지 구획에서 번지보다 크게 구분해 놓은 단위. '구역')로 나눠 차례로 전시물을 구경할 수 있게 해 놓았다. 열두 개의 초매에는 각기 다른 주제에 맞는 설상과 얼음 조각상을 전시한다. 그리고 공원 끝에는 '테레비 타워^{テレビ塔}'가 우뚝 솟아 있다.

　　축제장은 들어가는 입구부터 무척 분주했다. 어묵, 게(삿포로의 별미), 호빵, 우동 등을 파는 조그만 가게들이 입맛을 돋우며 서 있었기 때문이다. 모락모락

김을 뿜어 내는 음식 향기에 사람들의 발길이 좀처럼 끊이지 않았다.

각 초매를 가득 메운 작품들은 아기자기하게 작은 눈 조각상부터 거대한 설상까지 가지각색이었다. 그 축제를 위해 사용하는 눈만 해도 5톤 트럭 8,000대 분량이라고 한다. 가까이 다가가서 보면 조각상들은 직접 보면서도 믿어지지 않을 정도로 섬세했다. 눈으로 만든 피노키오 조각상 앞에서는 아이들이 피노키오의 긴 코를 향해 손가락질을 하며 웃었다. 「동물들의 꿈의 성」이라는 얼음 조각상을 올려다보니 투명한 얼음들이 높은 성처럼 차례대로 줄지어서 있고 그 꼭대기에 토끼와 여우, 코끼리 등이 조각되어 있었다. 대만의 고궁 박물관을 모델로 한 자이언트 얼음 조각상도 내 마음을 사로잡았다. 그 조각상은 실제로 박물관을 옮겨 놓은 듯 상당히 거대했다. 그 작품을 만들기 위해 눈을 모으는 데만 한 달이 걸렸다고 한다. 지붕의 날렵함과 정교하게 조각한 난간들, 창문 살 문양, 양쪽 건물 모양의 완벽한 대비를 보고 있자니 그 정교함에 저절로 입이 벌어졌다.

걸음을 옮길수록 더 경이롭고 신비한 조각상들이 모습을 드러냈다. 인도의 타지마할을 잠시 빌려온 듯 하얀 눈으로 만든 타지마할 설상도 있었다. 축제장에 전시된 멋진 작품은 대부분 그곳 주민들의 자원봉사로 이뤄진다고 한다. 물론 제작 전후 과정에는 전문가의 손길이 따르지만 봉사하는 시민들이 없으면 작품을 완성할 수 없단다. 나이 어린 학생부터 연세 지긋한 어른까지 수많은 자원봉사자가 작품에 쏟았을 노력을 생각하니 모든 작품이 더욱 빛나 보였다.

첫 번째 초매에 있는 스케이트장에서는 사람들이 연신 미끄러지면서도 즐거운 환호성을 올렸다. 세 번째 초매에는 스노보드 점프대가 있는데 400명의 프로선수가 각종 묘기를 펼쳐 사람들의 환호와 박수를 받았다. 여덟 번째 초매에는 어린이들을 위한 눈 미끄럼틀과 작은 원을 그리며 도는 꼬마기차가 마련돼 있었다. 줄이 몹시 길었지만 누구 하나 짜증내지 않고 언제 자기 순서가 될지 궁금해하며 빠끔히 고개를 내미는 아이들이 무척이나 귀여웠다. 연령 제한이 없는 미끄럼틀은 아이들뿐 아니라 어른들에게도 무척이나 인기가 많았다.

축제장 한구석에 마련된 작은 오두막처럼 생긴 우체국에도 사람들이 붐볐

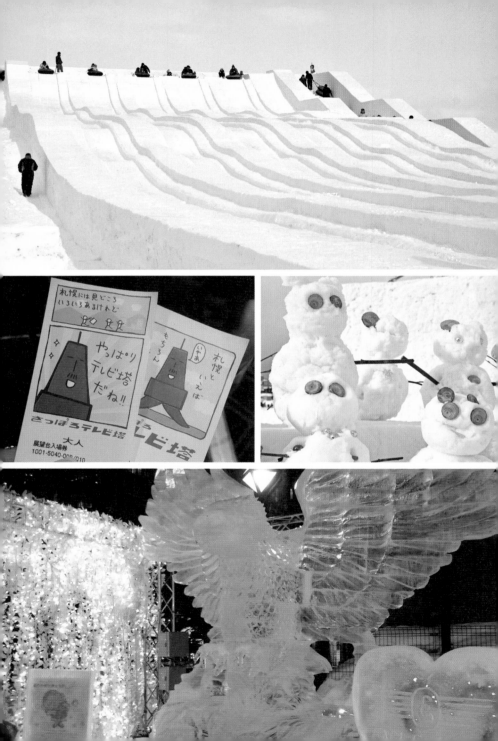

다. 그곳에서는 축제 우표와 엽서를 한정 판매하고 있었고 즉석에서 편지나 엽서를 보낼 수도 있었다. 엄마와 나는 테레비 타워에 있는 파노라마 전망대로 올라가면 오도리 공원이 한눈에 보인다는 말을 듣고 올라가보기로 했다. 한 번 올라가는 데 스무 명 정도를 태우는 엘리베이터를 타자 금세 타워 꼭대기에 닿았다. 아, 야경이 한마디로 그림이었다. 밤이 되자 얼음 조각상 안에 설치한 라이트에 불이 들어오면서 멋진 광경을 연출하고 있었다. 엄마와 나는 동시에 탄성을 지르며 그 야경을 휴대 전화와 카메라에 담느라 정신이 없었다.

"딸이 체했어요."를 보디 랭기지로

어제 먹은 저녁이 문제인지 아니면 날씨가 추워서 그런 것인지 모르지만, 위와 장 전체가 밖으로 나왔다고 해도 과언이 아닐 만큼 나는 밤새 화장실을 들락날락했다. 내가 한숨도 못 자는 바람에 엄마도 덩달아 잠을 설쳤다. 아침이 되어도 몸은 좀처럼 나아질 기미가 보이지 않았다. 얼굴은 퉁퉁 붓고 속이 메슥

거려 몹시 괴로웠다. 이제 더 이상 내보낼 것도 없는 몸은 열을 내기 시작했고, 열이 나자 몸살 기운이 온몸을 감싸면서 으스스했다.

여행을 갈 때마다 상비약을 꼼꼼히 챙겨도 매번 그대로 가져올 정도로 여행지에서 심하게 아픈 적이 없었는데, 약을 챙겨 오지 않은 이번에는 된통 앓고 말았다. 엄마는 더 이상 두고 볼 수 없었는지 약을 구하러 밖으로 나갔다. 약을 사는 것도 문제지만 혹시나 호텔로 돌아오는 길을 잃으면 어쩌나 싶어 엄마를 불렀지만 엄마는 듣지 못한 모양이었다.

한 시간쯤 지났을까 엄마가 문을 열고 들어왔다. 엄마가 들고 온 하얀 봉지에는 여러 종류의 약이 들어 있었다. 무슨 약인 줄도 모르고 주는 대로 삼키긴 했는데 일본 말을 전혀 모르는 엄마가 어떻게 약을 사 왔는지 궁금했다.

"엄마, 약을 어떻게 샀어요?"

"약국 가서 설명했지."

"영어로? 엄마는 일본 말을 모르잖아요."

"영어는 무슨. 그냥 손짓 발짓으로 했지."

"어떻게?"

엄마는 밥을 먹는 모습부터 시작해 배가 아프고, 열이 나고, 토하고, 화장실로 달려가는 동작을 연속적으로 보여 주었다.

"약국에서 완전 원맨쇼 했네. 하하하하."

웃음과 눈물이 섞여 나왔다. 노래방에 가도 노래 한 곡 부르지 못하는 부끄럼쟁이 엄마가 약을 구하기 위해 낯선 곳에서 애썼을 것을 생각하니 마음이 아렸다.

다섯 시간 정도를 자고 나자 메슥거림도 사라지고 열도 내렸다. 기운은 없었지만 개운하게 병이 씻겨 내려간 기분이었다. 엄마는 침대 끝에 앉아 알아듣지도 못하는 일본 방송을 보고 있었다. 내가 탈이 나는 바람에 삿포로에서의 마지막 날을 날려 버린 것 같아 아쉬웠고 엄마한테 미안했다. 슬슬 배가 고픈 걸 보니 다 나았나 보다.

안녕 삿포로, 안녕 엄마

하루 종일 내리던 함박눈은 그쳤지만 좁쌀 같은 눈이 삿포로의 마지막 밤을 장식하고 있었다. 배에 탈이 나서 꼼짝없이 하루를 굶은 나는 튀김이 든 따끈한 우동 한 그릇을 뚝딱 해치웠다. 몸이 낫고 배가 든든해지자 날씨가 춥게 느껴지지 않았다. 오도리 공원보다 더 늦게까지 축제를 진행하는 스스키노 거리를 엄마와 함께 걸었다. 스스키노 거리에는 작고 정교한 얼음 조각상이 양쪽으로 끝없이 펼쳐져 있었다. 게와 고기들이 얼음 안에 박혀 있어 마치 수족관을 보는 것 같은 얼음 조각상, 시원하게 한잔하고 싶게 만드는 사케 얼음 조각상도 있었다. 그곳의 작품들은 세계 곳곳에서 모여든 얼음 조각가들이 직접 만든 것으로 그 수가 300여 개에 이른다고 한다. 화려한 백화점과 쇼핑몰, 주점이 즐비한 삿포로의 유흥가이자 사람들이 가장 많이 붐비는 스스키노 거리에는 얼음 조각상을 보러 온 관광객뿐 아니라 삿포로 연인들의 로맨틱한 데이트 장소이기도 했다.

내일이면 엄마는 서울로, 나는 뉴욕으로 돌아가야 한다. 잠시 우울했지만 삿포로에서 기쁜 추억을 만들었으니 한동안은 마음이 든든할 거라고 나 자신을 위로했다. 설경의 매력에 흠뻑 빠졌던 할머니, 눈을 보며 그런 할머니를 기억하는 엄마 그리고 엄마와 함께 하얀 추억을 만든 딸은 그렇게 눈이 연출하는 아름다움으로 연결돼 있었다. 쉴 새 없이 눈이 내리는 삿포로 축제장에서는 하얀 입김을 호호거리면서도 이상하게 따뜻한 온기와 사랑이 더 크게 느껴졌다.

공식 웹사이트

http://www.snowfes.com

(한국어로도 볼 수 있다.)

일정

매년 2월 초에 7일간 열린다.

2014년에는 2월 5일부터 11일까지 열렸다.

2015년도 2월 5일부터 11일로 예정.

입장료, 티켓

오도리 공원과 스스키노 거리 축제 입장은 무료

각종 이벤트가 있는 츠도무 회장은 200엔, 테레비 타워 전망대는 700엔

축제 시간

오도리 공원(밤 10시), 스스키노 거리(밤 11시), 츠도무 회장(저녁 5시)

가는 방법

산치토세 공항 – 오도리 공원까지 다양한 교통수단을 이용할 수 있다.

공항 열차 JR 신공항역에서 – 삿포로 역(1,040엔) 37분 소요. 버스 이용 시(1,000엔) 70분 소요

숙소

오도리 공원과 스스키노 거리는 서로 가까워 근처에 숙소를 잡으면 축제를 즐기기 편하다.

꼭 챙겨야 할 준비물

따뜻한 옷과 털모자, 부츠, 핫팩, 상비약

근교 여행지

노보리베츠 온천(삿포로에서 버스로 2시간)

미   국
뉴욕 타임스퀘어
새 해 맞 이
카 운 트 다 운
New Year's Eve

일생에 한 번은 꼭!

지금부터 하고 싶은 것을
새로 시작해도
뭐든 될 수 있을 거라우.
얼마나 좋수?

뉴욕의 아흔 살 할머니

'길고 멋진 네 인생은 이제 막 시작되었단다'

뉴욕에 있는 동네 미용실. 머리를 자르려고 기다리고 있는데, 옆에 백발의 할머니가 앉아 오렌지 주스 뚜껑을 열려고 애쓰고 있었다. 5분 넘게 주스와 씨름을 하던 할머니는 결국 나에게 조심스럽게 물었다.

"아가씨, 이 뚜껑 좀 열어 줄라우?"

곁에서 보는 내내 도와드리고 싶은 마음이 굴뚝같았던 터라 나는 얼른 받아들고 딱 소리를 내며 뚜껑을 열어 드렸다. 할머니는 고맙다며 변명 아닌 변명을 했다.

"한 달 전에 생일이 지나 이제 아흔 살이 됐는데, 내가 한 살만 젊었어도 이런 것쯤은 문제없이 열었을 게요."

아흔 살이란 말도 놀라웠지만 나는 한 살만 젊었어도 뚜껑을 거뜬히 열었을 거라는 말에 더욱더 놀랐다. 할머니는 아흔이라는 숫자가 누구나 놀라워할 만큼 많다고 생각지 않는 것 같았다. 굽 낮은 구두에 외출복을 단정하게 차려입은 할머니는 계속 말을 이어 갔다.

"난 아가씨가 지금까지 살아온 날들의 세 배를 살았지. 나 같은 늙은이도 여전히 하고 싶은 게 많은데 아가씨는 얼마나 많을꼬. 아마 아가씨는 지금부터 하고 싶은 것을 새로 시작해도 뭐든 될 수 있을 거라우. 얼마나 좋수?"

스물여섯 살이 되던 해, 나는 '나도 이제 늙었구나.' 하는 생각을 했다. 펄펄 날던 20대 초반이 지나고 중반을 넘어서자 그만 내 인생이 꺾여 버린 것 같았다. 주위의 선배들은 여자 나이는 크리스마스와 같다면서 스물다섯 살(25일)이 지나면 재미없어진다고 놀리기까지 했다.

사실 난 지금도 20대 시절과 생각이 다르지 않다. 물론 예전만큼 나이에 전전긍긍하지는 않지만 한 해 한 해 나이가 들어갈 때마다 나오는 한숨은 피할 수 없다. 어른들의 눈에는 한숨을 쉬는 내가 어이없어 보이겠지만 그래도 내가 늙었다는 느낌이 사라지지 않으니 어쩌겠는가. 몇 년이 지난 후에 지금을 회상하면 '그땐 참 젊었지.'라고 생각하려나.

얼마 전, 이제 막 스물다섯 살이 된 후배가 홈페이지에 남긴 글을 보았다.

"이제 내 젊은 시절은 다 갔다. 내년이 되기 전에 올해 하고 싶은 것을 몽땅 해야지."

어찌나 웃음이 나던지 난 한참 동안 깔깔거렸다. 30대가 되고 보니 젊음이 스물다섯 살로 끝난다는 생각이 얼마나 어리석은 것인지 새삼스러웠기 때문이다. 나 역시 그런 생각을 하며 그 시절을 지나왔으면서 개구리가 올챙이 시절을 잊은 꼴이다. 문득 지금의 내 나이면 무엇이든 될 수 있다던 아흔 살 할머니의 얘기가 떠올랐다. 사람의 목숨이야 신의 뜻에 달린 거지만 흔히 하는 말로 지금이 100세 시대라면 살아온 날보다 살아갈 날이 더 많은 게 아닌가. 나는 후배에게 답글을 썼다.

"○○야, 멀고 먼 앞을 내다봐. 멋지고 긴 네 인생이 이제 막 시작되었으니까!"

모두가 뜯어말리는 새해맞이

늘 시간에 쫓기며 바삐 흘러가는 뉴욕의 하루하루지만 한 해의 말이 되자 더욱더 정신이 없었다. 크리스마스 시즌이 되면서 뉴요커들은 혹독한 추위에도 아랑곳하지 않고 거리로 쏟아져 나와 분주함을 즐겼다. 거리에선 쉴 새 없이 크리스마스캐럴이 흘러나왔고 구세군들은 흥겨운 캐럴에 맞춰 춤을 추며 크리스마스 분위기를 띄웠다. 상점과 백화점의 쇼윈도는 환상적인 크리스마스 장식으로 여행객의 눈을 사로잡기도 하고 가벼운 주머니 사정에 한숨짓게 만들기도 했다.

그렇게 뉴욕은 추위에 얼어 버릴 틈도 없이 반짝이고 있었다. 뉴욕에서 지내는 첫 번째 겨울, 나는 영화 「나 홀로 집에 2」에 나오는 케빈처럼 동심의 눈으로 계절을 맞이했다. 록펠러 센터 앞에 세워진 거대한 크리스마스트리, 눈 쌓

인 센트럴 파크에서 타는 스케이트, 빨갛고 초록색으로 빛나는 엠파이어 스테이트 빌딩까지 모든 것이 로맨틱한 분위기로 마음을 설레게 했다. 더불어 사랑이 넘치는 뉴욕의 12월이 미끄러지듯 빨리 흘러 어느덧 한 해의 마지막을 향해 나아가고 있었다.

한 살 더 먹는 것은 별로 기쁠 게 없지만 새로운 다짐과 계획을 가슴에 담고 힘차게 새해를 시작하는 것은 나를 설레게 했다. 몇 년 전, TV에서 세계 곳곳의 새해맞이 풍경을 보다가 한국보다 열네 시간 느린 뉴욕의 새해맞이 라이브를 본 적이 있다. 비록 TV 화면 속 풍경이었지만 우리 가족은 그때 모두들 입이 쫙 벌어졌다. 번쩍이는 광고판들이 늘어선 타임스퀘어는 새해를 축하하려 모여든 수백만 명의 함성으로 그야말로 광란의 장소로 변했다.

카운트다운을 하며 떨어지는 공^{Ball}을 나도 직접 보고 싶었다. 그들 틈에 끼어 나도 힘차게 숫자를 거꾸로 세어 보고 싶었다.

그로부터 몇 년 후 뉴욕에 보금자리를 틀면서 그건 더 이상 어려운 일이 아니었다. 좋아, 올해 마지막 날의 내 스케줄은 정해졌다! 그런데 신기하게도 뉴욕에 사는 친구들의 반응이 이상했다.

"엘리, 31일에 뭐해? 우리 집에서 파티할 건데, 안 올래?"

"오, 그날은 안 돼. 난 타임스퀘어에 갈 거야."

미국
뉴욕 타임스퀘어
새해맞이 카운트다운

"뭐!? 내가 잘못 들은 거지? 타임스퀘어에 간다고?"

"어, 타임스퀘어! 너도 갈래?"

수화기 너머의 친구는 옆에 있는 다른 친구들에게 기가 막힌다는 말투로 전달했다.

"오 마이 갓, 엘리가 마지막 날에 타임스퀘어에 가겠대."

그러자 사방에서 한탄과 야유가 터져 나왔다.

"왜들 그래! 무슨 일이야?"

"엘리, 그러지 말고 그날 그냥 우리 집으로 와. TV로 카운트다운 행사를 보면 더 잘 보여. 그날 거기에 가는 건 미친 짓이야."

"왜? 가 봤어?"

"아니, 안 가 봤어."

"안 가 봤으면서 어떻게 알아? 난 그날 거기 있을 거야. 네 마음이 바뀌면 언제든지 환영이야."

"하하, 그럴 일은 절대 없을 거야. 그나저나 기저귀를 꼭 챙겨 가도록 해."

웬 기저귀? 친구의 마지막 말을 이해할 수 없었지만 더 이상 묻지 않고 전화를 끊었다. 그런 반응을 보이는 사람은 내 친구들뿐이 아니었다. 뉴욕에 사는 사람들은 대부분 비슷한 반응을 보였고 난 그 멋진 광경이 가까운 곳에서 벌어지는데 왜 가 보지도 않고 거부하는지 이해할 수가 없었다. 누가 뭐라고 하든 말든 난 갈 거다!

12월 31일 오전 10:00

드디어 2011년의 마지막 날이 다가왔다. 난 기다리고 기다리던 그날을 타임스퀘어에서 맞이한다는 생각에 들떠 있었지만 추운 날씨 때문에 좀 부담스러운 것도 사실이었다. 며칠 전부터 온갖 아이디어가 머릿속을 들락거렸다. 텐트를 가져갈까? 침낭은? 몸을 녹여 줄 커피나 와인을 좀 가져갈까? 도시락은 어때? 미안하지만 그 아이디어는 빛을 발하지 못했다. 보안상 실제로 그곳에 가져갈 수 있는 것은 제한적이었다. 텐트를 치는 건 무조건 금지고 어떠한 알코올도 가져갈 수 없다.

나는 배낭에 담요와 과자, 물, 음료수를 채우고 책도 넣었다. 그리고 추위에 대비해 바지 안에 내복과 함께 다른 옷을 네 겹이나 껴입었다. 양말도 두 개나 신고 슈퍼에서 구입한 핫팩을 몸의 군데군데에 붙였다. 뭐 이 정도면 북극에 가더라도 견딜 수 있겠지? 완전무장을 한 나는 묵직한 배낭을 메고 친구와 가게에 들러 휴대용 의자를 샀다. 자정 전까지 열두 시간 이상을 서 있어야 하니 의자가 필요할 거라고 생각했기 때문이다.

배낭과 휴대용 의자를 둘러멘 우리는 지하철을 타고 타임스퀘어로 향했다. 42번가는 이미 붐빌 거라고 예상해 50번가에서 내려 타임스퀘어 쪽으로 걸어갔다. 차들은 3시 이후에 통제된다. 광장을 둘러싸고 넓게 바리케이드가 세워져 있었다. 타임스퀘어로 들어가는 게이트는 스무 개 정도로 군데군데 따로 정해져 있다.

메인 광고판 위에 있는 일명 볼 드롭 Ball Drop(카운트다운을 할 때 떨어지는 크리스털과 LED 조명으로 된 공으로 2,000개가 넘는다. 새해맞이 행사의 상징이다.)을 보려면 잘 보이는 자리를 사수해야 한다. 사람들은 좋은 자리를 맡으려 일찌감치 타임스퀘어로 모여들었다. 아침 7시에 나간다고 했더니 친구가 말려서 10시에 집을 나섰는데, 사람들은 벌써 게이트를 앞에 두고 길게 줄을 서 있었다. 우리도 48번가로 통하는 게이트 앞에 줄을 섰다.

사람들이 모여들자 여기저기에서 뉴

욕 경찰ᴺʸᴾᴰ이 인파를 통제하기 시작했다. 앰뷸런스와 커다란 안테나를 단 방송사 차들도 아침부터 그곳에 모여 있었다. 바리케이드가 쳐진 광장 안으로 들어가는 게이트가 아직 열리지 않아 기다림에 지친 사람들은 발을 동동 굴렀다. 다행히 일기예보는 날씨가 매해 평균 기온보다 조금 높을 거란다. 하루 종일 밖에서 지내야 하는데 거센 바람이라도 불어온다면 아마 카운트다운을 시작하기도 전에 몸과 마음이 꽝꽝 얼어 버릴 것이다.

　　드디어 게이트가 열렸지만 무섭기로 소문난 뉴욕 경찰들은 게이트 앞에서 한 명씩 소지품과 몸을 검사하기 시작했다. 하나하나 샅샅이 검사하는 바람에 시간이 지연되었지만 오히려 폭발물을 감시하는 경찰견부터 허리에 총을 찬 수많은 경찰이 그곳을 지킨다고 생각하니 안심이 되었다. 내 차례가 되자 그들의 거대한 몸집에 나도 모르게 마음이 쪼그라들었다. 몸과 소지품, 배낭을 죄다 검사한 경찰은 다른 어깨에 메고 있던 휴대용 의자를 보고 그게 뭐냐고 묵직한 목소리로 물었다. 그냥 의자일 뿐인데 난 한껏 위축되어 대답했다.

　　"의…… 의잔데요. 휴대용 의자요."

　　"이건 들고 들어갈 수 없습니다. 압수합니다."

"네? 그거 방금 산 건데……."

기어들어가는 목소리로 잔뜩 쫄아서 말하자 경찰이 웃으며 대답했다.

"하하, 설마 안에서 앉아 있을 생각을 한 건 아니죠? 그 생각은 귀엽네요. 하지만 이건 압수 품목입니다."

망할. 조금 전에 구입해 한 번도 쓰지 못한 의자를 둘 다 압수당하고 우리는 광장 안으로 들어섰다. 그런데 잠깐, 방금 저 경찰이 뭐라고 한 거지? 앉아 있을 생각을 한 건 아니죠? 뭐야, 그럼 앞으로 열두 시간 넘게 앉지도 못한다는 거야! 얼떨결에 밀려들어온 광장에서 충격을 한번 먹었지만 우선 자리부터 사수하기로 했다. 우리는 공이 잘 보일 만한 자리에 배낭을 내려놓았다. 그곳은 카운트다운을 하기에 완벽한 장소였다.

타임스퀘어는 순식간에 사람들로 가득 찼다. 우리 뒤로 사람들이 촘촘히 달라붙어 뒤에서 미는 압력이 꽤나 세게 느껴졌다. 그제야 왜 경찰 아저씨가 웃었는지 이해가 갔다. 앉아 있을 만한 자리는 누구에게도 주어지지 않았다. 본래 3시에 차단하기로 한 게이트는 문을 연 지 한 시간 만에 차단되었다. 타임스퀘어 중앙광장으로 들어오는 게이트가 모두 막힌 것이다. 시간은 이제 겨우 오전

11시를 가리키고 있었다. 중앙광장 이외에 다른 게이트는 아직 차단되지 않았지만 그곳에서는 볼 드롭을 볼 수 있다는 보장이 없었다. 조금만 늦었더라면! 아찔했다. 그럼 한 살을 더 먹고 와야 하는 것 아닌가. 타임스퀘어는 시간이 갈수록 사람들로 북적댔고 앞으로 열세 시간의 사투가 막 시작될 참이었다.

12:00pm, 카운트다운 12시간 전

자리를 잡고 처음 한 시간은 내가 그곳에 있다는 사실에 마냥 들떠 있었다. 반나절을 함께할 주위 사람들에게 인사도 하고 사진을 찍어 달라고 부탁하는 여유를 부리기도 했다. 아침을 굶은 터라 우리는 배낭에 싸 온 과자를 꺼내먹기 시작했다. 주위 사람들이 쳐다보기에 나눠 주려 했지만 모두들 거절했다. 먹고 싶지도 않으면서 왜 그렇게 빤히 쳐다보는 거지? 우리는 과자로 배고픔을 달래고 물까지 꺼내 꿀꺽꿀꺽 마셨다. 그러자 옆에 있던 캐나다에서 온 여자가 말했다.

"물을 마시면 안 돼요!"

"네? 물을 마시면 안 된다고요?"

나는 마시던 동작을 멈추고 그녀를 쳐다보았다.

'왜 물을 마시지 말라는 거야?'

"물을 그렇게 마시면 안 된다고요. 화장실에 갈 수가 없잖아요. 여기서는 한번 나가면 다시는 들어올 수가 없어요. 최대한 물을 마시지 말고 참아 봐요. 가능한 아무것도 먹지 말아요. 목이 마를 수 있으니까."

아, 누군가가 내 뒤에서 뒤통수를 한 방 세게 때린 듯 얼얼했다. 그제야 정신이 들었다. 그녀가 아니었으면 난 정신없이 먹고 마시다가 세 시간 후에 그곳을 떠나 겨우 잡은 그 자리로 다시는 돌아오지 못했을 터다. 어째 사람들의 눈초리가 이상하다 싶더니. 내가 저지른 바보 같은 짓에 어찌나 어이가 없던지 나는 먹던 과자를 팽개치듯 배낭 한쪽에 쑤셔 박았다. 물은 더 깊이 밀어 넣었다.

눈에 띄면 마시고 싶어질까 봐. 친구가 기저귀를 챙겨 가라고 하더니 뼈가 있는 농담이었구나.

방금 전에 꼴깍꼴깍 마신 물은 목을 거쳐 위를 지나고 있을 것이다. 다시 뱉어 낼 수만 있다면 그러고 싶었다. 영화「바벨Babel」에 보면 보모와 두 아이가 우연히 사막에서 길을 잃는 장면이 나온다. 이들에게 사막에서 물을 찾지 못하면 탈수로 죽는다는 사실을 아는 것은 오히려 독이 된다. 사막에서 길을 잃었다는 사실에 당황한 보모는 물을 못 찾으면 두 아이가 위험에 빠질 거라는 상상 때문에 더욱더 당황했다. 정신적 두려움은 그녀를 더 깊은 갈증에 빠뜨렸다.

그 강박관념이 타임스퀘어에 서 있던 나에게 찾아왔다. 유명한 심리 테스트인 '분홍색 코끼리를 절대 떠올리지 마.'라는 말을 듣자마자 모두들 머릿속으로 분홍색 코끼리를 떠올리는 것과 마찬가지로, 물을 먹으면 안 된다고 생각할수록 난 더욱더 목이 말랐다. 모든 신경이 입으로 쏠리는 순간, 나는 물통을 꺼내 한 모금 입에 넣고 오물거린 다음 바닥에 뱉었다. 해결책이 생기자 갈증으로 잃을 뻔했던 인내심과 정신은 겨우겨우 평정을 찾아갔다. 다음 순간, 앞

으로 열두 시간 동안 오만 가지 욕구가 내 몸을 인질로 잡고 있을 생각을 하니
암담했다.

12월치고 날이 그리 추운 건 아니
었지만 겨울은 겨울인지라 바깥에서
여덟 시간 정도 서 있자니 발이 꽁꽁
얼고 귀에 감각이 사라졌다. 24시간 지
속된다는 핫팩은 오래전에 열을 잃어
버렸다. 자세라도 마음대로 바꿀 수 있
으면 좋으련만 두 발을 디딘 공간이 전
부라 그대로 망부석이 되는 건 아닌가
싶을 정도였다. 하루 종일 꼼짝 못하고
한곳에 서 있는 것은 상상치도 못한 고
통을 안겨 주었다. 갈증으로 입은 말라
갔고 배는 등에 달라붙은 지 오래였다.
누굴 원망하랴. 사서 하는 고생인데!

친구들에게 문자와 전화가 빗발쳤
다. 어서 그들의 생각이 옳았다고 인정
하라는 거였다. 흥, 오기가 발동했다. 솔직히 따뜻한 곳에서 맥주를 마시며 새
해를 기다리는 너희들이 죽어라고 부럽다! 하지만 지금 와서 포기할 수는 없
다! 문제는 추위도, 배고픔도, 친구들의 놀림도 아닌 바로 시간이었다. 러닝머
신 위를 걷는 것도 아닌데 어쩜 그렇게 시간이 제자리걸음만 하고 있는지.

한 시간 전에 높은 전광판 위에 모습을 드러낸 크리스털 볼은 이미 위
로 올라갔다. 그 반짝거리는 볼을 보며 사람들은 환호성을 올렸고 우리는 잠

시 기운을 차렸다. 그리고 그 밑 전광판에 '6HOURS TO GO⁶ˢⁱᵃⁿ ᵃⁿ'라는 글자가 크게 나타나며 앞으로 몇 시간을 기다려야 하는지 보여 주기 시작했다. 설렘도 잠시, 30분이 지나자 또다시 지루해지기 시작했다. 현재 시각을 보여 주는 광고판은 아예 보고 싶지도 않았다. 시간이 웬만큼 지났으려니 하고 보면 겨우 15분이 지났을 뿐이었다. 아, 시간은 왜 이다지도 더디게 흘러간단 말인가.

그곳에 모인 50만 명은 죄다 같은 생각을 하고 있으리라. 내 머릿속에는 물, 난로, 화장실, 햄버거, 의자 외에는 아무것도 떠오르지 않았다. 앞으로 다섯 시간이나 남았는데 우리의 무료함은 극을 달리고 있었다. 타임스퀘어 중앙에 놓인 무대에서는 잠시 후에 있을 축하공연 리허설이 한창이었다. 우리의 무료함은 작은 소리에도 자극을 받았고, 사회자가 마이크 테스트를 하려고 내는 '헤이, 헤이'라는 말에도 흥분해 소리를 질러댔다.

타임스퀘어 한가운데에 갇혀 버린 우리만큼 새해가 빨리 오기를 바라는 이들도 아마 없었을 것이다. 모두들 풀이 죽은 채 고개를 푹 숙이고 있을 때쯤 드디어 축하공연이 시작되었다. 우리가 서 있는 자리에서는 무대가 잘 보이지 않았지만 그들은 타

임스퀘어 곳곳의 스크린에 나타났다. 커다란 스크린이 실시간으로 공연을 보여 주니 마치 콘서트장에라도 온 것같이 흥이 나기 시작했다. 사람들은 기다렸다는 듯 폴짝폴짝 뛰며 가수들에게 열광했다. 몸을 흔든다 서로에게 부딪혀도 상관없었다. 지친 마음을 달래 주듯 우리는 좁은 공간에서 서로의 몸에 의지했다.

우리가 서 있던 바리케이드 앞은 방송국과 공연 관계자들을 위한 길이었다. 간간이 유명 연예인과 방송인이 모습을 드러내 우리를 신나게 했다. 어깨를 짓누르고 있던 무료함이 점점 달아나기 시작했다. 축하 공연은 뮤지컬 배우, 합창단, 유명 코미디언, MC 들이 등장해 한 시간에 두 게스트씩 쇼를 진행했고, 타임스퀘어의 광고판들은 그곳에 모인 사람들을 비춰 주며 우리가 열광하는 모습을 직접 느끼게 해 주었다.

위에서 헬리콥터로 그곳을 취재하는 카메라의 영상이 뜨자 우리는 어안이 벙벙해졌다. 세계에서 모인 약 70만 명이 화면에 가득 찼기 때문이다. 그 이

미국
뉴욕 타임스퀘어
새해맞이 카운트다운

벤트를 후원하는 니베아가 나눠 준 파란 막대풍선을 들고 모자를 쓴 사람들이 타임스퀘어를 가득 메우고 있었다. 그 파란 물결 속에 나도 서 있다는 게 무척 이나 감격스러웠다. 각국에서 몰려온 방송기자들의 취재 열기도 뜨거웠다. 우리가 서 있는 바리케이드 앞은 리포터들의 낚시터였다. 그들은 방송 전에 사람들을 미리 만나 섭외했고 새해를 그곳에서 맞이하기 위해 가능한 한 멀리서 온 사람들을 취재하고 싶어 했다. 거기에 아시아인만큼 좋은 타깃은 없었다. 수많은 리포터가 바리케이드 앞에 서 있는 나와 눈이 마주치면 내가 있는 곳으로 얼른 달려 왔다.

"어디서 왔어요?"

"한국이요!"

"오우, 3분 있다가 바로 생방송 인터뷰할 거예요. 준비하세요."

아 빠 랑 새 해 를 맞 으 러 왔 냐 고 ?

리포터가 들고 있는 마이크에는 'CNN'이라는 글씨가 커다랗게 붙어 있었다.

'뭐야, 나 이제 세계적으로 생방송 타는 거야? 나, 지금 떨고 있니……?'

내 얼굴은 어느새 새파랗게 질렸다. 한국말로 해도 떨릴 판인데 영어로 하려니 심장이 쿵쾅거리며 뛰기 시작했다. 이미 한국에서 왔다고 말했는데 대한민국의 이미지를 높이지는 못할망정 최소한 깎아 먹을 수는 없지 않은가. 내가 쫄거나 말거나 내 얼굴에 하얀 조명이 밝게 다가서더니 커다란 카메라를 맨 카메라맨이 '고^{go}'를 외쳤다. 갑자기 리포터가 한껏 미소를 지으며 활기찬 목소리로 내게 물었다. 내 앞의 카메라는 빨간 불을 깜박이며 나를 응시했고 렌즈는 들락날락하며 나에게 포커스를 맞추려 했다.

"어디서 왔어요?"

"한국이요. 서울!"

"와우! 아주 멀리서 왔군요! 뉴욕 타임스퀘어에서 새해를 맞이하기 위해 이곳까지 날아왔나요?"

그녀가 원하는 답을 알고 있었기에 나는 그렇다고 대답했다.

"왜 이곳에 오고 싶었죠?"

"일생에 한 번은 꼭 여기서 새해를 맞이하고 싶었어요. 이곳은 새해에 있어야 할 가장 멋진 장소잖아요!"

내가 생각해도 참 괜찮은 멘트였다. 리포터도 만족스러웠는지 나에게 윙크를 하고는 다른 사람을 찾아 바쁘게 떠났다. 그런데 이게 뭔 일! 저쪽에서 또다시 마이크를 든 리포터가 나를 향해 달려오기 시작했다. 또 하자니 난감했지만 에라 모르겠다 싶어 당당하게 나섰다.

"어디서 왔어요?"

이번에는 좀 더 자신 있고 활기차게 대답했다.

"한국이요."

"와, 멀리서 왔군요! 이곳에서 새해를 맞이하기 위해 아빠랑 같이 왔나요?"

순간, 머릿속에서는 수만 가지 생각이 스쳐 지나갔다. 아빠라고? 맙소사! 어쨌거나 카메라가 계속 돌아가고 있었기 때문에 나는 무척 당황한 얼굴로 웃음을 쏟아 내며 말했다.

미국
뉴욕 타임스퀘어
새해맞이 카운트다운

"아하하하, 아빠가 아니고 친구인데요. 아하하하하하."

당황스러움을 감추려고 웃었는데 그 어색한 웃음은 상황을 더 악화시켰다. 순간 주위가 싸늘하게 조용해지더니 하얀 불을 비추는 조명 소리만 크게 들려왔다. 리포터의 얼굴은 내 친구의 얼굴과 같은 색으로 변하고 있었다. 영원처럼 느껴진 3초 정도의 침묵이 흐른 후 리포터는 어렵사리 침묵을 비집고 들어왔다.

"오, 하하! 죄송합니다. 친구와 이곳에 온 것이로군요. 음, 그러니까, 멋지네요! 후! 그럼 좋은 시간 보내세요!"

리포터는 감탄사만 잔뜩 쏟아 내고 어디론가 줄행랑을 쳤다. 생방송으로 내 아빠가 된 친구는 여전히 충격과 창피함에서 벗어나지 못하고 얼굴이 벌게져 있었다.

"참나, 세계적으로 웬 망신이래. 내가 그렇게 늙어 보이냐?"

"우하하하하, 아빠래. 아하하하하하."

차마 웃지는 못하고 눈치를 보던 주변 사람들도 우리가 웃자 참았던 웃음을 터뜨렸다.

"저 리포터 무척 당황했겠어요. 표정 봤어요? 어찌나 웃기던지……."

나는 이후로도 두 번 더 인터뷰를 했다. 친구는 그때마다 얼굴을 돌리고 있거나 등을 돌려 카메라 프레임 밖으로 벗어났다. 믿거나 말거나 그날 한국에 있는 내 부모님은 TV로 나를 봤다고 했다. 친구들도 그 장면을 캡처해서 휴대 전화로 보내 주었다. 전 세계인의 주목을 받는 현장을 내가 직접 전해 줬다니 1년의 마지막이 더욱 값지게 느껴졌다.

한 시간이 지날 때마다 타임스퀘어의 높은 광고판에서 불꽃이 솟아오르며 사람들에게 힘을 불어넣고 있었다. 밤 10시가 되자 대형 광고판에 '2HOURS TO GO투 시간 전'라는 글자가 우리의 흐릿해진 눈을 흔들어 깨웠다. 돌이켜 생각해 보면 타임스퀘어에서 보낸 열세 시간 중 가장 지루했던 순간이 마지막 세 시간이었던 것 같다. 고대하던 시간이 가까워질수록 시간이 빨리 갈 것 같지만 신기하게도 그렇지가 않았다. 남은 세 시간이 지난 열 시간보다 더 길게 느껴진 이유는 무엇일까? 기다림의 끝이 보이자 빨리 끝내고 싶다는 조급함, 따뜻한 이불 속으로 들어가고 싶다는 피곤함 때문이었을까? 아, 슬슬 친구들이 부러웠다. 자존심이고 뭐고 이젠 항복이다. 친구들에게 문자를 보냈다.

'나, 춥고 배고파.'

내 메시지에 친구들은 오히려 나를 다독였다.

'앞으로 두 시간 남았잖아. 조금만 참아. 그곳의 열기를 직접 느끼고 있다니 부러워, 엘리!'

병 주고 약 준다더니, 고맙다 이것들아! 문자로 친구들의 격려를 받는 동안 새해 전야 축하 공연은 클라이맥스를 향해 달리고 있었다. 세계적인 가수 레이디 가가는 좀 난처한 의상으로 무대에서 퍼포먼스를 하며 모두의 시선을 끌었고, 저스틴 비버의 감미로운 노래는 그곳에 있는 여성 팬들의 마음을 따뜻하게 녹여 주었다. 하지만 오랫동안 추위와 배고픔을 견뎌 내느라 체력이 바닥난 우리가 온몸을 다해 즐거워하는 건 무리였다.

아, 단 10초를 함께 외치려고 내가 이 고생을 하고 있는 거란 말인가? 10초를 위해 열세 시간을 힘들게 기다려야 한단 말인가? 이게 정말 가치 있는 일일까? 그곳에 모인 70만 명이 나처럼 한 번쯤은 그런 생각을 해 봤으리라. 아니지, 그런 생각부터 떨쳐 버리자. 나는 머리를 흔들어 정신을 깨우고 마음을 다잡았다. 두 시간이 남자 사람들은 싸 온 음식과 물을 조금씩 먹기 시작했다. 설령 화장실이 가고 싶더라도 두 시간 정도는 참을 수 있을 거라는 생각에서였다.

나도 오전에 밑으로 쑤셔 넣은 과자를 꺼내 조금씩 먹기 시작했다. 그런데 곁에 서 있던 스페인에서 온 여자 두 명이 더 이상 참을 수 없다고 발을 동동 구르기 시작했다. 화장실이 급했던 게다. 남의 일 같지 않은 터라 마음 같아선 그 자리에서 볼일을 보라고 말하고 싶었다.

열한 시간을 함께 버틴 사람들이 조금만 참으라고 말렸지만 그들은 결국 경찰의 도움을 받아 바리케이드 밖으로 빠져나갔다. 눈물을 글썽이며 돌아서는 그들을 보는 우리도 못내 아쉬웠다. 그들의 뒷 모습을 보며 나는 먹고 있던 과자와 물을 다시 집어넣었다. 앞으로 두 시간만 참자.

11:00pm, 1시간 전

한동안 침묵을 지켰던 타임스퀘어가 다시 북적거리기 시작했다. 전광판의 숫자가 1:00에서 00:59 로 바뀌자 이제 한 시간도 남지 않았다는 안도감과 함께 새해를 그곳에서 맞는다는 감동이 밀려왔다. 나는 채 한 시간도 남지 않은 한 해의 끝자락에서 힘들었던 일, 슬펐던 일, 좋았던 일, 그리고 어제 있었던 일을 떠올리며 홀가분하게 모두 털어 낼 준비를 했다. 지나고 나니 별것 아닌데 그때는 왜 그토록 얽매였는지 모르겠다는 기특한 반성도 했다.

타임스퀘어에서 맞이하는 새해는 분명 행복한 일로 가득할 듯했다. 화장실도 못 가고 다리가 퉁퉁 붓는 그런 수고를 감수하고 맞는 새해니 꼭 그래야 할 것 같았다. 문득 친구의 말이 생각났다.

"우리도 이제 30대네."

새삼스러울 것도 없이 매년 반복하는 얘기지만 서른이라는 숫자 앞에서 조금 버거운 표정을 짓는 친구를 보며 왠지 나이 먹는 것에 대한 두려움이 느껴졌었다.

그러나 2년 전 아프리카의 사하라 사막에서 만난 70대의 니콜은 나이에 대한 내 생각을 완전히 바꿔 놓았다. 그 고단한 여행길에서 다양한 삶의 지혜를

온몸으로 가르쳐 준 그녀는 주름 가득한 얼굴이었음에도 진정 아름다웠다. 인생이 추억으로 가득한 사람은 나이가 들면 형용할 수 없는 아름다운 노을 빛을 닮는다. 비록 일출의 노랗고 강렬한 색채는 아니지만 나는 니콜에게서 옅은 붉은색, 보라색, 분홍색이 자연스럽게 주변과 조화를 이루는 멋진 색조를 봤다.

"나이 먹는 게 뭐 어때서. 나이를 먹을수록 지금보다 더 많은 추억을 만들어 갈 테니 너무 걱정하지 마."

과거를 돌아보는 사이 어느새 전광판이 새해 30분 전을 알렸다. 가뜩이나 보석 같은 공은 타임스퀘어의 곳곳에서 반사된 수만 가지의 빛을 받아 더욱더 빛나고 있었다.

Happy New Year!

드디어 길고 지루하게 이어지던 시간이 지나고 결정적인 순간이 다가왔다. 열세 시간의 기다림이 이제 끝을 향해 성큼성큼 움직이고 있었다. 마이클 블룸버그 뉴욕 시장과 레이디 가가가 동시에 커다란 단추를 누르자 새해로 가는 60초 카운트다운이 시작되었다. 카운트다운과 함께 반짝반짝 빛나는 공이 조금씩 내려왔고 그곳에 모인 70만 명이 모두 볼 수 있게 커다란 숫자가 전광판에 나타났다.

카운트다운이 시작되는 동안 심장이 터질 듯 쿵쾅거렸다. 30, 29, 28……. 그곳에 모인 사람들은 모두들 숨을 죽였다. 마침내 열세 시간의 마지막 20초가 다가온 것이다. 그제야 알 것 같았다. 그처럼 긴 기다림이 없었다면 그해의 마지막을 숫자로 세어 나가는 그 짧은 순간이 그토록 짜릿하지 않았으리라는 것을. 길고 긴 기다림은 마지막 10초에 모든 힘을 실어 주고 있었다. 숨죽이고 있던 사람들은 기다렸다는 듯 일제히 외치기 시작했다.

"텐! 나인! 에잇! 세븐!……."

사람들의 거대한 함성에 온몸에 전기가 통하듯 전율이 일어났다. 어찌나

2012

TOSHIBA

HAPPY
NEW
YEAR!

감동스러운지 눈물까지 흘러내렸다. 나도 함께 큰 소리로 외쳤다.

"스리! 투! 원! 해피 뉴 이어!!"

모두가 외친 '해피 뉴 이어'와 함께 새해가 다가왔다. 새해를 맞은 볼은 빌딩 뒤로 몸을 숨기며 내년을 기약했다. 스크린에는 'Happy New Year'라는 문구가 크게 떠올랐고 하늘에서는 불꽃놀이가 시작되었다. 그리고 높은 건물 옥상에서는 곳곳에 설치해 둔 색종이를 뿌리기 시작했다.

그 축제의 도가니 속에 파묻힌 내 몸에서는 아드레날린이 하염없이 솟아올랐다. 커플들은 키스를 하느라 정신이 없었다. 긴장하며 눈에 불을 켜고 있던 몇백 명의 뉴욕 경찰도 모두 스크린을 바라보며 환호했다. 그 순간은 상상했던 것보다 훨씬 더 감격적이었다. 세상에 태어나 새해를 그처럼 힘차고 즐겁게 맞아 본 적이 없었던 것 같다. 열세 시간의 고단함은 그 한순간에 몽땅 날아가 버렸다.

프랭크 시내트라의 「뉴욕, 뉴욕New York, New York」이 타임스퀘어에 물결쳤다. 그의 노래를 듣고 있자니 뉴욕의 에너지가 새해맞이 이벤트와 굉장히 잘 어울린다는 생각이 들었다. 그곳에 모인 사람들은 모두 에너지를 듬뿍 받아 새해를 힘차게 시작하리라.

열세 시간을 서 있던 자리가 지겨울 만도 한데 사람들은 오랫동안 자리를 떠나지 못했다. 아마도 그 감동을 충분히 오랫동안 맛보고 싶었기 때문이리라. 나 역시 평생 그 순간을 잊지 못할 것 같다. 나는 함께 간 친구 그리고 주위 사람들과 차례로 포옹을 하며 서로 새해 인사를 나눴다. 그곳을 벗어나면서도 나는 특별한 한 해가 될 것 같은 좋은 느낌에 내내 마음이 설렜다.

공식 웹사이트

http://www.timessquarenyc.org

(New Year's Eve 클릭)

일정

매년 12월 31일 자정. 볼 드롭을 보려면 늦어도 오전 11시까지는 가길 권한다.

입장료, 티켓

무료

가는 방법

타임스퀘어 주위로 20개의 게이트가 열린다. 3시 이후로 차가 통제되므로 지하철을 이용해야 한다.

꼭 챙겨야 할 준비물

두꺼운 옷, 담요, 충전한 휴대 전화, 카메라, 무료한 시간을 달랠 만한 모든 것, 물, 간단히 먹을 수 있는 것. 테러에 대한 경계로 큰 가방은 압수당하니 가져가지 않는 게 좋다.

항복은 없다.
베갯속 깃털이 모두 휘날릴 때까지의 결투!

어렸을 때 형제자매와 베개를 날리며 한바탕 난리굿을 벌이다 먼지가 난다고 부모님께 혼났던 적이
있는가? 침대 위를 방방 뛰며 상대방을 향해 정신없이 베개를 휘두르다 보면 왠지 모를 긴박감과 박
진감이 넘쳐난다. 특히 상대가 방향을 잃었을 때 그 폭신한 베개로 공격할 때의 스릴감이란!
나는 주로 친구 집에서 자거나 부모님이 집을 비워 침대에서 마음껏 뛰어도 좋을 때 베개 싸움을 했
던 것 같다. 가끔은 동생과 둘이서 베개 싸움을 하다가 부모님께 들켜 혼나기도 했지만, 우리는 부모
님이 돌아서기가 무섭게 다시 베개를 휘두르며 시시덕거렸다.
베개 싸움의 묘미는 베개로 맞았을 때 터져 나오는 웃음에 있다. 흥미롭게도 형제자매나 친구들과
하는 작은 베개 싸움이 아닌, 커다란 베개 싸움이 공식적인 싸움터에서 열리고 있다. 그것도 미국,
아시아, 유럽 등 100여 개 나라에서 말이다. 마치 플래시몹(일명 번개모임)처럼 베개 싸움도 세계적
으로 번져 나가는 추세라고 한다.

햇살이 제법 따듯한 4월이 되면 같은 날 세계의 100개 도시에서 베개 싸움이 벌어진다. 이름하여 '국제 베개 싸움 데이'다. 그날이 되면 사람들은 하얗고 푹신한 베개를 들고 유명한 광장이나 공원 등으로 모여든다. 심지어 어떤 이들은 잠옷까지 입고 와 한껏 분위기를 살린다. 침대 위에서 날리는 소소한 베개 싸움이 아닌, 대규모 베개 싸움은 대체 어떤 모습일까? 궁금증이 폭발한 나는 베개를 들고 싸움터로 향했다.

구름 한 점 없이 화창한 오후, 날씨가 풀리면서 활기를 찾은 워싱턴 스퀘어 파크에 하얀 베개를 든 사람들이 하나둘 모여들기 시작했다. 영화 「어거스트 러시(August Rush)」에 등장하면서 사람들에게 많이 알려진 이 공원은 프랑스의 개선문에서 디자인을 따온 작은 개선문이 우아함을 더해 주고 있다. 무엇보다 뉴욕대학교 옆에 위치한 덕분에 평소에도 대학생들이 많이 찾아와 활기가 넘치고, 여름이면 아이들이 큰 분수대에 들어가 수영을 즐긴다. 거리의 예술가들은 이 공원에 있는 개선문 밑에 모여 자신만의 예술 세계를 선보이기도 한다.

하지만 베개 싸움이 벌어지는 날은 분위기가 사뭇 다르다. 베개 싸움이 열리던 날, 오후 3시에 있을 그 싸움을 위해 어느덧 200명 가까운 사람이 모여 둥그렇게 원을 그리고 있었다. 싸움이 싸움인지라 시작 전부터 왠지 모를 공포감이 몰려왔다. 나는 자꾸만 휴대 전화를 꺼내 시간을 확인하는 사람들을 보면서 그들도 나와 같은 마음이라는 것을 알 수 있었다.

3시가 조금 넘자 어디선가 나팔 소리가 들려왔다. 그 소리에 놀라 내가 두리번거리는 사이 사람들이 들고 있던 베개를 잽싸게 휘두르기 시작했다. 사람들에게 둘러싸여 정신없이 휘두르기 때문에 누구를 때리는지, 또 누구에게 맞는지 일일이 구분하기가 어렵다. 그저 눈을 질끈 감고 소리를 지르며 반복적으로 베개를 휘두를 뿐이다. 그렇게 마구잡이로 베개를 날리다 보면 정말 아무 생각도 나지 않는다.

팔을 마구 휘젓다 베개로 나를 후려치는 누군가와 눈이 마주치면 그와 결투를 벌인다. 어느 순간 나보다 키가 큰 청년이 베개로 내 머리를 쳤고 나는 그의 몸통을 노렸다. 공원에 하얀 깃털이 눈처럼

흩날리기 시작했다. 마치 전사들의 하얀 깃털처럼. 홈페이지에서는 청소하는 데 곤란하므로 깃털이 든 베개는 삼가라고 했지만 아니, 베개 싸움에서 깃털 날리는 광경이 빠지면 무슨 재미겠는가? 열심히 싸움에 집중하다 보니 닭 두 마리의 깃털을 한꺼번에 입으로 물어뜯은 듯 깃털이 입안으로 쏟아져 들어왔다.

"퉤! 퉤!"

그곳에 젊은이들만 있었던 것은 아니다. 입가에 한껏 미소를 머금고 열심히 베개를 휘두르는 할아버지도 보였다. 어린아이들도 그 싸움에 끼고 싶었는지 사람들이 모인 가장자리에서 친구들과 함께 심각한 표정으로 장난을 치고 있었다.

싸움이 아직 한창인데 나는 시작한 지 10분 만에 체력이 바닥나고 말았다. 나는 잠시 숨을 돌리기 위해 원 밖으로 나와 가쁜 숨을 몰아쉬었다. 나처럼 싸움터 밖에서 체력을 보충하던 몇몇 사람이 총알을 장전한 듯 다시 원 안으로 뛰어 들어가 누군가를 향해 마구 베개를 휘둘렀다.

베개 전사들은 처음 시작할 때보다 훨씬 많이 모여들었고 어느새 공원 한가운데가 베개 싸움터로 변해 버렸다. 원 밖으로 나와 수많은 사람이 참여한 베개 싸움을 보니 안에 있을 때와는 또 다른 느낌이었다. 이런 축제가 있는 줄 미처 모르고 공원을 찾은 많은 사람과 관광객이 갑자기 마주친 진풍경에 눈을 떼지 못했다.

베개 싸움은 약간 중독성이 있다. 누군가가 후려치는 베개에 맞으면 살짝 아프지만, 반대로 자신이 누군가를 내리치면 아주 기분이 좋다. 더 중요한 것은 머릿속을 점령하고 있던 온갖 복잡한 생각들이 몽땅 빠져나간다는 사실이다. 전력으로 방어하고 역시 전력으로 공격하는 그 자체만으로도 생각이 빠져나간 몸은 자유로움을 만끽한다. 나는 생각이 싹 비워지면서 허공을 떠다니듯 자유로움이 밀려드는 그 느낌이 좋아 다시 무리 속으로 뛰어들었다.

20분이 지나자 다시 나팔 소리가 들려왔다. 그것은 싸움이 끝났다는 신호지만 사람들은 절대 그 소리에 멈추지 않는다. 이미 시작한 싸움이니 끝을 보자는 심보가 싸움터를 지배하기 때문이다. 결국

베개 싸움은 한 시간이 지나서야 겨우 끝났다. 맞고 때리느라 지친 사람들이 무리에서 하나씩 빠져나오면서 축제 시작 전에 만들어진 커다란 원이 사라진 것이다. 원 안에 끝까지 남아 있던 사람들은 속이 다 빠진 베개를 들고 몸을 구부린 채 가쁜 숨을 내쉬었다. 지친 기색이 역력했지만 그들의 얼굴에는 전쟁터에서 이긴 장군처럼 승리의 기쁨이 넘쳐났다.

온통 깃털로 뒤덮인 공원을 걸으니 눈 위를 걷는 것처럼, 아니 구름 위를 걷는 것처럼 푹신했다. 마지막 한 방울의 땀까지 쥐어짜듯 온몸을 던져 에너지를 발산하고 나면 몸과 마음이 동시에 날아갈 듯 가뿐해진다. 역시 스트레스의 천적은 마음껏 웃으며 신나게 몸을 움직이는 것이구나 싶었다.

베개를 휘두르며 스트레스를 몽땅 날린 사람들은 모두 깃털처럼 가벼워진 마음으로 돌아가리라. 일년에 하루지만 베갯속 깃털처럼 몸과 마음이 가벼워지는 축제를 가까운 곳에서 즐길 수 있다는 걸 잊지 말길!

축제 정보

공식 웹사이트	http://2014.pillowfightday.com
일정	2014년 4월 5일(매년 요일에 따라 날짜가 바뀌니 웹사이트 참조)
입장료	무료
축제시간	축제 시작부터 20분간(축제 시작 시간은 나라와 도시마다 다르므로 웹사이트 참조)

뉴욕의
작은 축제들 2

핼러윈
퍼레이드

**Halloween
Parade**

유령과 괴물에게 점령된
고담 시티

적갈색의 낙엽들이 바람에 뱅글뱅글 돌며 스산한 분위기를 내는 10월의 마지막 날. 뉴욕 곳곳에는
거미줄이 쳐져 있고 앙상한 뼈만 드러낸 해골들이 바람에 흔들렸다. 기분 나쁜 웃음을 흘리며 쳐다
보는 호박 랜턴, 짙은 오렌지색을 뿜어 내는 엠파이어스테이트 빌딩……. 도시는 조용히 어둠을 기
다리고 있었다.

날이 어두워지기 시작하면 도시에 사는 유령과 괴물, 그리고 영화 주인공들이 거리로 쏟아져 나온
다. 넋을 놓고 거리를 걷다가는 좀비들의 피 묻은 끔찍한 얼굴에 심장이 철렁 내려앉기 십상이고, 슈
퍼마켓에 들어가면 배트맨과 캣우먼이 손을 잡고 콜라를 사는 모습을 흔히 볼 수 있다. 인간의 모습
은 온데간데없고 도시 전체에 캐릭터를 뒤집어쓴 남녀노소가 등장해 "Trick or Treat 트릭 오어 트릿!"을
외치는 날이 바로 핼러윈 데이다.

몇 년 전까지만 해도 핼러윈 데이는 주로 영미권 문화의 축제였지만, 이제는 한국에서도 어린이나

314

젊은이들이 다양한 커스툼을 차려입은 모습을 볼 수 있다. 핼러윈 데이 때 서양의 어린이들은 각양
각색의 옷을 입고 집집마다 문을 두드리며 "트릭 오어 트릿 사탕을 주세요. 아님 장난질 거예요"이라고 외친다. 이
때 사람들이 사탕을 주면 아이들은 자신의 베갯잇이나 호박 바구니에 받아 온다. 예전에는 핼러윈
데이 전날, '미스치프 나이트 Mischief Night'라고 해서 아이들이 사탕을 받고 싶은 집 나무에 두루마리 휴
지를 잔뜩 걸어놓거나 개똥을 봉지에 넣어 대문 앞에 두는 등 짓궂은 장난을 했다. 그러면 그 집은
아이들이 더 이상 장난치지 않도록 사탕과 초콜릿을 듬뿍 준비해 놓고 아이들을 기다렸다고 한다.
핼러윈 데이는 아일랜드 켈트족의 삼하인 Samhain 축제에서 비롯된 축제다. 켈트족의 새해는 11월 1일
인데, 이들은 새해 전날(10월 31일) 이승을 떠돌던 죽은 자의 영혼이 사람의 몸으로 들어가 1년을 머
물다 사후세계로 간다고 믿었다. 그래서 영혼이 자기 몸에 들어오는 것을 막기 위해 귀신 복장을 하
고 집을 차갑게 했단다. 이후 기독교가 전해지면서 11일 1일은 '성인의 날 All Hollow Day'로 정해졌고, 그
전날은 '성인의 날 전야 All Hollows' Eve'로 불렸다. 그러다가 그것이 핼러윈 데이로 바뀌어 전해진 것이다.
이처럼 전설의 고향 같은 이야기를 들으면 구천을 떠돌던 귀신이 내 몸으로 들어올까 무서워 캐릭터
의상을 꼼꼼히 차려입어야 할 것 같지만, 거리에 돌아다니는 사람들의 표정은 심각하기보다 즐거움
으로 가득해 보인다.
이제 핼러윈 데이는 어느 나라에서나 즐기는 축제로 자리 잡았고, 특히 뉴욕의 핼러윈 데이는 규모
도 크고 무언가 특별한 분위기를 풍긴다. 그 이유 중 하나가 누구든 참여할 수 있는 '핼러윈 빌리지
퍼레이드 Halloween Village Parade'에 있다. 뉴욕의 핼러윈 퍼레이드에는 5만 명 정도가 참여하고 이것을 구
경하러 오는 사람만 해도 200만 명이 넘는다. 가히 세계 최대 규모의 핼러윈 퍼레이드답지 않은가.
이 퍼레이드에는 핼러윈 복장을 한 남녀노소 누구나 참여할 수 있기 때문에 뉴요커뿐 아니라 여행자
들의 호응도 아주 열렬하다.
핼러윈 데이라고 해서 무서운 옷만 입는 것은 아니다. 물론 언제나 인기가 많은 무리는 좀비지만 섹
시한 창녀 복장과 간호사 복장도 인기가 높다. 어린이들은 단연 스파이더맨과 배트맨을 좋아한다.

미국의 전 대통령 클린턴 옆에 힐러리가 아닌 모니카 르윈스키가 서 있는 것처럼 사람들의 웃음을 자아내는 분장도 있다.

이 퍼레이드 때문인지 뉴욕은 핼러윈 데이 한 달 전부터 특이하고 독특한 의상을 준비하려는 사람들로 분주해진다. 그들은 무엇을 입을지 고민하면서 옷을 고르고 소품을 구하기 위해 여기저기로 뛰어다닌다. 자신만의 독특한 개성을 살리고자 옷을 직접 만드는 사람도 많다. 돋보이는 차림으로 사람들의 눈길을 끌고 카메라 플래시 세례를 받으면 세상을 다 얻은 듯 기뻐할 만큼 뉴요커의 퍼레이드 사랑은 대단하다.

그런 퍼레이드에 내가 빠질 순 없지 않은가. 나는 온몸을 회색으로 칠한 다음 얼굴에 상처까지 그려넣어 무서운 좀비로 분장했다. 그 모습이 제법 그럴싸했는지 내가 엘리베이터에서 내리자 나를 본경비 아저씨가 흠칫 놀라 한 발 물러서기까지 했다. 아저씨는 금세 미소를 지으며 주머니에서 작은초콜릿을 하나 꺼내 주더니 '해피 핼러윈!' 하고 하이파이브를 했다.

나는 퍼레이드가 열리는 다운타운 6번가로 향했다. 길이 통제되자 대중교통 수단의 인기가 폭발했고 지하철 안은 괴물들의 소굴로 변해 버렸다. 사람들은 퍼레이드를 시작하는 7시 전부터 6번가에길게 쳐진 바리케이드 앞으로 몰려들었다. 퍼레이드 참여가 목적이 아니었던 나는 인파를 그냥 지나쳐 업 타운으로 간 다음 겨우 관람 포인트를 잡았다.

퍼레이드는 저녁 7시부터 11시까지 맨해튼의 중심인 6번가를 가로지르며 진행되는데, 이때 수만명의 참가자와 함께 거대한 퍼레이드 카들이 등장한다. 이윽고 퍼레이드가 시작되자 먼저 귀신의 집으로 꾸민 퍼레이드 차가 지나갔다. 차 위에서는 드라큘라와 귀신들이 구경꾼들에게 무서운 표정을지어 보였다. 그다음에는 몸에 커다란 해골들을 주렁주렁 매단 참가자들이 해골을 흔들며 지나갔다.그 모습에 아빠의 목마를 타고 있던 아이가 울음을 터뜨리기도 했다.

「애덤스 패밀리」의 등장인물을 모방해 옷을 차려입은 사람들은 북과 커다란 트롬본을 연주했다. 그모습은 무시무시했지만 그들이 연주하는 흥겨운 음악에 구경하는 사람들은 모두 흥이 났다. 「심슨

가족」에 이어 미국에서 가장 인기 있는 만화 「패밀리 가이」의 주인공인 '듀이'가 퍼레이드 차 위에서 손을 흔들었다. 날이 날인지라 웃기고 멍청한 캐릭터인 듀이의 표정도 제법 무서웠다.

퍼레이드 카 사이사이에 등장하는 시민 참가자들은 퍼레이드의 꽃이다. 그들은 거리의 아티스트가 된 듯 자신의 의상에 맞게 목소리와 걸음걸이를 바꿔 구경거리를 더했다. 어떤 사람은 가방에 사탕을 잔뜩 담아 와 구경하는 아이들에게 나눠 주기도 했다. 마치 세계의 모든 귀신과 혼령이 뉴욕으로 몰려든 것처럼 퍼레이드는 끝없이 이어졌다. 그들의 재미있는 의상과 제스처를 보고 있으면 네 시간이 바람처럼 금세 지나가 버린다.

물론 퍼레이드가 끝났다고 축제가 끝나는 것은 아니다. 수많은 클럽과 레스토랑에서 핼러윈 파티와 의상 콘테스트를 벌이기 때문이다. 귀신과 괴물이 밤새 그들만의 어둠을 즐기는 것처럼 핼러윈 축제의 열기는 해가 뜰 때까지 도시를 가득 메운다. 마치 「고스트 버스터스 Ghost Busters」에서 귀신들이 발 없이 도시를 헤집고 다니며 음흉한 미소를 짓는 것처럼. 그날 고담 시티(뉴욕의 속칭)의 밤은 무시무시한 웃음으로 가득 찼다.

축제 정보

공식 웹사이트	http://www.halloween-nyc.com
일정	매년 10월 31일
입장료	무료
퍼레이드 시간	저녁 7시부터 11시까지
가는 방법	**퍼레이드 참여** 6번가와 북쪽 운하(꼭 핼러윈 의상을 입어야 참여할 수 있으며 오후 6시 반부터 8시 반 사이까지 도착해야 한다.)
	퍼레이드 관람 6번가에서 16번가 사이

축제는 지금이다!

축제는 늘 현재 진행형이다.

모든 축제에는 한 가지 공통점이 있다. 축제 안에서 우리는 과거와 미래에서 탈출해 현재에 도착하게 된다. 연속되는 순간 속에서 머릿속의 생각들을 고스란히 날려 보내고, 우리의 몸은 멈추지 않고 움직인다. 축제를 돌아다니며 보게 되는 신기한 광경은 무엇보다 '사람'이었다. 사람들은 축제에서 대부분 두 팔을 하늘 높이 든다. 두 발은 땅에, 두 팔은 하늘로. 바로 그 모습이 '축제'이지 싶다.

한 손엔 카메라를,
다른 한 손엔 비디오카메라를 들었다.

축제의 현장은 역동적이다. 움직이는 것을 하나의 컷으로 보여 준다는 것은 불가능했다. 독자들을 고스란히 그곳으로 데려가고 싶었다. 글을 읽고, 사진을 보며 그곳을 상상하기 전에, 그곳의 숨소리를 들려주고 싶었다. 내 손을 잡고 잠시나마 그곳에서 함께 축제를 즐겼으면 좋겠다. 내 손은 비디오카메라가 아니라 당신 손을 잡고 있다. 이 책에 실린 영상으로 축제를 함께 느끼고 싶다.

직접 느껴라.

여행하며 만나는 건축물, 자연과 음식만으로는 그 나라의 문화를 직접 경험했다고 말하기 힘들다. 축제에는 그 나라의 문화와 역사가 가장 잘 스며 있다. 축제에 가면 나 자신은 완전히 낯선 이가 되고, 그들의 문화를 바로 눈앞에서 경험하게 되기에 스스로 더 이국적인 사람으로 느끼게 된다. 하지만 스며들어라. 마치 그곳에서 난 사람처럼 말이다. 그러면 아주 특별한 경험을 할 수 있을 것이다.

다른 이야기에 귀를 기울여 보자.

자신의 이야기를 듣지 않으면, 다른 사람의 이야기를 들을 수 없다. 같은 곳을 여행하더라도 다른 사람이 느낀 대로 느끼고, 다른 사람이 찍은 대로 사진을 찍는 게 아니라 자신만의 이야기를 따라가 길을 잃어 보는 것이다. 아침에 마시는 첫 모금의 커피에도 나만의 이야기가 있고, 그윽하게 져가는 촛불을 바라볼 때도 우리만의 이야기가 있듯이, 걸음을 멈추고, 숨을 죽여 그 무한한 이야기에 귀를 기울여 보자.

집필은 나에게 길고 긴 여행이었다.

지금까지 내가 했던 어떤 여행 중에서도 가장 긴 여정이었다. 모든 여행이 그렇지만, 이번 여정에서 참 많은 것을 배웠다. 내 한계의 경계선에서 한발을 더 가면 포기하는 것이고, 그대로 서 있을 수만 있다면 버틸 수 있다는 것. 그 경계에서 마지막 한발이 떨어지지 않았다. 그런 고집이, 그런 자존심이 나에게도 있었다는 것. 그걸 알았다.

무대에서 내 이야기를 하는 것처럼, 글 쓰는 것도 그렇게 생각했다가 찬물을 끼얹은 생쥐처럼 벌벌 떨었다. 세상의 모든 작가들을 존경한다. 많이 읽고 공부했다. 그들의 글 솜씨에, 화가의 노련한 붓 터치처럼 씌인 문장에 감탄하고 눈물 흘렸다. 그리고 그들처럼 되길 포기했다. 그랬더니 내 귀에 키보드 치는 소리가 들려왔다. 조곤조곤하게 곱씹는 나만의 이야기가 흘러나오기 시작했다. 감탄사를 자아내거나 눈시울을 붉게 하는 멋진 글은 아니나, 무대 위에서의 작은 호흡처럼 꾸밈없지만 긴장감 있는 나의 여행 이야기가.

다시 여행하다.

여행자의 마음으로만 즐길 수 없었던 곳을 글을 쓰며 다시 찾아갔다. 글 속에서 난, 그곳에서 만난 친구들과 다시 이야기하고 웃고 떠들었다. 독자들도 똑같은 것을 느꼈으면 좋겠다. 내가 밟았던 곳을 따라 같이 춤을 추고, 내가 그 곳에서 맡았던 냄새를 다시 같이 맡고 싶다. 내가 만난 친구들과 사람들의 이야기에 같이 귀 기울일 수 있다면 좋겠다. 커다란 감동은 아닐지라도 잔잔한 재미로 입가에 미소가 지을 수 있다면, 그것으로 감사하다.

축제 여행자

1판 1쇄 찍음 2014년 6월 17일
1판 1쇄 펴냄 2014년 6월 23일

지은이 | 한지혜
발행인 | 김세희
편집인 | 김혜원
펴낸곳 | ㈜민음인

출판등록 | 2009. 10. 8 (제2009-000273호)
주소 | 135-887 서울 강남구 신사동 506 강남출판문화센터 5층
전화 | **영업부** 515-2000 **편집부** 3446-8774 **팩시밀리** 515-2007
홈페이지 | minumin.minumsa.com

© 한지혜, 2014. Printed in Seoul, Korea
ISBN 978-89-6017-361-3 03810
㈜민음인은 민음사 출판 그룹의 자회사입니다.